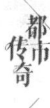

都市传奇 / 张欣经典长篇系列

张欣 著

对面是何人

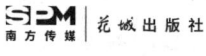

SPM 南方传媒 花城出版社

中国·广州

图书在版编目（CIP）数据

对面是何人 / 张欣著. -- 广州：花城出版社，
2024.4
（都市传奇：张欣经典长篇系列）
ISBN 978-7-5749-0116-2

Ⅰ．①对… Ⅱ．①张… Ⅲ．①长篇小说－中国－当代
Ⅳ．①I247.5

中国国家版本馆CIP数据核字(2023)第255935号

出版人：张 懿
责任编辑：周思仪　王子玮　邱奇豪
技术编辑：凌春梅
责任校对：卢凯婷
封面设计：L&C Studio

书　　名	对面是何人 DUIMIAN SHI HE REN
出版发行	花城出版社 （广州市环市东路水荫路11号）
经　　销	全国新华书店
印　　刷	深圳市福圣印刷有限公司 （深圳市龙华区龙华街道龙苑大道联华工业区）
开　　本	787毫米×1092毫米　32开
印　　张	10.625　1插页
字　　数	186,000字
版　　次	2024年4月第1版　2024年4月第1次印刷
定　　价	398.00元（全13部）

如发现印装质量问题，请直接与印刷厂联系调换。
购书热线：020 - 37604658　37602954
花城出版社网站：http://www.fcph.com.cn

所谓丰盛的生命，大概就是我们饱受折磨的心灵吧。

一

让一个女人低头的，是爱情。

能把男人折磨得死去活来的，是他们的梦想。

地铁站口像一眼深井，手扶电梯从地下通道延伸而上，随着光线渐渐充足，传送带上的脸庞一张一张地明亮起来。都市人是惯常缺乏表情的，穿着各异也依然像一件件的行李。相比之下地铁站口还显得生动一些，它是现代都市的标志，沉默的指路人。

在这些脸庞中，有一张女人的脸也是这样慢慢清晰的，并没有什么特别，这张脸是干净的，瘦削的，却也有了岁月的印痕，眉眼云淡风轻，总之是一种别样的宁静。另一层涵义是，有故事，但是不说也罢。

她叫如一。

相熟的人也都叫她如一，不加什么称谓，别人是嫂是婶，是七姑八姨，她只是如一。

这是一个周末的傍晚，暮色尚未四合，天空像正午一般明亮，路上的行人很多，有些人匆匆赶路，而更多的人装扮一新刚刚出街，准备一整晚的狂欢。如一裹挟在人群中，她微低着头，心无旁顾，一手提着空空的蓝红相间的编织袋，显然是送货归来。她当然是赶路回家的人。

走至多宝路口，她看见荣记茶餐厅的番薯昌，飞快地骑着自行车，前把手两边都挂着盒饭，一看便知是外出送餐。番薯昌是荣记的店小二，长得就像一只大番薯，穿戴也不讲究，从未有人看他穿过净色的衣服，全部是花里胡哨的行头，衣服上印的不是整片的椰子树就是整只的火鸡，这让他看上去精力充沛，热闹好动，几乎成了多宝路上活动的标志物。

见到如一，他笑，诡谲地笑。

一看就是喜见人家生意赔本房子冒烟的升斗小民。快去看看吧，番薯昌笑嘻嘻地说道，你家希特又惹事了。那种轻慢的口气，听上去像是，你儿子真是惹祸精啊。

但其实李希特并不是如一的儿子，他是她的丈夫。更奇怪的是如一也没有理会番薯昌，更没有改变节奏，还是四平八稳地走进多宝路。

多宝路在城西，也就是老城区，老城区的特色是没有规划，所有的旧建筑熙熙攘攘地挤在一起，偶尔有一栋新建筑点缀一下，也像是一个女人并无妆容和服饰却涂了浓重的口红，让人无法评说。拥挤的街景给人的第一印象是好乱，第二印象却是好方便，但其实那些店你一辈子都不一定会迈进去。比如炭画像，画谁都跟故去了多少年似的；再比如唐鞋，就算这种布鞋穿着舒适，不长鸡眼，纯手工，你真会站在一张白纸上让人画脚模子吗？

又如打金，一点小首饰，按照不同年代的流行，换着样式打来打去祖祖辈辈地传下去。而这些店铺又是不死的，跨国公司都倒闭了，他们还是天天开张。

所以老城区是有魅力的，因为它够老，同时又够顽强。

如一住在镇水街，顶在街口的是"老陈修车"，一堆修理自行车的工具和打气筒摊在破旧的遮阳伞下，通常是既没有人也没有车，必定有人喊一嗓子老陈修车，老陈才会从家里跑出来，戴上老花眼镜认真修车。他的儿女都不干这个，一是没有前途，二是只要在一旁帮忙就受到他的训斥。

镇水街是多宝路上若干街道中的一条，或许当年一遇暴雨便整条街浸在水里因而得名？谁又关心这个？总之是条老街了，街面和房子陈旧破败，住在这里的人无论后来发没发财，争没争着脸面，是否已在外边买房，或者跑到了国外，回来还是老张老王，大伙齐心协力守着这块阵地，等着拆迁时狠敲国家或者开发商一笔。

关起门来，谁打的主意都是争当最牛钉子户。打开报纸，第一版是国家大事，政要云集。或者杨利伟。或者矿难垮桥。第二版就是自己的牛钉照片，一夜之间也算是名利双收。

然而人算不如天算，每回都是真真假假的传闻扫过一轮之后，一切重归平静，犹如只见媒婆登门，姑娘却永远嫁不出去。

拐进镇水街，如一便看见自家的住处前面，停着一辆奔驰车，一个司机模样的人站在车门边跟李希特吵架，李希特的脸色气得铁青，眉毛拧巴着，眼睛里投射出鹰一样的光芒，嘴角撇成了八字，胸脯一起一伏。周围是街坊四邻，都在大声说话，有的论理有的帮腔，还有的手势如刀劈，听众全是对方辩友，估计是有感而发不吐不快。

一问才知道，李希特当街当巷地刷牙，一口白沫正好吐到了驶来的奔驰车的车窗上，司机当然不干了，跳下车来冲着李希特嚷嚷，李希特很生气，就把剩下的半缸水照原样泼了出去，黑色的奔驰车花了一片。

镇水街本来就很窄，一辆车就把路面全占完了，行人得贴墙站着。如果还不自觉地狂按喇叭，基本上是神憎鬼厌。但在多宝路上，镇水街的位置穿进穿出的很方便，所以众人反映了多少回，这里也没有禁车，造成了一定的困扰。一旦发生纠纷大伙就气不打一处来，自然是帮人不帮理。

如一见状，什么话也没说，径自到公共厨房找了块抹布，把奔驰车的车窗擦干净，司机这才骂骂咧咧地走了，望着远去的车屁股，李希特还在呼呼生气。如一把他推回家里去了。

镇水街的人都知道李希特的生活方式是晨昏颠倒的，傍晚时分别人都是买菜回家，煮饭冲凉看电视，只有他是刚刚起床，新的一天随即开始，对于他来说黄昏每天都是新的，当然要洗漱刷牙。

白天他睡觉，他说白天什么丑恶现象都看得清清楚楚，那能干什么事？又能干成什么事？

李希特是个闷人，平时话很少。三年前还在一家国有单位干得好好的，据说已经是副处。后来单位搞竞争上岗，要上台发表竞选纲领，还要录像，正面侧面身高体态，总而言之像选美似的要给评委会看。李希特很生气，就不去上班了，曾经奋斗所得的一切顿时灰飞烟灭。本来他还天真地以为单位会派人来劝解他，至少做一点点挽留状。没想到人家根本没理他，拿他当旷工处理。第一个月停发了工资，第二个月就除名了。

这时他的倔劲才真正上来，每天气鼓鼓的像个蛤蟆，跟整个池塘较劲。

这个世界也就是一个池塘，有淹死的，有一身烂泥的，唯独没有占了便宜还不沾湿的。

当然李希特也不是一时兴起，他原先蛮正常的，每天上班下班，风平浪静。但其实他对自己的现状越发的不满意，白天干活，见一模一样的人，开大同小异的会，处理的事情也都差不多。中午吃完统一发送的盒饭，隔壁办公室的同事便拿着两副扑克牌，双眼无神地四下里询问，拖不拖？拖不拖？只要有人愿意，立刻拉开架势打"拖拉机"。有时李希特也被抓来当牌架子，摸到手中的牌时好时坏，突然有一天他就强烈地感觉到这根本不是他想要的人生。

所以才会有后面的一触即发，现在当"三陪"也不需要录像备选吧，何况挣这么几个碎银子，居然要拍

"监狱照",翻过来倒过去的像煎鱼饼,还不算牺牲了自己全部的精神世界和毕生的梦想。

李希特的梦想就是行走在自己编织的武侠世界之中。

最早的记忆来自于地摊书贩,那时他们把武侠小说拆分成二三十页为一册,印刷和装订粗陋不堪,骗骗小孩子足矣。日租金一本是五分钱,一般都是看到最想看的时候就没了,李希特只好省出早饭钱来看书。那时还不至于着迷,只是感到毫不掩饰,极度夸张的血腥和暴力暗合了一个少年叛逆期的内心焦躁。

像陈青云的《残肢令》,柳残阳的《追魂帖》都曾经让李希特血脉偾张,他甚至傻到以为这就是历史小说。

他是上初中的时候迷上武侠的,当时深受一位历史老师的影响,那个老师就是一个地道的武侠迷,他讲通史闷得大伙想睡觉,但一讲起唐人传奇他就像通了电一样,连说带比划,一人饰百角,配以各人不同的语气和喜怒哀乐,他外貌是一个奇瘦的老夫子,如此这般就更加搞笑。说到引人入胜之处,同学们都屏住呼吸,连下课铃响教室里依旧纹丝不乱按兵不动。

历史老师说唐人传奇应该是中国最早的武侠小说。

学生时代的喜好本应该是一笑而过的,当不得真,也没人当真。但是李希特却跟历史老师成了忘年交,老师买到新出版的武侠小说就借给他看,他去老师家谈起精彩片段更是眉飞色舞废寝忘食。

有一次,两人谈完还珠楼主的《蜀山剑侠传》,老师对李希特感慨万千,他说武侠真的是成人童话,虽说那个江湖是根本不存在的,但游历其中还是欣喜若狂,否则真不知道该怎么打发这么沉闷的日子。

身怀绝技而又义薄云天,也许每个男人的心中都有自己的江湖。千古世人侠客梦。

成年之后,李希特还是一如既往地迷恋武侠,上班的日子是除了上班之外,他的闲暇时光几乎全泡在武侠世界,这么一路看下来竟然也是痴心不改,一直追到梁羽生和金庸为首的新派武侠小说,包括影视剧。总结下来电影还是最高境界,因为有声、光、电,有包装精美不留破绽的快意恩仇,生死绝恋,那个世界更加让人如梦如幻。《功夫》李希特就看了七遍,《卧虎藏龙》看了十六遍。

如果不是时代的变迁和更替,李希特肯定是怀揣一个梦想,但仍旧一成不变地走完自己压抑的一生。

好在他的青壮年碰上了这个时代,这个时代的好处是人人可以实现梦想,快男超女,芙蓉杨二,赵熊猫,周老虎,刘德华的杨粉丝和范跑跑都能占去那么多的报纸版面,总之日日翻新让人头晕目眩。当然,李希特对此也是不屑一顾的,他不是不想当一个规矩人,可是规矩了半天还不是要演讲作秀,要拍照录像被众人评点。还有种种令他匪夷所思的事被视为正常。李希特觉得自己被整个社会"恶搞"了,他渐渐感到自己像江湖上失散的一个孤侠,且战且退,一边寻找至高的盟主,一边刀剑相刃，抵抗无所不在的强敌，这种厮杀是没有对手的，他不满意的只能是自己。

所以突然有一天，李希特就不去上班了，在家写武侠电影，并坚信会独一无二的好。他要实现自己的梦想。

他也不是没有一点基础，在单位时算个笔杆子，年年上交的工作总结都是他写，他还是报社的通讯员，虽然都是好人好事的豆腐块，但见报率还是蛮高的。李希特觉得自己也并非是一步想登天。

一年半载的不上班还可以，但是三年多都这么干，而且什么也没弄出来，这在镇水街也还是惊世骇俗的。大家都是市井小民，讲的是"搵食"过日子，满大街匆忙奔波的人不全是为了嘴？可有谁是为了梦的？即便是有也不会住在镇水街吧，这种人住在广告牌上，住在娱乐版的花边新闻里。

邻居们见到如一，最常说的一句话就是，你家希特醒了吗？如一摇头，马上就得到安慰，再等等吧，有不做梦的，没有梦不醒的。然后长叹一声才转头离去，仿佛如一家里有一个垂死的癌症病人。

两口子回到屋里，如一道，你饿了吧？李希特把刷牙缸往桌上重重地一顿，道，饿什么饿，气都气饱了。如一没理他，拿过菜篮子摘豆角，道，你把人家的车搞成那样，你还生气？李希特道，我又不是故意的，他干吗跳下来就骂人，真是狗腿子，我最讨厌狗腿子，狗仗人势。如一道，人家那么好的车，当然心痛。李希特用鼻子哼了一声，道，粪土当年万户侯。如一不知是什么意思，却也懒得理他，只埋头摘豆角。

李希特这个人还真不看重钱，对有钱人更是不屑一顾。以前有工资的时候，"出了粮"就全部交给如一，零花钱都不留，但是口袋里总有钱，是如一放的。李希特对钱没什么概念，只一样是交了钱便万事不管，除了油瓶倒了扶一下，家里家外全靠如一一个人。

隔了一会儿，李希特有些烦躁道，别摘了别摘了，你听听我昨晚写的一段，真是神来之笔。如一头不抬手不停道，我听着呢。说话间李希特已坐到电脑前，深感如一在应付自己，不快道，你能不能安安静静地听？

如一还想说什么，看见李希特像孩子一样固执的表情，也只好手停口停，对李希特行注目礼。

李希特调整好情绪，对着电脑念道："……桑吉君声音冷漠，摆出下段架势，刀尖指向脚前三尺远的地面。接着，徐徐由左伸臂画圆。对方目眦欲裂，瞪大了双眼追随着转动的刀尖，眼中的斗志渐渐消沉，像着了魔那样渗出茫然若失之色。

"刀身转到上段，画成一个半月形的刹那，桑吉君五体跳跃。对方的身体溅起血雾，往后倒仰。还没有哪一个对手能撑持到桑吉君的刀画出一个完整的圆，就已经毙命了。"

念完这一段，李希特微微有些自得。如一继续摘豆角，凝思片刻道，上次好像说的是绕指柔剑，怎么现在变成刀了？李希特道，那是我们这边的英雄，使剑，名叫无待。现在说的桑吉君是个日本人，用的是圆月刀法，凭此刀法，一时间江湖上没有对手。如一道，我是搞不清楚，你这戏里又没有爱情，我哪里记得住？李希特正待申辩，想想也没有意思，真是话不投机半句多，手在空中挥了挥道，你赶紧炒菜去吧。

如一去了公共厨房，里面的灶台一个接一个，离炉具近的墙体熏得漆黑，大伙都在里面为了一张嘴忙乎。炒菜的时候邻居问如一，怎么又吃豆角？虽说是便宜，可是也太老了吧。如一没有说话，只笑了笑。她的确是图便宜啊，那还有什么好说的。前些日子天天吃冬瓜，吃得她看见冬瓜就反酸，真难为李希特不但没有怨言，还能想出什么圆月刀法，不是天才也是天才了。

这大概就是她能够容忍李希特的原因吧。她当然知道他不现实，可是不现实的人才可爱啊。而且做什么他吃什么，买什么他穿什么，有一次的衬衫是买一送一，他就这么轮着穿，就跟每天都不换衣服似的。如一说你应该在中间插一件其他颜色的衣服。李希特冷笑道，你怎么这么在意别人说什么啊？我换不换衣服关别人什么事啊？你这个人就是太世俗，所以我跟你在一起什么灵感也没有。搞得拼命赚钱奋力养家的如一无比自责。

如一在一家假发厂工作，每天坐在工作台前织假发，织得手酸眼花肩膀疼。虽说也是精原料，全手工，可是现在的人都崇洋媚外，国产货总也卖不起价。所以厂里的效益也不怎么样，常常是用假发兑充奖金福利。领一堆毛茸茸的东西回家，如一也没有办法，只能每个月把存货按照批发价批给个体户的商店和摊位，算是奖金，帮补家里的生活开支。

她刚才就是送货去了。

日子很不好过，李希特三年多没往家里拿一分钱，可是他要吃要穿，平时的花销用度一样也不会少。他们两个人还有一个儿子叫李想想，现在武汉大学读书，这孩子的学习倒是不用父母操心，而且也懂事。知道家里困难，为了省路费已经两个假期没回家了，留在武汉打暑期工，挣点小钱。要说如一有什么真正的困难，那就是她太想儿子了。

如一和李希特是相亲认识的，早年李希特也在工厂做事，媒人说他是厂里的笔杆子。如一这才有点心动，答应见面。见到人发现他也不是细细长长，梳分头，戴眼镜，胸口别个笔什么的。就跟工人完全一样，高高大大，粗生粗养，拧着眉毛，人闷闷的，话少。

如一说，也看不出来他内秀啊。媒人说，什么秀不秀的，结了婚以后都听你的不就行了嘛。

这一边的李希特，他并不喜欢话多的女人，见到如一，感觉她挺文静，又听说她下过乡，吃过苦的人比较会过日子，这话也是媒人说的。总之两个人看上去都是温吞水，却有一种前世修来的默契，不久就结了婚。

日子就像油画里的静物，单调中渗出一丝绵长的暖意。

晚餐只有一个菜，就是豆角烧茄子，另外如一给李希特煎了个荷包蛋，李希特闷头吃饭，也没问就一个煎蛋那你吃什么？自己饱饱的吃完两碗饭，抹了抹嘴就出了家门。如一知道他去了几条街外的习武馆，学咏春拳，这已经成了李希特的日常生活，除此之外，他也没有其他的爱好了。

二

第二天是星期天，一大早如一的小灵通就响了，来电话的是如一厂里的同事，也是她的朋友。大伙叫这个人小美妈，她不是没名字，就因为有一个漂亮的女儿叫小美，大伙就忘记她名字了，只叫她小美妈。

小美妈很不忿，常说我很差吗？现在的人真是没素质啊，什么小美妈，小美妈是名字吗？真见了鬼了。

小美妈在电话里约如一去一家大型超市抢米。小美妈说米价马上飞涨，这次是涨价前的促销，价格不高反低，而且幅度大，买五十斤袋装的，能差二十多块钱呢。如一有些犹豫，小美妈道，你还犹豫什么？这又不是拜神，初一十五都有得拜，这是千载难逢的机会，过了这个村就没那个店了。如一也觉得是这么回事，本来嘛，人可以不吃鱼肉，但不能像女明星减肥那样不吃大米啊。但如一还是不无忧心道，可是那家超市上一回抢油，出过人命啊。

所以啊，小美妈叹道，上一次的油才便宜多少钱？十一块六，都不到十二块，就已经踩死人了，那这一回，死都要去啦。你说是不是？

于是两个人约了一个地方见面，小美妈说那个地方有超市的免费穿梭巴士路过，这样就连车费都省了。如一打心眼里佩服小美妈，觉得她就像超人一样，万事皆通。估计全市各行各业的"免费午餐"都难逃她的火眼金睛。

见到小美妈，如一发现她新理了头发，比平时短，吹得跟松糕一样，蓬蓬厚厚的。不等如一开口，小美妈便道，我的头发剪坏了，昨天理发馆人特别多，有一个新手谁都不愿意让他剪，我实在懒得等，就叫他剪了，还是不行嘛，把我搞得像出来混的似的。如一笑。小美妈依旧板着脸道，还有更离谱的，回到家小美问我是不是戴了假发？我说你都神经了，那是什么好东西我要扣在头上？

小美妈显然是有备而来，衣服是短打，鞋子没有穿从不离脚的超级矮子乐，因为再粗的高跟也不适合在超市里拼杀，她换上了平底白饭鱼便鞋，有松紧带那种，再挤也不会脱落。

如一一切如常，她说小美妈，你不至于吧。小美妈说怎么不至于，像我这样的人，根本花不到男人的钱，只有靠自己胸口一个勇字在外面闯。你也不要笑，还不是跟我一样，你家希特醒了吗？没有。比我还多一张嘴，整天发大侠梦，他以为自己是金庸还是成龙？我要是你我都愁死了，也不见你着急。如一理不直气不壮道，男人都是有梦想的吧？小美妈道，问谁呢？他的梦想也太不现实了吧，好好地赚钱养家，让老婆一身名牌满手钻戒，那才应该是男人的梦想呢。如一无言以对，只是深深地喘了口气。

小美妈三年前离了婚，那个小美爸着实不堪，在外面有了外遇，租房过起了日子，但是闹离婚时死不认账，为的是家里不多的财产再咬一大口，如果是理亏，就分不到太多。小美妈当时也是一哭二闹三上吊，依旧唤不回丈夫的心，实在没有办法，她对小美爸说，就算你不心疼我，小美总是你亲生的吧，你总得让我们能过下去吧。小美爸还是不为所动，后来大伙才知道，他在外面养的女人给他生了儿子。在这样的情况下，小美妈发疯一样地去找证据，惊天动地地打了一场官司，算是保住了房子和有限的存款。

每回遇到难事，小美妈就会情不自禁地对如一念叨，我怕什么呀？我离婚的时候连脸都不要了，记者把我们家的家丑登在报上，不这么干我们家小美就得去当鸡，那个王八蛋就能把我们从房子里赶出去。我太热爱共产党和人民政府了，给穷人做主，严惩坏蛋。我还怕什么呀我。

两个人正说着话，渐渐地身边就增加了许多等车的人，小美妈撇了撇嘴小声道，看见了吧，群众的眼睛是雪亮的,如果不是好事哪会来那么多人?别看他们现在都斯斯文文的,进了超市全是狼。如一环顾左右,发现众人的表情稀松平常,还有人专心看报。心想,小美妈离婚后看见谁都是敌人,真是十年怕井绳啊。也就在这时,免费巴士如约而至,只一个站人就塞满了,一路狂奔着赶去超市。

这一天的超市真正是人山人海,大门口的外场彩旗飘扬,广告牌林立,高音喇叭里播放着既欢快又激动人心的音乐。简直就是鼓励抢购,恨不得你想杀人就一定有人递给你大片刀。

超市里面自然是人头涌动,像一波波黑色的海浪,因为有很多厂家想"坐米车",借着抢米风潮也降价促销自己的产品,蹚这道浑水,所以现场是买卖双方都热情澎湃,厂方代表撕裂了嗓子叫卖,买家只管把东西往购物车上搬,仿佛不要钱白给一样。

购物车早就被一抢而空,购物篮也踪影全无。如一和小美妈紧紧拉着手还险些被人挤散。如一说,要不咱们回去吧。小美妈打断她道,你给我住嘴。边呵斥边把她拉到人较少的化妆品专柜,并把自己斜背在身上的包摘下来直接套在如一的脖子上,看好了,小美妈说,这是我的身家性命。说完便没头没脑地冲进人海,抢大米去了。

如一左右背着两个包,早已被人仰马翻吓傻了眼,这时也只能脱口叫了一声,你小心啊!但实不相瞒,这一声完全被嘈杂淹没,连她自己都没听到。

隔了好大一会儿,小美妈总算是突出重围,只见她出来时的发型已是凌乱不堪,衣领被狠狠地扯到一边,文胸的吊带都露出来了,白饭鱼鞋算是没有挤脱,却已被踩得乌七八糟,整个人像被人非礼过似的。好在她又挟又抱着两袋大米,算是阳光总在风雨后。如一见状赶忙迎过去,两人各抱一袋大米,暗自庆幸劫后余生。

这时小美妈果断地说,其他东西就算了,我们抢不过那些人,我跟你说他们是狼你还不信,晚一点人会更多的,咱们走吧。

两个人又一路狂挤到收银通道,只见一溜十几个收银口全是排队交钱的人,她们找了一条相对人少的队伍等待。这时意想不到的事情发生了,由于收银电脑超负荷工作,条条电路挤满了热钱,终于造成了超市的所有终端不堪重负,毫无预警地死机,收银系统全面瘫痪。

想一想,出口受限,入口却在无限量放人,人越涌越多,场面有多混乱可想而知。

兴奋异常的超市方面当然也没想到会出现这样的问题,工作人员全部出动,他们如临大敌,在场外跑来跑去地想办法,找人抢修,安抚躁动不安的顾客。但显然这些举动收效甚微,漫长的十分钟过去了,电脑什么动静也没有,高音喇叭里一遍一遍向顾客致歉。

半个小时过去了,电脑还是没有修好,幸而入口处已经停止放人进来,加之不少顾客没有耐心,骂骂咧咧地弃场离去，收银口处满是堆得小山一样的购物车和购物篮，另有更多的商品扔在地上，现场犹如地震后的汶川。

然而超市里的人也未见变少，人们该抢什么照抢，更有为机构买米的几个人，干脆坐在米堆上打"斗地主"，他们身强力壮，谁也不怕，泰国米都被他们抢完了。小美妈恨道，最憎这些机构，总是跟我们一起虎口夺食，又进股市楼市，让他们一扫，我们渣都没了。说完翻一个白眼，见到如一被挤得灰头土脸，不禁笑道，看你这个猫样。

干等了一个多小时，根本毫无希望了。高音喇叭又道歉，又说下个星期天会有更低的价格回报顾客，招来一片骂声。小美妈道，你以为是拍戏啊？再来一遍！骗鬼去吧。边说边放下手中的米叫如一走人，如一还想再等一等，小美妈道，你看你这个人，叫你来你犹犹豫豫的，叫你走你反倒不肯了，咱们也不能一棵树上吊死，就不信别处没有便宜货。

如一也的确是这样的人，凡事，要么不做，要做就认死理。

出了超市，小美妈忍不住自我安慰道，反正我们家囤了一百三十多斤米，我怕什么？如一哇的一声叫出来，你天下粮仓啊你？转身就要回超市，边说道，我家一斤存粮也没有，哪知道这东西会涨价，我等到天黑了也要等。小美妈死拽着如一不让去，最终答应让出一袋五十斤的米才算完。我怕你了行不行？小美妈说。

出了超市便没有免费车可坐，就像去赌场的发财团，用车送进去好生招待，出来的时候未必有车送你去跳海。如一和小美妈决定步行一段去搭乘地铁，一块回小美妈家拿大米。

一路走着，算是轻轻松松，两袖清风，什么都没抢到嘛。

这时，路边的街市传来喧天的锣鼓声，远远望去，只见一支醒狮队在敲锣打鼓，两只五颜六色的狮子忽闪着大眼睛，忽高忽低地起舞，招致许多路人驻足观看。小美妈道，宁肯错杀，不能放过，咱们也看看热闹去。如一道，舞狮你没看过吗？有什么稀罕。小美妈道，万一有什么好事呢？谁没事请醒狮队，不要钱啊？大米我肯定给你，你急什么。

两个人去了街市，原来是一家体育彩票超级大乐透的销售点，门口张红挂绿地舞狮子。小美妈道，卖彩票就卖彩票，不用这么夸张吧？如一不知该说什么，不承想旁边一个看热闹的人接话道，这个彩票点最近卖出的彩票，连中了三个三等奖，每个都是五百多万呢，不搞出点动静来哪里会有人知道？

只见他的话音未落，小美妈的眼睛唰的一下就亮了，像两支小火炬一样放射光芒。如一并不是不贪财，贪财是人的本性，何况她家里这么缺钱，只是她每回跟在小美妈屁股后面买彩票，连个安慰奖都没中过，所以眼睛里就没有小火炬了。小美妈不同，她常常中个洗头水、炒菜锅什么的，用她的话说是小奖不断，大奖就在向你招手，老天爷无非在考验你的耐心罢了。

果然，听说这个彩票点运气好的人纷纷解囊买彩票，无数只胳膊伸进柜台里，乐得彩票点的点主——一个中年男人高兴得直搓手指头，一边安抚大家，一边催打电脑的小妹手脚麻利点。小美妈和如一也各买了几张。

两个人正待离开，小美妈无意间看到彩票点铺面的墙体上吊挂着一个电视机，里面不间断地播放着本彩点中奖人领奖时的录像，而且自动反复播放，估计是在这个缺乏诚信的年代以正视听。

从录像上看，这三个幸运儿都是在体彩中心兑奖，第一位领奖人比较正常，是一位约摸四十多岁，戴着一副金边眼镜的男士，他落落大方地接受记者采访，发表中奖感言。但是第二位和第三位领奖者就完全不同了，全部是帽子墨镜口罩一应俱全，身上也是包粽子一样裹得严严实实，不仅分不出男女，根本就是《夜半歌声》里受伤以后的沈丹萍。这两个人，其中一个领完奖金就匆匆离去了，记者追着他死都不开口。另外一个勉强开口才知是个女人，她表示对于这次中奖之事，告不告诉大人还没想好，但是绝不会告诉孩子，因为一夜暴富这种事也许会害了孩子。说完这些她也是逃跑一般地离去。

看到别人中奖，小美妈失落之余，还是觉得这种全副武装，严防非典一样的做法是可以理解的。因为钱是万恶之源嘛，小美妈说，搞不好就惹来杀身之祸，小心一点总是没错。如一就只当看了看热闹，她想反正自己永远不会中奖，哪来的这些烦恼？

小美妈却不这么认为，她还是叮嘱如一道，记得把彩票放在冰箱里，这样就绝不会丢，也不会搅烂在洗衣机里。

傍晚时分，如一扛着一袋大米回到镇水街，虽说从小美妈家回来要换两次车，还要搭地铁，但总算是略有斩获，不虚此行。回到家中，李希特已经起了床，洗漱完毕之后饿得不行，只好吃了一碗泡面。得知如一出去一天就是为了抢大米，不禁叹道，你让我说你什么好呢？这脑袋里要进多少水才能干出这种蠢事？那个小美妈，从头到脚就是一个俗字，你却屁颠屁颠地跟着她，你还有没有脑子？李希特一边说，一边点着自己的太阳穴。

已是筋疲力尽的如一没有说话，她瘫在椅子上心想，咱们俩真不知道谁脑子进了水，你放眼看看这个社会，谁会不要工作和奖金，不要福利和医保，呆在家里耍大刀片玩？还什么圆月刀法，刀在空中划个圈儿人就死了，谁信啊？你不帮我抢米也就算了，我去抢米维持生计还要听你这么多的废话，我跟小美妈又有什么区别？有老公和没老公一样嘛。

李希特道，你瞪着我干什么？我还说错你了？如一不快道，你不是大侠吗？也不见你伸把手救苦救难。李希特道，你什么意思？你是不是也想嘲笑我？如一深知李希特的那根筋不能碰，便缓和了一下口气道，我这么做还不是为了把日子过好一点。李希特道，我觉得日子已经过得很好了，人生需要一点境界你懂不懂？算了，你当然不懂了。如一心想，我是不懂什么境界不境界，但我知道人不吃饭不行，上大学不交学费不行。

如一越想越气，干脆不做饭了，一心要让李希特知道知道到底是境界重要还是饿肚子重要。可是李希特完全不知道她的用心，埋头在看一本新的武侠书，简直就是如饥似渴。

倒是她自己歇过劲来以后饿得熬不住了，还是不想做饭，只能自讨没趣地也泡了一碗康师傅。吃面的时候，如一看见李希特在她面前伸了个懒腰，一手卷着书喃喃自语道，真他妈的过瘾啊。发现如一在疲惫地吃面，又道，我知道你不容易，可是为了二十多块钱，你说值吗？我叫你看书你又不看，那在家睡觉也行啊，我宁愿看着你在家睡觉！抢大米，想得出来的。

听他这么一说，如一又没气了，虽说心里还是说了一句，对，咱们都在家睡觉，都不吃不喝，都舞刀弄剑找人拼命，那才真是江湖好儿女呢。但转念又觉得李希特毕竟还知道心疼自己，这些年不都是这么过来的嘛。

又想，这个李希特，你跟他说得清吗？

三

习武馆里的拳师名字叫雷霆，大约五十岁，干净利落的平头，一身黝黑结实的腱子肉，上半身像一块铁板。他的拳脚身手也是一样，招式分明，绝不拖泥带水。但他的相貌温良，配合对襟的中式白麻衣裤，颇有大哥风范。这人话少，从不七情上面，热情和愤怒都很难在他脸上留下痕迹。他每周只有两个晚上上课，人多的时候伸展不开他不加课，人少时只二三个人也不减课。人家说他见钱不笑，见死不哭。

一双眼睛目光锋利。

这家习武馆并不是什么豪华俱乐部的养生娱乐项目，它深藏在老城区密密麻麻的街道里，只是一间较大的西关老宅，传统的高屋顶，门庭空阔，冬暖夏凉，黑色的实木窗框，玻璃却是红绿相间，怀旧而温暖，屋里还有紫檀的八仙桌和太师椅。看着一派祥和，并无杀气。这里平时收拾得窗明桌净，天好时便会有几缕阳光射进来，光斑带着颜色，照在墙上挂着的一幅叶问的画像上，谁都知道，叶问是咏春拳派的一代宗师，他的故事又何止养活了几个文人和拳师，娱乐圈里吃功夫饭的人，谁敢说没啃过他几口？

咏春拳是中国南拳的一种，流行于广东、福建各地，已有两百多年的历史，由于它最初诞生在福建咏春县，因而得名。咏春拳特殊的发力方式称作"寸劲"，能在距离攻击目标很近或者动作即将完成之瞬间，突然加速收缩肌肉发出的爆发力，不用蓄势就能连续紧凑地贴身攻击。所以一般的情况下出拳要狠就必须屈臂猛击，而寸劲却是反其道而行之，在最短的距离内发出最大的力量，堪称神奇功力。

前堂便是习武之地，粗壮的房梁上吊着两只长形的沙包，分别都是一人多高，而且膀大腰圆，坚如磐石，像是两名黑衣武士。一侧的墙根立着深色的木人桩，常用的地方油漆已经剥落，露出木楂。另一侧的墙上写有四个斗大的隶书"拳禅如一"，算是从侧面诠释了堂主不温不火的气质。

雷霆就住在后面的耳房，没有人见过他的家人，他自己煮饭自己吃，一切都收拾得干干净净，并无半点落魄之相。据称他也是见过世面的人，只是运气不佳，才算虎落平阳，被他在这里的一个远房亲戚周济，免费让他住在这间西关大屋里教教拳脚，以维持生计。

李希特和雷霆之间，一开始并没有什么交情，学拳的人来来往往流动性很大，有人看了电视剧《霍元甲》也会跑来热闹一气，只三两周的时间便踪影全无，还有的人志向宏大，偏偏肉身吃不起苦，最终也是黯然退场。反而是敬重中国功夫的外国人学习的态度更虔诚一些，像来自捷克的两男一女，希腊的一对恋人，他们完全不懂中文，但只要雷霆发号施令，他们都做得相当好。每次下课，还对师傅施以标准的抱拳礼。

随着时间的流逝，李希特发现雷霆的稳重和内敛颇合自己的心意，比如每次习武，他都是准时开拳，绝不旁顾左右，瞻前想后，也不计学员多寡。自己则眼帘低垂，敛神静气，仿佛两脚生根一样稳稳地拉开架势。在这之前，他先是在叶问的像前点燃三支香，而后播放出《男儿当自强》的乐曲，给人的感觉是正气凛然。

当然在这期间，雷霆也觉得李希特学拳不仅认真，而且走心，并非为了学几招花拳绣腿去唬人。而且性格中透着常人难于理解的坚持，在这个日益物化的世界里显得格外孤独和执着。但由于两个人都是被动型人格，所以从不说话，甚至连眼神都没有交流过。

有一天傍晚，天空像着了魔似的风起云涌，紧接着是电闪雷鸣下起了豪雨，雨柱粗如小指，竟然下足四十分钟，转眼间街市一片汪洋，本来镇水街的位置就低，雨这个下法，不仅街面被淹，而且水流很快登堂入室，住在一楼的人家和公共厨房的水没了脚面，菜篮子和小铝锅全都漂了起来。遇到这种情况，如一自然是跟着众人一道用各种器皿把积水给舀出去，并且用砖头和杂物垒一个门槛，把水挡在门外。大伙干得热火朝天，只见李希特一手撑伞，一手提着他自己的两只鞋，就像什么事都没发生过一样，跨过门槛往外走。

如一问道，这么大雨，你到哪儿去啊？李希特回道我去习武馆。说完扬长而去。大伙傻了眼，说见过疯的，没见过这么疯的。你家希特怎么还没醒啊。他要是真有功夫，是不是吹一口气水就退了？有人像鸭子那样嘎嘎地笑起来，更多的是一阵阵的长吁短叹，一时间如一也觉得颜面尽失，无地自容。

李希特一出街，雨水就没过了他的脚踝，一阵风过，手中的伞骨合力向后折去，好好的一把雨伞顿时极度扭曲，拼命挣扎着希望不辱使命，却不得不成为一块破布在风中瑟瑟抖动，根本不胜风力。李希特的身上马上湿了一半，但他毫不理会，照样蹚着水打着破伞前行。身后的冷嘲热讽他全都听到了，但他并不生气，而且觉得这些人特别可笑，他们永远是叽叽喳喳，琐琐碎碎，浑浑噩噩，他们有什么理想和追求？他们终其一生也是莫名其妙地来，莫名其妙地走，和行尸走肉有什么区别？重要的是他们不觉得他们自己才是最需要被同情的，他们有什么资格嘲笑我？

想到这里，李希特便把手中的破伞扔了，但他并没有飞跑，而是以漫步的姿态到达了习武馆。

由于习武馆这条街的位置较高，所以虽然同遭大雨，但是这边的街道并没有浸水，只是无数条小溪一样的水流在青石板的街面上奔腾不息，流进了下水道，习武馆的地面也是干的。见到一身精湿的李希特，雷霆叫他把外衣裤脱下来拧干，吊在衣架上用电风扇吹。

这个晚上，来上课的学员只有李希特一个人。

没有人知道李希特为什么这么痴迷习武，那是因为李小龙的截拳道就是在他研习了六年的咏春拳之后创立的，李小龙的无敌"寸拳"就是从寸劲技法演变而来。所以每一次练拳，李希特都有一种李小龙附体的感觉，那种感觉令他如痴如醉，不胜其爽，渐渐变成了精神鸦片。

时辰一到，雷霆照样是净手焚香，不过这一次放的音乐不是《男儿当自强》，而是悠然妖娆的《千年等一回》，这段曲调伴着雨声，声声怅然，给人一种与君一刻胜似百年的陶醉和心安。李希特上身赤裸，只穿着一条短裤，师徒二人先是扎了一阵马步，接着是伏虎手直攻和小念头对拆，只一会儿的工夫便是大汗淋漓，仿佛窗外的雨水全部落在了他们身上。休整的时候，他们才放松下来，时而仙山摘桃，时而鱼翔浅底，时而悄然天上春风化雨，时而猛虎下山呼啸奔腾，招式分明，恰到好处地练了一套拳脚，犹如酒后般酣畅。

这时的李希特正在兴头上，可是雷霆却不打算练下去了，他停止了音乐，对李希特说道，今天就练到这里吧，你要是没事就陪我喝两杯。说完这话也不等李希特回应，径自去了厨房取来酒菜，放在叶问画像下面的八仙桌上。李希特先是受宠若惊，傻站在那里，反应过来之后急忙上前帮忙。

酒是本地独有的米香型白酒九江双蒸，菜有煮花生、卤水豆腐和半只白斩鸡，另外还有一煲萝卜烧牛杂，香味扑鼻，看着也挺热闹。

酒过三巡，雷霆忽道，我听说你酷爱武侠，还想搞什么电影。他的声音不温不火，平静中没有态度，不知为何却让李希特面若桃花，不知如何作答。雷霆又道，我猜你学拳也不是为了防身，就是给自己的爱好找点感觉，否则就太虚无了写不下去。李希特此时频频点头，就差没有起身抱拳作揖，言称师父所言极是。雷霆见状便道，那就把你自己觉得写得最好的一稿拿给我看看。李希特说好。正事三句话就说完了，再次举杯时便按下不表，两个人相对畅饮，偶尔扯上一两句闲话，都有一种似是故人来的感觉，可遇而不可求。

很快，李希特就把他写的武侠故事拿给雷霆看了。照说他这个人内心狂野骄傲，满眼找不到一个知音，本不会这么顺从行事。然而就是这么一个小小的拳师却轻而易举地征服了他，就连他自己也感觉奇怪。

雷霆看完故事，对李希特说道，你这个不行，几乎没有可取之处。而且语气十分坚定，没有商量的余地。李希特没有马上说话，但是眼神里全是不服。

雷霆道，这么说吧，你的那个桑吉君其实就是日本武侠小说家柴田炼三郎笔下的眠狂四郎，他的圆月刀法曾经卷起过一场剑豪小说热，让他威震江湖，人称"柴炼"，而眠狂四郎是日本战后武侠小说中最具魅力的形象；另外你写的无待就是没有希望从不等待的立意，他的故事和技能也是来自平江不肖生的《江湖奇侠传》，我的意思并非不能借鉴和移植，但绝不是拼凑啊，人物没有性格，侠士没有灵魂，你到底是要表现武打还是武侠？这一个侠字就不仅仅是斗大和复仇了，它是有精神内核的呀。

一席话说得李希特张口结舌，人像被点了穴似的呆在那里，固然，他本能地感到雷霆气度不凡，知道他绝非等闲之辈，但他如此精通武侠文化，而且铁嘴直断他的人物出处，说得千真万确，也着实让他心里暗暗吃惊。

然而，李希特也不想一个回合就败下阵来，他故作轻松道，那你说这一个侠字到底有什么精神内核？雷霆语气平和地回道，至少是重情义，轻生死，至少是威武不能屈，富贵不能淫吧。梁羽生梁大师就说过，"武是一种手段，侠是真正的目的"，所以以侠胜武是他老人家的一个基本观点，也是深得人心的。李希特听罢一下子就亢奋起来，拍着大腿道，你真说到我心里去了，我不是没想到，就是总结不出来，心里头有一团东西在烧，又找不着出口，你真是我生命中的高人啊。

从此以后，李希特有事没事就往习武馆跑，隔三差五他也会让如一备下酒菜提过去请教一二。李希特曾经问过雷霆是否从小也是武侠迷？雷霆说那倒未必。李希特奇道，那我真想不出你是什么来路了。雷霆欲言又止道，喝酒喝酒。李希特也就不再追问，只是感慨道，幸亏那场大雨，否则还真不知道相见恨晚到几时？雷霆半响无语，隔了片刻叹道，或许还真的不如错过。

此后便一言不发。

过了两三个月，李希特把新出炉的热气腾腾的新故事拿给雷霆看，雷霆看后又是良久的沉默，搞得李希特如坐针毡，心想死活不就是一刀吗？干吗非要悬在我的头顶折磨我？

过了好一阵，雷霆似乎是鼓起勇气道，希特，我觉得做个功夫迷自娱自乐也没有什么问题，但是拍电影那可真是少数人的梦想，而且是极少数人才能实现的梦想。李希特道，你这是什么意思？难道我的新故事根本不值得评价吗？雷霆道，我必须说实话，你是把爱好当成了特长，你真的不是这块料。李希特笑道，可是我还没有气馁啊。

李希特也的确没把雷霆的话当回事，他照样保持着巨大的热情往习武馆跑，要知道两个人的力量绝不是翻倍那么简单，而是能化作无穷的动力，一切可以推倒重来。

一天傍晚，李希特例牌来到习武馆，却意外地发现大门紧闭，门上贴有一张纸条，告之来上课的学员，雷霆因家事回了乡下，咏春拳的课程暂且告一段落，何时再上另行通知。看完通知，李希特一屁股坐在门口的青石台阶上，心里空落得难受，只比当时雷霆说他不是这块材料痛苦一百倍。他手里还提着一兜茶叶蛋，本是送给雷霆吃的，现在只好自己一点一点剥壳，一点一点品尝，希望那种莫名其妙的惆怅渐渐远去。

打道回府之后，李希特就像霜打过的茄子，不仅没精打采，而且什么事也做不下去。他这才发现不知不觉中雷霆已成为他的精神鸦片，猛然之间断了顿，那滋味很不好受。

他先是坐在家里发呆，后来跑到夜宵火爆的大排档去发呆，好在每回兜里都有钱，也能应付一阵。烦了，就去看夜场武打片，全是些零票房的臭大粪，人家坐在里面是动手动脚地谈恋爱，李希特还是为了发呆。对于他来说，不练拳和没有知音的日子真是度日如年。

时间一天天地流逝，李希特每天都昏沉沉地打发着日子。

在这期间，他外出常常会往习武馆绕一脚，但每回都是失望而返。

忽然有一天，如一下班回家，手里提着青菜和豆腐。择菜的时候她大叹叶子菜越来越贵，肉也贵，排骨想都别想，只能买一两片大骨和鸡脚煲汤，大骨剔得跟人啃过一样，干净得没有一丝肉。见李希特不搭腔，如一也知道自己是鸡跟鸭讲，根本是跟桌椅板凳讲一样，便也不再吭气。隔了一会儿，她又说道，刚才在菜场，看见雷拳师了……不等话音落地，李希特就整个人弹了起来，忙道，你刚才说什么？你再说一遍？如一不解道，就是雷拳师啊，他也在买菜。李希特急道，他跟你说话了吗？跟你提我了吗？如一道，他没看见我，后来一晃又没见他了。

李希特二话没说就冲出了家门。

奇怪的是，习武馆的大门口仍然贴着那张白纸条，日晒雨淋的缺了个角，纸面也发黄了，楠木大门仍旧紧闭深锁。李希特想都没想就从后门冲进屋去，只见雷霆一个人坐在八仙桌前吃粥，桌上有盐水菜心和咸蛋蒸肉饼。雷霆显然也不会想到李希特此时会从天而降，他缓缓地站起身来，但就在那一瞬间，李希特从雷霆尴尬的神情中陡然间明白了，他根本没有去过乡下，他也没有离开过本地，他的纸条也只是写给一个人看的，这个人就是他李希特，他嫌弃他了，至少不愿意跟他走这么近。

李希特只觉得全身的血液都冲上头顶，他几近发作，是的，他想，或许我没有才华，或许我痴人说梦，但一定要用这种方式对待我吗？我还像傻小子盼新媳妇似的日想夜盼着，人心真是深不可测啊。

按照李希特的性格，他一下子变成怒目金刚也在情理之中，可就连他自己也没有想到，他竟然是异常平静地说道，听说你回来了，我就是来问问什么时候开课。雷霆这时也已经恢复了常态，他说周五就开课，以后照常，还是每周两节。又问李希特要不要在这里喝点粥？李希特回说吃过了，如此这般，彬彬有礼，很难想象这样两个男人可以突然客气到这种程度。

此后的一段时间，李希特还是按时去上咏春拳的课，还是风雨无阻，准时准点；雷霆也还是净手焚香，在《男儿当自强》的音乐声中拳打脚踢，虎虎生风而没有一句多余的话。

两个人似乎又回到了从前，连眼神都不交流一下。

四

明星廊是一家专门营销摩登女人用品的门市部，生意从来就是皇帝女不愁嫁，不仅地理位置好，身处闹市，而且好像所有的女人都会跑到这里来淘宝，偌大的店里总是人满为患，人气十足。

这里可没有良家妇女喜欢的便宜货，全是潮流产品，比如乳沟就不能靠挤，有魔力胸罩，再比如黑色的指甲油，绿色的唇膏这里都有得卖。男人的假发也肯定是家庭主妇来买，否则饿死事小，丢了面子便是天大的事了。所以，如一来到这里，当然不是为了买防水睫毛膏，而是因为她手上的大部分福利假发是靠明星廊消化卖出的。

专柜经理的英文名字叫海伦，是一个瘦瘦的满脸透着精明的女孩。当初她跟如一谈批发价就是步步紧逼，直到如一无路可退收拾样品准备离开，这才得到了一点薄利，彼此接纳。然而随着交往渐近，海伦觉得如一这个人实在、本分，算是跟她有了浅显的友谊。

这个周末，如一像以往一样提着红蓝相间的编织袋来送货，海伦见到她便面有难色。海伦说道，真的不好意思，有件事我必须跟你说清楚，可能是个坏消息。如一心里一沉，但还是回道，你说吧。海伦道，以后你送来的货我不能再按照批发价一次性付款了，只能放在店里代售，然后每月跟你结算。如一道，为什么呀？我们一直合作得挺好。海伦道，可是这是一个竞争的社会，我们有了新的供货商，他们的产品很好，是日本的原材料，韩国生产的，包装也相当精美，在市场上走得很好。如一道，他们的东西我也见过，是做得不错，可是价格很贵啊。海伦笑道，如一啊，便宜绝对不是硬道理，现在的社会，人人追求高质量的生活，有时候跟客人太强调便宜他们反而会发火呢。

如一无言。海伦又道，其实说实话，如果不是咱们俩认识的早，还有点交情，我都不会同意你的东西在我这代售，我们可是寸土寸金啊，你看看挤在这里的女人，有几个是有脑子的？就我这个平台，放双旧袜子都卖得掉。经她这么一说，如一又转念感激海伦了。

这一次送来的货算是留下了，可是没拿到钱。如一心里很不好受，但又不敢怠慢，急忙又跑了相熟的几家门市，人家都有供货商，而且国货免谈。

如一回到镇水街，已经晚上七点多钟了，刚走到家门口，便有一辆自行车急刹在她的身边，她扭头一看，见是番薯昌。番薯昌两脚点地，笑嘻嘻地从车把手上拿下一个白塑料袋，隐约看见里面上下摞着两只白饭盒，他把外卖递给如一道，这是你家希特叫的两份叉烧饭。如一接过外卖问道，多少钱？随即掏钱包准备付钱。番薯昌道，一共二十四块。如一惊道，以前才八块钱一份，一下涨四块，你们抢钱啊？番薯昌一点不恼，仍旧笑嘻嘻地说道，猪肉涨价了，姐姐。不等如一回话，一个蹲在地上纳凉的男邻居不紧不慢道,我就属猪啊,也不见我升职加薪。番薯昌一边接过如一递给他的钱一边笑道,那谁知道你是不是蠢猪啊。男邻居跳起来拿着蒲扇追打番薯昌,但那小子已经骑着自行车一溜烟似的跑了,身后留下一串得意的笑声。

然而如一根本没有心情讲笑,她提着外卖回到家里,忍不住埋怨李希特道,你就不能等一等我回来做饭吗?叫外卖多贵呀。李希特的心情也不见得有多好,心想我没埋怨你,你还挂着脸回家,便不快道,谁知道你什么时候回来?!谁知道你是不是又去抢大米了?如一突然就火了,道,我抢大米怎么了!我不抢大米你吃什么!你也不出去看看,谁像我们家这么过日子!

李希特本来就是个火爆脾气,被如一这么一吼,当即提高嗓门喊起来,你觉得别人家好你就到别人家去过呀,我又没有拦着你!你摆这张臭脸给谁看!

两个人叮叮咣咣地吵起来,如一一气之下出了家门,刚一来到街上,眼泪便忍不住夺眶而出,她怕人看见,便疾步拐到多宝路上,多宝路上灯火通明的挺热闹,如一找到一个没人注意的地方站了一会儿,让自己静下来。想一想叉烧饭买都买了,又何必生这个闲气?而且男人和女人本来就想不到一块去,气也是气了自己。

回到家以后,如一看见桌上的两盒外卖,动也没动的放在那里,李希特坐在他的电脑前生闷气,这让如一想到李想想小时候跟人打完架之后的模样,竟然生出万般的柔情，一时母性大发，不仅把一个盒饭递了过去，还去冲了一杯热茶奉上。李希特把头别到一边不理她，如一便从后面抱住他，默默地待了一会儿，又伸出一只手把他的头发搞乱。李希特就像小孩子一样拿过饭盒吃饭了。

如一的假发在明星廊代售的情况每况愈下，只要一送货都要听海伦一通念叨，仿佛她对如一有着天大的恩情。然而如一拿到的钱却是越来越少，日子就过得更省了。

逢是桑拿天，家家户户都开着门透气，这天如一看见蠢猪男邻居的老婆坐在电视机前打毛衣，两眼盯着屏幕，丝毫不影响两手紧着忙活，右边的肩膀上搭着一只毛衣袖子，左肩搭着一条毛巾，看着催泪弹一样的韩剧便拽下毛巾擦把脸。如一见状，不由自主地走进门去问道，怎么又织起毛活来了？蠢猪老婆说我哪有那么多闲工夫，干这种吃力不便宜的事，这不是在编织大王手工社领的活儿嘛，说是外国人喜欢手工制品，他们出样式，我们出人力，每批活儿的量都不多，所以按照毛线的重量付工钱。如一道，那你交活的时候带上我，我也领点回来织。蠢猪老婆笑道，可不全是平针，菠萝花你会吗？有的可难了，还给你一本书对着织，你得琢磨。如一道，我这双手天生是沾了灵气的，什么东西我织不出来？蠢猪老婆一听，也没饶了她，真的拿出一本编织的书来，问她领子的织法，如一看来看去，还真是会呢。

蠢猪老婆说道，你还真行，那我明天就带你去吧。如一说行。

原来如一年轻时的理想就是做一名工艺美术大师，说得具体一点就是织毛活能织出所有的花色，妙手绘春，装扮人们的生活。当然后来因为革命，下乡，跟资产阶级思想彻底决裂等种种原因，使这一理想变成了玻璃碎。

遥想当年，还是在海南岛农垦建设兵团的时候，她手上有点毛线，可惜有几种颜色，加在一块只够打一件毛背心，总不能前面一个色，后面一个色，领子袖口一个色吧，如一小时候就跟母亲学过织各种各样的花式，当时一琢磨，就织了一个波浪花，不同颜色的毛线像波浪一样的相间着排开，不仅好看，而且谁也看不出是因为毛线不够的原因，都以为这是艺术花式的需要。

这件毛背心织好以后，她送给了当时的男朋友项春成。项春成割胶的时候热了，脱了外衣，大伙都说他的毛背心好看，尤其是女同胞趴在他身上翻来覆去地看，一时间掀起了打波浪花毛背心的狂潮，都拿着一对毛衣针来问如一这块怎么织，那块留几针。当然她跟项春成的地下情也被铁证如山地逮了个现行。

转眼竟是这么多年过去了。

令人想不到的是，毛线比毛衣贵的年代，重操旧业还能贴补家用，这让如一多少有些感慨。第二天她就去编织大王手工社领来了毛线，而且选择了难度最大的编织任务。

手工社的社长是一个八〇后的小男生,名字叫甘笔,原本是学服装设计的,于是和两个同学一块成立了工作室,还起了一个洋名。工作室深藏在一座陈旧的办公大楼内,一百多平方米的房子被隔成两间,最旺的时候外屋有十台缝纫机和十多名工人,房子里到处是布料和配饰,做出服装样版送往各种服装公司、百货商店,或直接参加服装大赛。然而几年下来,他们设计的东西在市场上完全走不动,不是不流行,就是太古怪。结果是那两个同学一个去了童装厂,另一个干脆改行搞室内设计了,剩下一个甘笔在此坚守,但也苦于经济压力,找些活计来养活自己,改名叫作编织大王,直观通俗。

等到如一跟着蠢猪的老婆来到这里时,外屋只剩下两台缝纫机了,工人完全没有看到人影,桌子上凌乱地扔着羽毛、珠片、蕾丝、拖着毛边的布料,还有稿纸、画册、铅笔什么的。

外屋没有人,甘笔在里间的工作台前,更是乱得不堪入目,甘笔戴着黑边眼镜,人长得像个小河马似的,外加一点睡不醒的模样。

他的话不多,显然对发包毛线活不感兴趣,反倒是蠢猪的老婆像是在自己家一样,东翻西翻,找这找那,把各项事宜处理妥当,甘笔完全不理会。告别的时候,甘笔的眼睛都没有抬一下,只望着电脑,随便嗯了两声,一看就知道是那种不懂人情世故的毛栗子。

从手工社出来，如一暗自吁了一口气。她问蠢猪的老婆，这孩子怎么叫这个名字？挺怪的，猛一听我还以为他叫钢笔呢。蠢猪的老婆道，谁说不是？我说要是你爸爸姓毛，你岂不是叫毛笔？如一笑了起来，她谢过蠢猪的老婆，蠢猪的老婆笑道，有什么好谢的，又不是我帮你织。之后还是不忘问多一句，你家希特醒了吗？如一例牌摇头，蠢猪的老婆也例牌叹了口气。

终于有一天，海伦拒绝再收如一的货，她说销路越来越差，积压还要占仓位。她对如一说，我这也是一份工，上面也有头头脑脑的，不是我要为难你，你都知啦，明星廊不是下岗一条街，我要是扶贫我就下岗了，你总得让我过得去。经她这么一说，如一也很惭愧，深感自己拖累了海伦。

海伦又说，你们真的要在产品质量上下功夫，你看你的国货投诉就特别多，有个客人反映他用了你们的假发，开会开到一半就要跑到厕所撸下来在脑袋上扇风，不透气，实在是太热了嘛，多耽误事，还要被同事嘲笑肾虚。还有一位领导干部，陪客人参观虎门大桥，风一吹，假发就像帽子一样吹到水里去了，你说多尴尬？据说这个领导干部以后都不能听桥这个字，姓乔的人他都不感冒。

如一忍不住笑起来，海伦不解道，你怎么还有心情笑？如一道，都说是假的了，怎么样都不会舒服，想舒服就只有不怕丑。海伦道，你不能这么说，那人家进口产品就比较人性，而且注重细节。如一道，对了，我早想叫你给我看看你这儿的进口产品，见你说得这样好，估计又换代了。

海伦的办公室在商场楼梯口的拐角处，房间里有个会计模样的人在埋头工作，海伦打开样板柜，拿出一个漂亮的长形纸盒，纸盒上开满樱花，精美素雅，但上面又写着谁也不认识的韩国字。打开纸盒，假发用一张松软的棉纸包着，撑开来是一个齐刘海的童花头，头上吊着耀眼夺目的金红色的商标，三角形，上面赫然写着日本原料韩国制造。如一伸手摸着发质，并没觉得格外细滑，再看一眼那个纸盒，总觉得在哪儿见过，正在思索，海伦又拿出了如一的产品，不仅没有外包装，假发外面就一个塑料网子罩着，一个压一个像一饼饼的紫菜。海伦道，真是就怕货比货，你这东西叫我怎么卖啊？

正在这时，走廊里传来一阵熟悉的笑声，如一闻声转过头去，几乎是在同时，她看见了站在办公室门口的小美妈。

一时间两个人都愣住了。

海伦见状忙道，你们认识吗？不等如一反应过来，小美妈已抢先答道，不认识，给我介绍一下吧。于是海伦就在她们俩之间做了介绍，两个人还煞有介事地握了握手。

海伦指着小美妈对如一说道，你说巧不巧，这位就是我们进口假发的供货商，你看看人家的产品，就是不一样嘛。如一无言，童花头发型就摊在桌上，小美妈手里也提着蓝红相间的送货袋。她一看便知这些假发是跟她同一个车间同一条流水线下来的同一货品，只是小美妈改了包装，这些盒子和商标在一德路文具批发市场全部买得到，什么日本？什么韩国？全是小美妈编出来的鬼话。

盒子她也想起来了，在小美妈家拿大米的时候见过，小美妈说上面的字是韩文的"流行美"，还说是她的创意。想必是她找人统一印了一批盒子。

如一看了小美妈一眼，她的笑容僵持在脸上，心也提到了嗓子眼，当然不愿意跟如一的眼神碰上。她万万没想到会在这里碰上如一，早知道如一在里面，她又怎会贸然进门送死。

对于小美妈来说，人生就是变戏法，比的只是谁更高明而已。

不过这回是死定了，她想，按照如一的一根筋性格，一定会揭穿她，何况又是她把如一挤得没有饭吃。

然而海伦完全不知道此刻这间办公室里发生了什么事，她还是把两个一模一样的产品拿来做比较，一个狂吹一个狂贬。又说小美妈的进口货零售都要卖到六百多块钱，如一两眼发直，就差没有哇的一声倒地而死，要知道她的货品批发价才六十块钱啊。海伦又对小美妈说，真的没有办法，如一的国产货我们再也不能进了，在市场上走不动，虽然她也是我的朋友，但真的爱莫能助。

办公室里突然安静下来,只听见会计在噼里啪啦地打算盘。

如一低头沉吟片刻,说道,你们谈吧,我先走了。说完这话,她便头也不回地离开了办公室。

第二天上班时间,小美妈嬉皮笑脸地来到如一的工作台前,小美妈道,如一,我中午请你去吃煲仔饭吧。如一低垂着眼帘织头发,根本当小美妈透明。小美妈又道,好啦好啦,算我大出血,请你去吃潮州打冷,你知啦,我自己过生日都舍不得吃这么好的东西。如一还是不理她。小美妈笑道,你还生我的气啊,别恼了,我们城里人哪有什么隔夜仇,总之你的损失我全部给你补回来就是了。如一白她一眼道,你又不认识我,千万不要跟陌生人说话。小美妈大笑道,你还真看过不少电视剧呢,我只看韩剧,我喜欢张东健。如一嘴上没有说什么,心里却冷笑道,你当然只看韩剧了,你多有才啊,连韩国制造都被你想出来了。

中午两个人去吃牛肉面,小美妈嘴硬道,还是去吃打冷吧。如一板着一张脸道,你很有钱吗?你是李嘉诚吗?去吃面吧。小美妈满嘴抹蜜道,还是你最疼我。两个人叫了面,稀里哗啦地吃起来。

小美妈道,你说这事能怪我吗?现在的人都崇洋媚外,只要是外国货就好,国产的东西再好都是垃圾。我这也是被逼无奈,才想出这个办法来。我知道你这个人最讲清白，反正我去体检照片子，心肝肺都是黑的，已经是坏人了，你就把你的货给我，我给你钱就是了。

如一道，扎住你这把口啊，我肯定不敢这么做，你也别这么做，不是我不想钱，万一出了事，人家告我们诈骗怎么办？难道去吃牢饭不成？

我反正是烂命一条，小美妈道，我怕什么？要想赚钱就得在刀尖上讨生活，舍不得孩子套不住狼，舍不得犯法过不上小康。人人都说清白好，你不是也被挤出明星廊了吗？我是不好，可海伦还是把我夸得像花一样。如一你也别劝我了，我不能跟你比，虽说你家希特不省心，那就只当家里养了个植物人，可你家李想想多有出息啊，又聪明又懂事，无惊无险就把大学给考上了，还知道省钱。你看我家小美，真是个扫帚星，上学只上到中专，再让她念书就跟要杀她一样。平时不但要吃好穿好，还要花钱买很贵很贵的包包。有一次我到婚介所去相亲，用了一下她的包包，回来以后她大发雷霆，说我把她的包包搞脏了，说她的包包多贵多贵，还要涂一层擦脸油放在冰箱里，你说我的冰箱是放彩票用的，怎么能给她放包包呢？我算是看透了，这家伙靠不住，跟她爸一样，又自私又歹毒，我以后也就只能指望钱了。

如一道，你说了这么多没一句有用的，就说以次充好这种事咱们能做吗？你上回买了一块隔夜豆腐，不是都甩到小摊贩脸上去了吗？小美妈道，问题是我们没有以次充好，我们的东西次吗？我们的手工，我们的发质，美国和欧洲用的全是中国制造，可是在咱们这儿就不行，为什么啊？欠包装欠忽悠呀。这跟那块豆腐不同，那块豆腐都酸了，我不甩到他脸上，难道让我吃死猫吗？如一叹道，总之我说不过你，我只说一句吧，小心做这种事遭报应。

五

没想到的是，报应说来就来了。

只隔了不到半年，有一天早上，如一打卡上班，小美妈也在黑口黑面地打卡，打完卡用命令的口气对如一说道，你中午请我吃面。如一道，我凭什么请你吃面？小美妈道，叫你请你就请。如一道，一大早就这么凶巴巴的，你昨晚遭抢了？呸呸呸，小美妈忙道，你不咒我你会死吗？就凭你那张锅底嘴，唱黑我的大好前程，现在果然遭报应了。小美妈说完，一扭一扭地去了她的工作台，剩下如一站在原地发呆。

中午，如一才知道，明星廊统一清理整顿，要求进口产品一律要提供产地证明，就是产品的出生纸，上面要有生产商和经销商的地址电话，小美妈没办法了，又不敢编个假的，万一被抽查，那就坐实了自己是诈骗，只好选择人间蒸发。其间海伦还给她打电话催她提供产地证，还给她结算了上一批货的好大一笔钱。可是小美妈怎么想都是一个陷阱，年轻的时候看革命书籍，叛徒都是为了回趟家看看老婆孩子或是八十岁老母就被捕了。她可不想这么傻，给人逮住以后非罚个倾家荡产不行。

后来她决定换掉手机号。

财路断了以后，小美妈一直都很焦虑。如一道，要不你也领点线来织毛活。小美妈道，多谢合作，我可没这个耐心，把人都给磨死了。

有一天上班时间，原材料的供应出了问题，车间里的大部分人都在等待，有的人讲笑，有的人伸懒腰，还有的人吃零食，拔眉毛。小美妈在如一的面前走来走去，神情像将军一样。她说这回死就死一次吧。如一问道，怎么个死法。小美妈道，我们只有去走鬼了。如一惊道，你说什么？我们去走鬼？小美妈道，你也不用吓成这样，你又不是什么金枝玉叶，凭什么你就不能去走鬼？如一道，难道你不怕吗？听说城管很凶的，追着人打，跟黑社会似的。

小美妈道，管他凶不凶的，我都跟你说了，要在刀尖上讨生活，不然怎么办？坐在家里等死？

走鬼，就是去当无证摊贩。鬼，以前是警察，现在是城管，走鬼就是跟他们赛跑。

周末的傍晚，如一早早地吃完饭，又把给李希特做好的饭菜热在电饭煲里，这才匆匆地出了门，她跟小美妈约好了，在最热闹的商业街的高架桥上碰头，这里因为人多，繁华，立交高架的路面不仅宽大，而且四通八达，所以走鬼的人特别多。加上周末城管也休息了，这里简直就变成了夜市，卖什么的都有，小至针头线脑、鞋垫、拉链，大到古董、手提箱，假名牌的一切货色，盗版碟盗版书更是应有尽有，其间还有炸臭豆腐的和烤红薯的。如一和小美妈一见面，马上就被这里的火热场面所感召，立刻加入了走鬼的队伍。

按照小美妈的预想，到这里主要是销售彩色头套，因为彩色假发是纯化纤制品，颜色绝对鲜亮，什么颜色的都有，还有花色爆炸式，就像脑袋上顶了一只火鸡。小美妈说卖东西就是要醒目，招人，先旺丁再旺财。

如一和小美妈各戴了一顶嫩粉色和翠绿色的假发，顿时就招来诸多游客的目光，有一个年轻女孩对男朋友说如一的头套是范冰冰的发型，也很适合她，于是她的男朋友就给她买了一顶。一花引来万花开，还真有不少人驻足她们的摊位，大挑特挑。

高架桥的不远处就是大富豪夜总会，有几个小姐模样的女孩来买头套，她们穿着清凉、暴露，打打闹闹地扭动腰肢，但是她们出手大方，每个颜色来一顶，这让小美妈也转怒为喜。

到了第二个周末，就连电器数码城的领班都亲自跑来订货，一口气要十个粉红色的冰冰发型，说是这样销售小姐会变得更加美丽妖娆，一定会使门市部的销售额猛增。

初次走鬼，如一和小美妈都以为会被城管追得满街跑，没想到那些可怕的场景暂时没有出现，反而手里这些不当吃不当喝的东西如此大受欢迎，真搞不清到底是怎么回事。小美妈的心情大好，便开始浑说，道，我要是年轻十岁，我也去当领班，穿黑制服，高跟鞋，还有机会当二奶，我要是年轻二十岁，我就直接去当鸡，那来钱多快啊，也不至于站在这里当走鬼。如一道，你这个人就是口无遮拦，图嘴巴痛快，要是让小美听见多不好，当妈没有妈样。小美妈道，还用我教吗？这个社会都变成什么样了？早就教坏她了，我就是自梳都没用啦。

天色渐渐暗了下来，两个人带来的货品居然全部卖光。这时小美妈才说她根本没吃晚饭，于是去买了一块烤红薯，两个人在高架桥上分着吃，别提多轻松了。不知是不是因为心里高兴，如一觉得嘴巴里的红薯又甜又香。

然而生活永远是喜忧参半的，就在如一刚刚感到生活的重担有点松动的时候，她就发现李希特最近一段时间一直闷闷不乐，而且人也日见消瘦。以前不管怎么说，他虽然不合群，不把世俗的生活放在眼里，但毕竟在他自己的世界里还是激动和快乐的，现在他却明显的情绪低落，无心江湖，在家的时候如果不是目光呆滞就是眼神涣散，或者干脆跑到外面去坐小酒馆，看老头们下棋，一副半醉半醒无所事事的样子。

如一问他怎么了？他说没怎么。问他最近的电影故事写到哪儿了，怎么不念给我听了？李希特无力道，念给你听你也不懂。

一天夜里，如一梦见城管队员举着大棍子追打她，她吓得夺路而逃，结果还是被城管队员抓到了，不过没打她，而是一把抱住她，要往麻袋里装。如一当时还想，我又不是风化案，怎么走鬼也要沉江啊？于是不顾一切地大声申辩，却又发不出一点声音，惊出了一身汗，人也惊醒了。

这时她意外地发现，李希特睡在她的身边，并且紧紧地抱着她。

李希特睡得死死的，并且一身酒气，还有韭菜和大蒜交织在一起的恶臭，估计他又是在那家叫北极村的小馆子里吃饺子喝醉的。以往他很少半夜跑到床上来，除非……那也是少之又少。喝醉了，反而不奇怪了。如一挣脱出李希特的怀抱，发现他不仅没有脱掉衣裤，居然也没有脱鞋子，如一急忙跳下床，把李希特的身体扳正，帮他脱掉鞋子。

李希特开始说梦话，咿咿呀呀的含混不清，神情却是气急败坏的。如一怕他是做噩梦，就拍了拍他的脸，想不到李希特的梦话清晰起来，他说你找到没有？你说啊？到底找到没有？见他如此焦急，而且又重复了一次，声音十万火急，如一忍不住俯下身去，在李希特的耳边回道，找到了，我在这里。李希特不知是听见了还是下意识，他再一次紧紧地抱住如一，待他松手时已是泪流满面。

虽然如一并不知道李希特心里在想什么，但是看见他如此伤心欲绝，内心也像磨盘一样沉重。要说她跟李希特的感情，那是大浓之淡，这一点只有她自己知道。说起初恋的项春成，事过境迁，她谈不上有多么恨他，但绝对是她一生的隐痛。

初恋有多甜蜜，如一已经记忆模糊，只记得当年的项春成并不是一个激情冲动的热血青年，他由于父亲早逝，母亲又是个药罐子，家里的生活本已十分清贫，偏他那一年的初中毕业生实行一片红，无一例外的要下乡。而奔赴海南岛这样的蛮荒之地，先别说实现扎根海岛，改造山河这样的伟愿，就是坐足三十六个小时的五等舱漂流到此，就已经是无言的下马威了。所以项春成的性格更加孤僻，他不善言辞，也不合群。

这样的男人总是特别能打动如一，别人的苦难常常会变成她的责任。

那时由于两个人在市区住得比较近，所以探亲返岛总是结伴而行。这本来没有什么特别，但是有一次探亲归来，某一天的晚上，项春成来找如一，满脑门都是汗，如一问他出了什么事？项春成说也没事，就是母亲犯病下不了床，又不肯让他帮她抹澡，说是会把晦气带给儿子，不吉利。如一二话没说，就赶到春成的家里，果然屋里的味道很大，夹杂着病气，几乎要把人熏倒。如一动手给春成的妈妈抹澡，又把家里的卫生搞了一遍。

项春成非常感激如一，把她送出家门口老远，他说，你怎么就不怕晦气呢？如一说道，那是你妈妈找借口，她是不好意思让你抹澡。项春成说我都是她生的，还有什么不好意思的？如一想了想，也不知该如何作答，只道，你不懂女人。

此后，只要是有机会回城，如一都要去照顾春成的妈妈。

一次在返岛的船上，春成递给如一一个布包，如一打开，是一对纯银手镯，做工细致入微，触摸时仿佛带着人的体温，却并无银器的凉意，倒是柔和圆润的。如一的眼中满是问号，春成吞吞吐吐地说道，这是我妈妈让我给你的。如一不解道，为什么要给我这个？春成道，她说你是一个好女孩，她说你第一次到家里来，她给你倒茶，你就是用双手接的。如一道，是吗？我真的不记得了。春成说道，她说你好家教。春成还说，这对手镯是我妈妈年轻的时候我奶奶送给她的见面礼。说完这话，项春成的脸红得像鸡冠花一样。

直到项春成离开甲板，如一才在暗涌的冲撞和起伏中想明白这是什么意思，她的脸也红了。

那个时代的爱情也是单一色调，能让你脸红的人就是爱人。

农垦建设兵团是半军事化管理，最宝贵的一次招生机会，如一的名字经过连部、团部、师部的反复权衡审核，终于敲定在招生名单上。消息传出来，如一也觉得自己非常幸运，晚上她跟项春成约会，她安慰他说，你放心吧，无论我人到了哪里，也无论我学什么专业，我们两个人的关系都不会改变。

项春成一直没有说话。

如一又说，我到了城里，会照顾你妈妈。

项春成还是不说话。

直到最后项春成才说，走了以后就再也不要回来了。如一说道，如果你在这儿，我还是会回来的。项春成说，我也不会在这儿了，我妈妈病得三天两头的下不了床，你又走了，我还在这儿干吗？说这话的时候项春成异常平静，平静得让如一心里发慌，一种不祥的预感让如一吓了一跳，她说春成你说什么呢，你千万不要干傻事啊。

现在想起来，项春成绝非刻意演了这场苦情戏，但结果却让他大吃一惊，那就是如一自愿把那个招生的名额让给了他。

那时招生办的人已经走了，于是他们星夜兼程地坐公共汽车赶到海口，在招生办住的招待所里，如一第一次撒了谎，说是兵团领导派他们两个人来做向导，带招生办的同志在海口玩一玩。天公作美的是正值台风，所有的船都停运了，招生办的人觉得旅游一下也不错。就在这些天里，如一跟睡在同一间屋里的招生办的一个女同志说了自己的情况，那个女同志对如一印象很好，答应回去以后帮忙。临走的时候在码头上，那个女同志还把如一单独叫到一旁，她说你可想清楚，人的机会不可能第二次降临,你的家庭条件也不好,就不为自己的前途想想吗?如一当时还很天真,她有些羞涩地说,项春成已经说了,他这辈子就是当牛做马也会对我好,有他这句话我也值了。

那个女同志叹了口气说,好吧,这件事我一定帮你办成。

此后,在这同一个地方,如一送走了项春成。

等到她离开时,已经是五年之后,她随最后一批返城知青离开了海南岛,虽说是晚了,她的人生因此改写,但毕竟没有成为天涯海角之外的一块望夫石,在这游人如织的今天成为导游嘴里的一段故事。她还是愿意相信她是幸运的,尽管当轮船起锚,岸上已经没有人送行。

汽笛声鸣叫的时刻,如一想起项春成离开的时候,曾经抱着她失声痛哭,当时她就觉得牛郎和织女之间的分别也不过如此吧。然而他们并没有成为童话故事,而和现在烂俗的电视剧一样,项春成在两年之后就不再来信了,最后一封信就像悼词,把她吹得天下无双。

她被分配在假发厂,最初只是个街道工厂,后来渐渐扩大总算存活下来了,这真得感谢那些秃顶和脱发的同志,没有他们的顽疾那就更加不可想象,因为如一已经进入大龄青年的行列,如果再没有工作,那不是雪上加霜?

所以从那时起,如一对不压华发的人总是和蔼可亲的。

就在她人生最失意的时候，她碰上了李希特，他们波澜不惊地结了婚。这个从不承诺的男人每个月把工资按时交给她，后来成为她孩子的父亲，和她一起还算平静地度过了每一天。

月光透过窗户，淡淡地打在李希特熟睡的脸上，比起从前的漫不经心，他现在的脸轮廓分明，宁静庄重，颧骨像刀削过一样，庭穴凹进，浓密的头发肆意挺立着不肯睡去。如一心想，这才是她生命中唯一的男人，不管是现在还是将来，不管他是醒还是不醒，或许再也没有工资拿回家，他们都是有粥吃粥有饭吃饭，永远都不会分开。

第二天如一下班回家，李希特像什么事都没发生过一样，坐在电脑前抽烟，他面如土灰，眉毛例牌拧着，两眼布满血丝。吃晚饭的时候，如一说道，昨晚你又喝醉了。李希特的声音是打横出来的，他说那又怎样？如一道，酒伤肝啊，会把身体搞坏的。李希特哼道，我要那么好的身体干吗？难道要我像你们女人一样为了美白，打羊胎素吗？他的每一句话都像石子一样砸在如一的胸口，不过如一又觉得好笑，没想到李希特还知道羊胎素。

一个偶然的机会，如一在报纸上看到一则消息，说是有一个名字叫林凡谷的人创办了志愿服务心理咨询热线，又叫生命热线，已经成功帮助了许多对生活失去信心，有自杀倾向和渴望报复社会的人，帮助他们重获新生。如一心想，李希特这么不快乐，酒后伤心其实是他最真实的反映，自己进入不了他的世界，根本帮不上忙，然而大千社会绝对还有高人存在，说不定他们就有办法让李希特回归正常的生活。

于是如一就按照报纸提供的信息打了生命热线，接电话的人正是林凡谷，他的声音非常好听，可以在一瞬间让人热泪盈眶。如一把李希特的情况跟林凡谷说了，林凡谷表示他很愿意帮助李希特，欢迎他把电话打过来。如一说这正是她最发愁的事，因为李希特肯定不会打这个电话的。林凡谷说那我就把电话打过去吧。如一觉得那也不妥当，心想李希特一定会说你找谁？打错了。

在如一的反复央求下，林凡谷答应等他空下来的时候，专门到家里拜访李希特，并且跟他好好谈一谈。

这样左约右约，总算约好了一个时间。不知是巧还是不巧，就在那段时间里，林凡谷被评为省里的十大杰出青年，所以招致了不少媒体要对他进行采访，而且就是要现场采访他是怎么工作的。结果便是呼呼啦啦一大堆记者簇拥着林凡谷来到了镇水街。

傍晚时分，李希特正蹲在街边刷牙，他一点不知道这些人是来拍他的，因为如一深知他的禀性，就没有事先告诉他。

这些人把李希特团团围住，林凡谷用他好听的声音向李希特介绍了生命热线,并告之是专门来帮助李希特的。李希特一听就火了,他说谁让你们来的?谁需要你们的帮助?我才是你们的生命热线,你们自己生活在水深火热之中还全然不知,脑子里除了条条框框和各种各样的规定程序还有什么?我现在的每一天都是为自己活,都是为了实现自己的梦想,我活得很好,你们还是救救你们自己吧。林凡谷听了这些话一点也不生气,他和颜悦色地说道,你的情况我完全了解,你所说的一切我也能够理解,但是李希特你必须承认,我们正处在一个前所未有的宏伟时代,当你不能面对困难,不能与时俱进的时候,你就会被这个时代无情地抛弃,你就会成为一个现实生活中的迷失者。

林凡谷还说,所有的人都在努力地工作,创造自己的价值和财富,可是你选择了逃避,选择了独自一人死气沉沉地待在家里跟自己赌气,至于你的所谓的梦想,所有的人都知道那是根本不可能实现的,而你却要以此为借口拒绝融入时代的滚滚洪流。你现在最需要的就是猛醒啊李希特!

迷失者?听了林凡谷的一番宏论之后,李希特突然仰天大笑,他说我是迷失者吗?太可笑了,我的目标前所未有的明确!而你们大老远地跑到这里来管别人的事,到底谁是迷失者还用我说吗?!

被他这么一说,林凡谷当然也不会败下阵来,但是说老实话,他还真没碰到过这种声音洪亮,两眼炯炯有神，跟他乱PK一气的受助者，以往他帮助过的人都是有气无力的，泣不成声的，都是失意的，绝望的。这让他感到肩上的担子很重，他想他差一点感动中国，怎么可能感动不了一个李希特？

于是两个人又开始了新的一轮华山论剑。

由于镇水街从来没有一次降临过这么多的记者，并且又值下班时段，所以几乎家家户户都跑出来看热闹，一条窄街被挤得水泄不通，汽车都只能绕道而行。这时如一也下班回家了，看到这满坑满谷的人，当时就傻了，而且很没底气地问身边的番薯昌，是不是李希特又惹事了？番薯昌本来是到这边送餐的，赶上这场热闹正在乐不可支，张着嘴看都还来不及，扭头发现如一，又听她这么一问，笑嘻嘻地答道，当然是你家希特惹的事，没有他我们哪有这么好的戏看？如一道，他又惹什么事了？怎么会有这么多记者跑来？番薯昌道，他把什么生命热线给惹来了。听了这话，如一顿时脸色煞白。

按照如一的想法，林凡谷肯定是跟李希特关在屋里促膝谈心，怎会想到闹成了一台戏？结果肯定是李希特成为一个失败者的典型或者一个反面教材昭示天下，被人耻笑，这哪是帮他？简直就是杀他。

如一的脑袋嗡的一声，她不顾一切地拨开人群冲了过去，连扯带拉地把李希特推回了家。

六

这件事瞒不过，后来大伙都知道是如一惹来了生命热线和记者，如一承认的确打过生命热线但绝对没有惹过记者，但是没人听她解释，坚信生命热线和记者是连体婴儿或者干脆就是一回事。镇水街的人都说，你家希特就是没醒，难道要报120吗？可我们镇水街由于外面的多宝路上有骑楼，有旧式的建筑物，要保持老城风貌所以不拆，拖累了我们镇水街也不拆，听说这个不拆还是文化人哭天抢地争取来的，否则按照规划部门的意思早就拆了。不但不拆，也不翻新，还要搞什么整旧如旧，那我们不是一辈子也住不上高楼大厦了?! 早知道你能请来生命热线和记者，我们也准备准备，拉个白被单，上面写上坚持搬迁，坚持修路，坚持禁车。如果上了报纸，总有一件能解决吧?!

这是关系到大家命运的事，这才是真正要命的事，你怎么把关系藏这么深，也太不把街坊当街坊了吧。

如一百口莫辩，只好一言不发。

报纸的社会新闻版上也登了李希特的照片，记者当然是大赞林凡谷，称李希特是武侠狂人，把他的种种反常举动大肆渲染，最终显得劣迹斑斑。还让大家讨论武侠狂人是不是自我毁灭的性格？好在意见不是一边倒，还是有许多人认为李希特不是自毁而是自燃，追逐梦想也是人的本能嘛。更有人觉得男人就是应该做一些不切实际的事，否则史上就没有飞机上天这回事了。

尽管如此，李希特还是非常生气，坚决不肯原谅如一，他说，别人说我什么都算了，我根本不当一回事，想不到你什么都不说，还装出很理解我的样子，心里却把我当个病人，还求那些莫名其妙的人来拯救我。简直就是睡在我身边的定时炸弹。如一苦口婆心道，我真的没想到事情会搞成这样，我就是看见你不快乐，想帮你。李希特气道，你怎么知道我不快乐？如一道，因为你经常喝酒，喝醉了以后又特别伤心。李希特道，我喝酒那是在寻找灵感，我的伤心就是我的快乐。你懂吗？你当然不懂。如一心想，伤心就是伤心，快乐就是快乐，这人可是疯了？李希特仿佛看透了她的心思，又补充了一句道，这道理就深了，要知道其中的境界那你是拍马难追。如一看到他那个死样子就心烦，不禁火道，你知不知道你做梦还在找东西，哭得跟个泪人似的？这叫快乐吗？李希特道，对呀对呀，我在找一本拳谱，是咏春拳派的独家秘笈，找到了我当然要哭，因为江湖之争不知多少人做了刀下鬼。这种伤心难道不是快乐吗？！

如一觉得自己快要疯掉了。

两个人谈不下去，但这事不算完，冷战正式开始。

李希特玩的冷战是摆一张臭脸，不哼不哈只斜着眼睛，好像随时都会掀了桌子走人。用时髦的话说就是一副欠揍的表情，多看一眼足够让人厌倦人生。并且他还不跟如一打照面，只要如一回家他就马上离开。白天如一去上班了，他就在家睡觉或者当他的武侠狂人，如一下班回家他就跑出去，不管是喝酒还是闲逛，反正不回家。如一熬不过，睡了，他才回来。

如一为此流了很多眼泪，但也许是从前海南岛的岁月赋予了她坚忍的性格，她只是默默地承受着一切。

幸好在这期间，林凡谷还有电话来安慰如一，这不仅让她心存感激，同时也诧异这条生命热线为何最终反而是帮了自己？林凡谷说，李希特不但是一个病人，而且还是一个孩子，他在人生的某个阶段，因为各种各样的原因，生理年龄出现了回光返照，以为自己能够成为童年时代的英雄人物。这并不是多么出奇的事，我们要拿出巨大的耐心等待和呼唤他的回归。

一天傍晚，如一下班回家刚刚进屋，李希特抬脚就出了门，他在街边店吃了一碗牛腩粉，然后就去习武馆上课。

课前，雷霆照例在叶问的像前敬了香，但是他并没有放《男儿当自强》的音乐，他说我们今天练习推手对抗。于是大家变换队形，把雷霆一个人围在中间，学员一个一个上来和雷霆搭手，然后一个个像土豆一样翻滚出去。雷霆说道，练过拳的人动不动就说"搭一下手"吧，这个搭手其实就是破坏对方的平衡，因为如果你不会破坏对方的平衡，那就连出手的机会都没有。

学员们轮流上前搭手，在被摔的过程中体会和领悟师父是怎么破坏他们平衡的。大部分人都不较劲,被摔惨了就站在一边看,偏偏李希特是个较劲的人,结果一次次被雷霆飞出去,然后重重地摔在地上,直到最后爬都爬不起来。

有学员要上前扶他,雷霆说道,别理他。又对学员们说道,每个动作的差距只在半厘米之间,或多或少平衡都会被破坏,不过失去平衡以后还要感觉受力点,这样才不至于被摔伤。男人都好面子,李希特也不是不想站起来,但因为他全身像散了架一样不听指挥,只好趴在地上听课。一边心里又想,今天雷霆摔自己摔得格外狠,别人摆明都是手下留情,到自己这儿就变成了魔鬼法西斯,难道他不但不想理他还要把他摔死不成?

下课以后,学员散尽。李希特总算从地上爬了起来,但还不能站立,只好坐在地上喘气。只见雷霆正襟危坐在太师椅上死死地盯着他,这让李希特觉得自己既狼狈又尴尬。

隔了好一会儿,雷霆突然开口说话了,虽然声音仍旧低沉平稳,但是挟带的力量却不亚于电闪雷鸣。雷霆说道,你以后有劲就使到这里来,不要对着想帮助你的人撒野。李希特怔了一怔,心想,自己的光辉事迹的确不止在一家报纸上刊登,估计也像脑白金广告一样顶风臭十里,师傅哪有不知道的?想过之后便不敢出声,只是那张臭脸还是那么臭。

雷霆又道,你摆这张臭脸给谁看?这个世界又不欠你什么，你身边的人就更不欠你什么，像你这种炮仗性格能干什么大事？

见李希特被连打带骂早已是垂头丧气，只低着头闷声不响，雷霆的气才算消掉大半，终于起身道，跟我来吧。说完扭头去了里间，并不扶李希特一把。李希特勉强撑着站了起来，却如醉汉一般跌跌撞撞地向里间走去。

里间是雷霆的睡房，一如他的风格，也是收拾得干干净净，只是一看就是单身男人的房间，没有半点琐碎之物。雷霆从床底下拖出一只旧式皮箱，上面盖着两张报纸，报纸不仅发黄，而且上面落了一层薄灰，旧式皮箱的边边角角也已脱色褪毛。雷霆揭掉报纸，灰尘便扬了起来，他下意识地挥了挥手，一边低声念叨，本来是下决心再也不打开的。

旧式皮箱上果然贴着封条，雷霆似乎是犹豫了一秒钟，但他还是大力地打开了皮箱。里面并没有什么价值连城的物品，只有一部放录像带的老机器，还有一排排整齐的录像带和一些旧书。雷霆解释说，这些老带子都是我当年收集的最好的武侠片，也有的是朋友在电影资料馆帮我录制的，你拿去好好看一看。

李希特喜出望外道，天哪，原来你也曾经是发烧友。雷霆没有马上回答，只含糊道，就算是吧。又道，你要重点看一下早年香港邵氏的武侠片，尤其是张彻和胡金铨两个人的作品。张彻的价值观非常老派，不重视女人，也不重视武打招式，他的招牌菜是男性的血与肉和男人之间的情谊恩仇，他们受尽酷刑，五马分尸，在血淋淋的痛苦中奋力挣扎，而且他的代表作里的男主角都是每片必死，并且死得很惨烈，张彻就是固执地认为，英雄的人格必须用死才能完成。

李希特没想到雷霆聊起武侠电影竟然是如数家珍，侃侃而谈，整个人一反往日的沉稳，完全是年少轻狂飘飘欲仙的另一个人。说到高兴之处，两个人围着破箱子席地而坐，仿佛男人围着一坛刚刚挖出来的陈年美酒，喜难自制。

雷霆又道，反观胡金铨的《大醉侠》，他就认为男性英雄不必惨死，不仅不死，也不必周吴郑王，可以是扛着竹竿放荡潇洒的浪子，而且也要英雄美女抵死缠绵不离不弃。我想这一点他可能是受还珠楼主的影响比较深，你想胡金铨一九三二年生人，小时候家住北平，曾经是还珠楼主家的常客，经常能等到还珠楼主抽足了大烟下楼来，给孩子们讲故事听。

李希特大喜过望，整张脸红扑扑的像个新郎官，恨不得俯下身去把那只破皮箱拥入怀中，他眼睛直直地看着雷霆，只希望把他说出的每一个字都记下来，一边又说，胡蝶的《火烧红莲寺》，还有黑泽明的《七武士》我是早就听说，实在是无缘相见，原来你这里都有，就像他乡遇故知，你不知道我心跳得有多厉害。雷霆道，还真的不能小看这些黑白残片，虽然看着又枯燥又平淡，也没有声光电这些科技含量，但是坚持看下去最终会发现它的精髓，尤其对精神生活处于低落状态的人，绝对是一剂猛药。一席话说得李希特又开始拍大腿，他说你怎么说得这么对呢，你简直说到我心里去了。雷霆笑道，你还看都没看，怎么知道我就说到你心里去了？李希特肯定道，我当然知道。

说到箱子里的旧书，都是些《电影手册》《桥段论》《电影中流行元素》之类的实战性很强的书籍。雷霆道，你要恶补一下这些最基本的东西，否则再有梦想的熊瞎子也只能掰掰棒子，越使劲离梦想越远。

李希特点头如捣蒜。两个人一直聊到半夜才算散了，走时，李希特拎着箱子，雷霆把他送到门口，临别时话锋一转道，回去对你老婆好点，她可是个好女人。李希特的鼻子嗤了一下，有些扫兴道，她就是蠢，一点都不理解我。雷霆冷笑道，你要怎样理解？几年都没有一分钱家用拿回家，她在外面做生做死地养活你，还担心你的健康快乐，我就不明白这么好的人怎么让你这没有心肝的东西给碰上了。见他说得认真，李希特一时懵了，心想他俩说的是一个人吗？怎么也不觉得有那么好？

回到家中，如一早已睡去，李希特倒是站在床边端详了她好一会，看来看去也还是觉得没那么好。

这时，天色已开始蒙蒙发白，李希特忽然感到全身酸痛，估计原先的摔伤因为一时兴奋而失去了知觉，现在竟然是加倍地痛起来。他拿出专治跌打损伤的狮子油，一边擦拭关节和伤痛部位，一边想起傍晚时发生的一切，陡然意识到今晚的搭手对抗根本跟咏春拳不搭界，咏春拳的基本功是粘手练习，动作温和连贯，讲究的是双手的左右兼顾和一心二用。练习搭手对抗表面看是其他拳法的融会一体，实际上分明是雷霆要打他一个人，他要打醒他，同时也已经被他的执着所感动，不然也不可能接纳他，把他引为知己。

雷霆到底是什么人呢？李希特心里的谜团不仅没有解开，反而越结越深，如果他是发烧友？怎么会有这么专业的发烧友？如果他不仅仅是发烧友，那他又是什么人？而且无论他是什么人都只像书里的人，画上的人，唯独不像现实生活中的人。

天快亮的时候，李希特抱着他的破箱子睡着了。

下班的时候，如一和小美妈结伴去公交车站，一路走着，如一总沉着脸不说话。小美妈道，几天不见，你怎么瘦得这么厉害。如一仍旧无语。由于李希特上了报纸，小美妈对他的事多少知道一点，又道，你家植物人又给你气受了？如一实在忍不住，就跟小美妈抱怨了几句，道，我宁愿他跟我吵一架，这样避着我当我是SARS病毒，你说我有多难受？

小美妈一听就火了，恨道，哪轮到他避你？再轮一百年也轮不到他，你今晚就搬到我家来，咱避他还来不及呢，饿他三天，看谁狠！又道，要不说你是猪脑子，这年头谁拿钱回家谁是王，他还反了天了他！谁没有梦想？我还想当歌星呢，我还想北漂当演员呢，就他能在家当大爷做梦玩，咱们就该活活累死？不是我说你，这都是你惯的，我告诉你如一，你今晚不搬到我家来，不避他一个礼拜我就看不起你！

如一叹道，也许我真的不该打什么生命热线。小美妈道，咱打什么线他都不能这样对咱，他以为他是谁啊？还有你，被他逼成这样还在这儿自责，我看你还是赶紧回家给他做饭去吧。被她这么一激，如一道，那我今晚就搬到你那去？小美妈道，问谁呢？拿两件换洗衣服赶紧过来，不许给他做饭，也不许看他一眼，立即在他眼前消失，也省得他避你了。如一点头称是，这时她要等的车也进了站，上下班时候的车很挤，小美妈在身后狠狠推了如一一把，用生硬的北京话叮了一句，不许掉链子啊。如一还没来得及回话，就被两脚离地地挤上了车。

一路上，如一就在颠簸中思想斗争，一会觉得小美妈说得对，一会又担心李希特的生活，又怕他根本不来找自己，难道就不回镇水街了吗？

拐进镇水街，离家越近如一的步子越慢，她甚至有一种转身离开的冲动，一想到进了家门迎面就是李希特冷着脸离开，心里面颇不是滋味，真想也到街上去逛一逛，透一口气再回家。然而她的每一分钟都是钱啊，要赶紧做完家务，之后给编织大王赶毛活，这样一想也顾不得郁闷，三步并作两步地回到家。

屋里没有人，餐桌上放着一个盘子，里面有两根洗净的黄瓜。如一正在发愣，只见李希特端着一只锅走进屋，一边对她说道，洗洗手吃饭吧。如一一边下意识地去洗手，一边在心里面纳闷道，太阳从西边出来了不成？镇水街真的要拆迁了不成？政府真的给咱修路从此下雨不淹水了不成？总之她是满脑子的问号来到餐桌前，只见李希特已经把面条盛好了，两碗面上还各放了一个荷包蛋，就着生黄瓜，估计这是李希特心目中最丰盛的晚餐了。

李希特也不理如一，自己先满头大汗地吃起来，嚼黄瓜的时候发出一阵阵的脆响。如一当然也端起碗来，虽然李希特做的面条味道不怎么样，却是如一吃得最香的一顿饭，压在心里的一块大石头也陡然放下，她暗自松了口气。

在公共灶台洗碗的时候，蠢猪的老婆问如一，你家希特醒了？如一例牌摇摇头，蠢猪的老婆说道，还说没醒，他都做饭了，我嫁进镇水街就没见他做过饭。又道，他还问我荷包蛋怎么才叫熟？我说有点溏心的才好吃，他说什么？还要放糖吗？大伙都笑他呢。

回到屋里，李希特不仅没有离开，还跷着二郎腿在看电视。如一心想，他怎么知道我今天想走，所以表现得这么好？

不过很快如一就不想这些了，毕竟有很多比这重要的事等着她去做。到了晚上，她总算忙到困了，便洗洗上床睡下，刚关上灯不一会儿，她就感到李希特也上了床，一把把她抱在怀里，如一怔了怔，因为许久没做过了，整个人都是僵硬的。李希特骨子里是老派的人，在床上一言不发，但同时又是做得少却做得彻底的那种男人，自打结婚以后，如一就依他，算是床上的夫妻床下的客，也不懂得什么胡言乱语。

只是这时如一突然想到，她跟小美妈在走鬼的时候，就是大富豪夜总会的三陪小姐来买假发那次，望着那些人离去的背影，小美妈突然感慨道，你看看人家，一个个跟水蜜桃似的，多水灵，上次有个熟人见到我，说我残得都不能看了，废话，我没男人我能不残吗？如一安慰小美妈道，人家那是年轻，咱们都什么岁数了？小美妈道，我就没年轻过，我那个死鬼老公一结婚就开始偷腥，我这辈子算是白活了。又问如一道，你跟你们家植物人一个星期几次性生活？如一横了她一眼，没表情道，他晚上根本不睡觉，还生活什么。小美妈大笑道，那太好了，省得我旱死，你涝死。

如一当时没笑，她觉得这有什么好笑的？但是现在她又觉得有些可笑。当然她不会在这种时候笑出来，就算眼下做的一切不是特别严肃的事，但也绝不是什么可笑的事吧，所以她绝不能笑。

于是，她闭上了眼睛，这时候她觉得整个人都绵软了，轻得没有分量。

第二天上班，如一碰到小美妈，小美妈端详她一阵，有点酸道，和好了吧？生活了吧？如一想想自己的昨天和今天实在是货不对板，害得别人着急，不禁否认道没有没有。小美妈道，还说没有？你看看你的脸，白里透红的，和好就和好呗，生活就生活呗，干吗昨晚连电话都不打一个，我还给你铺了床。如一果真是忘了，笑道，那你也可以给我打啊。小美妈赌气道，你都和好了，我还打什么？我没你那么傻。

七

不知不觉间，天气转为初夏，终日里都是艳阳高照。

也许，对于时间来说，除了四季有些周而复始的改变之外，一切都是一成不变的吧。

雷霆和李希特重新编好一个武侠故事，取名叫作《雪剑长箫》，原先日本浪人的名字改为涯井兽，他的出生阴惨，命运扭曲，随时被杀也毫不在乎。事实上，他是荷兰传教士在酷刑下背叛信仰，饮恨强奸了武家女子所生下的混血儿，天生的虚无主义者。他手中的刀并非武士的灵魂，而完全是肆意妄为的凶器。

说到正面形象，原来的无待还是无待，他长得神武俊逸，人也很正直，但是性格孤僻，由于早年父母离异，他对男女之情有一种病态的厌恶，立志做一名神龙不见首尾的独行侠，他锻炼自己的孤独能力完全是常人难以想象的，因为他坚信忍耐孤独比叱咤十万大军更难，所以无待的孤寂段位和他出奇制胜的剑法根本不相上下，难分高低，更使他的人格魅力备受尊崇，一时无敌。

任何带有原创性质的劳作都是十分艰辛的，这对于雷霆和李希特来说更是难上加难，因为他们是俗称的野路子，既没有什么团队和班底，也没有不可一世的自信心，最要命的是又没有武侠名家的基础蓝本，如若随意改编那就是侵权啊，这两个饭都吃不饱的人哪里敢涉及购买改编权。

总之他们碰到的所有困难都意味着这是一个不可能完成的任务，一个不可能实现的梦想，一场有去无回的神风敢死队般的痛苦游历。

可是还要做，那就是命中注定的一场劫数。

好在他们俩的结合是互补的，李希特擅长奇想，他总是有无数的主意，但是这些主意不管是珍珠还是鱼眼睛，它们永远是散落的没有归属的毫无关联的，尽管他看了很多录像带和书，但谁都知道艺术滋养的补充不是锦囊妙计可以解决问题的，那只破皮箱也不过就是一只破皮箱，并不是魔术箱，变不出一个新的武侠天王。就像雷霆坚决不让在故事里出现拳谱、秘笈之类的东西，他说，李连杰有秘笈吗？成龙有秘笈吗？如果有，也是他们不曾有过万中无一的怠慢和轻视，秘笈就是看谁能熬到油枯灯干。如果拼尽武艺便可拿到秘笈，拿到秘笈又可以立地成侠，那就是拼运气，并无笑傲江湖可言。

如此说来，雷霆的存在便是那根穿珍珠的韧线，他总是能够出尽百宝把那些不相干的想法变成桥段,把那些原本苍白无力的人和事翻新出彩,同时升华为武林世界的至高情操,令人荡气回肠。

女人和爱情是一定要有的,这也是雷霆的坚持和专长,他说如果没有女人,那男人打什么?又有什么好打的?而且情感的对决比刀剑的对决更胜一筹,更加能够直取人的性命。李希特道,知道女人重要,不知道女人这么重要。雷霆笑道,自然是至关重要,没有脂粉红袖,这个世界不一定太平,但一定无趣。

这个江湖女子取名叫雪晚,相貌风华绝代,武艺也是非同一般的精超。涯井兽就是被她的美貌所吸引,不受控制地一路追随,而雪晚早已心有所属,自然就是绝不向世俗生活低头的无待,而绝情欲、不男女的无待一心只想寻找机会除掉作恶多端的涯井兽,替国人报仇雪恨。这样的罗圈架虽然打得有点落入俗套,但是观众一定是爱看的,人民群众有时候喜欢罗圈架。

故事编好以后,两个人都有小小的喜悦,毕竟是中年得"子",怎么说都是自己的心头肉。正巧此时,雷霆在报纸上看到一则报道,说是第某届文稿拍卖会将在深圳如期举行,于是他决定拿着横空出世的电影故事去碰碰运气。

李希特茫然道,有希望吗?雷霆道,反正死马当作活马医。李希特道,那我跟你一块去吧。雷霆想了想道,算了吧,这也不是人多力量大的事。总之我这回去当一次涯井兽,见人就砍,看看有没有斩获,你就先在家当无待吧,没有期待日子会好过一些。

雷霆来到深圳,便按照报纸上提供的信息,找到会议下榻的酒店,这里的情况比他想象中的还糟,无论是拍卖会现场还是酒店里的会议客房,到处都是乱哄哄的。有人对雷霆说,拍卖会现场都是托儿,买方和卖方全在演戏,不如私下里摸摸情况,尤其是看看投资人里有没有真佛,说来说去,多么高尚的艺术,都得用金钱培植。雷霆勉强呆了两天,什么收获也没有,四面八方的来客也是行色匆匆,不知所为。

第三天早上,雷霆准备吃完早餐就离开,结果他在酒店的走廊里遇到了一个过去的熟人周胖子,周胖子其实不胖,可能是他早年太胖才得此绰号。他现在身材适中,一看就知道是经常去健身房的生活极端优越的人,绝不染发,平头,两鬓露出自信的白茬。他一身得体的休闲打扮,拿一烟斗,斜背一个爱马仕的沉色拷包。

周胖子现在已经是一家大的影视娱乐公司的艺术总监,在行业内名气很响,是热卖题材兼先锋时尚的风向标。所以他的身边前呼后拥,总是挤满了靠他发财的各色人等。

大伙都叫他周总,雷霆也要随分子,周胖子制止他道,周胖子,你就叫我周胖子,这是咱俩的交情。

显然周胖子是一个念旧的人,他一眼见到雷霆就叫出他的名字,握手之后一直没放开他的手,而且始终握着手深情脉脉地望着雷霆,如果不是他在圈内有明星女朋友,真以为出什么状况了。周胖子听说雷霆要走,忙说走什么走?咱们还一句话没说呢,而且你有什么事只管告诉我。

周胖子能说,每次吃饭,一桌不够坐,座位后面还站着一圈人。他也吃得少,大部分时间点着烟斗,不时地抽一口,看着有型有款。他说,在影像和声音时代,全靠娱乐传媒行业给这个世界制造喧嚣和骚动。摩根士丹利近期出台的报告指出,当中国人的食物和居住基本需求得到满足以后,他们开始渴求高质量媒体内容,十亿人消费升级正推动媒体内容的发展。知道是什么意思吗?就是很多很多的人要把钱砸在电影院里,有人组团专门去香港看没下过剪刀的《色戒》,香港旅游局完全没有表示,这是很不对的,是电影为他们做了奉献。韩国电影的主要消费者也是在八十年代经济繁荣的环境下成长起来的。总而言之,现在的中产阶级最需要什么?不再是路易斯威登的皮包,而是"情感制造业"。

他的煽动使在场的人群情激昂,一个个面色红润,目光如炬,仿佛娱乐圈里满地的金子只等人弯腰去捡。

随后,周胖子给雷霆介绍了一个人,这个人名叫才狼,是才狼资本创始合作人,也算是风险投资人吧。才狼看上去三十六七岁,个子不高,年纪轻轻的脸上已有了几分霸气,号称自己是一只有才华的狼。他一身阿玛尼,手袋是普拉达的,打量人的时候从不掩饰自己,直面直观。周胖子对才狼说，雷霆是一个特别有才华的人，也是我极少从心里佩服的人之一。这话把雷霆说得脸都红了，才狼反而对雷霆的印象极好。

才狼很快就看完了《雪剑长箫》，不仅喜欢，而且几度落泪。他对雷霆说道，你先回去，这个本子也不要再给其他人看了，等我忙完这边的事，就到广州去跟你签合同。见过世面的雷霆怔了一怔，心想，就这么简单？才狼一眼望穿他道，就这么简单。

回到广州之后，雷霆并没有把这件事告诉李希特，因为他知道现在说说而已的事太多了，谁当真谁傻，说的那个人是没有责任的。

一晃十天过去了，才狼那边一点消息也没有。对于雷霆来说，这事本该付之一笑，但他却拿出才狼的名片，有过给他打电话的念头。不过最终雷霆还是放弃了这个念头，尽管他已远离江湖，但对江湖之事并不陌生，难说才狼不是只为给足周胖子的面子，逢场作戏，过后并不思量也未可知，自己倒成了做梦都想娶媳妇的傻小子。

然而又过了几天，才狼还真的来了。

他对雷霆说道，我回家处理了一点私事，所以来晚了，你也不给我打电话，我还就喜欢沉得住气的人。雷霆笑道，我还以为你不来了呢。才狼道，怎么会？我的牙齿可是当金子使的，不然也干不了风投。他说话像长辈一样，而且在酒店签完协议，下一拨的客人已经在西餐厅等着他，他看了看手表与雷霆道别，说你走吧，注意点身体。走出酒店的雷霆也说不出有什么不妥，只是心里不大舒服，深感时代变迁，如此这般的大事可以草草收场，而且年纪大的人每每要在年轻人手上讨生活，屁都没得放，礼仪礼貌之事更是乱了纲常。

不久，才狼按照协议打过来十万块钱，这是前期的费用，需要雷霆修改剧本，请人写出分镜头剧本，然后找制片拿出《雪剑长箫》的总预算。

见到钱，雷霆才把这件事告诉李希特。

由于李希特毫无思想准备，又从未听到过雷霆的任何铺垫，猛然得知这一消息，情绪立马从冰点直奔沸点，整个人像打了鸡血似的兴奋异常，雷霆跟他商量任何事都是一个字，好。后来雷霆也就不跟他商量了，先是在普通的写字楼租了一间工作室，有了工作室才能找专业人士谈事，做事。

雷霆还给了李希特一万块钱，他说可以补充点家用，另外买几件正规的衣服到工作室上班时穿，做事就要有个做事的样子，不能穿个沙滩裤就来了。李希特点头如捣蒜。回到家就把钱如数交给如一，如一惊道，你哪来这么多钱？李希特就把情况跟她说了一遍，如一还是不信，反复说这怎么可能呢？李希特说你到底有完没完，我还等着上街买衣服呢。

如一突然泪如雨下，李希特道，又怎么了？如一道，我们现在就去买衣服，但是这个周末，我请几天假，咱们一定坐火车去武汉看看儿子，我实在是太想他了。李希特道，那不行，我买衣服就是要上班穿，我刚一上班就请假，这叫什么事？而且电影搞成了，大钱还在后头呢，咱们可以挑一个假期，带着儿子欧洲游，岂不风光？如一瞪大眼睛，简直不敢相信自己的耳朵，感慨道，我做梦也只是梦到去新马泰啊。李希特道，要不说你是井底之蛙呢，有了钱也是买两碗豆浆，喝一碗倒一碗。

　　两个人有说有笑地去了商场，一扫多少年的晦气，如一给李希特买了一件夹克衫，两件棉布的格子衬衣，还有藏蓝色的长裤。李希特道，万一我要参加金马奖的盛会怎么办？得有一套西装吧。如一被他说得也昏了头，好像明天就要走红地毯，于是在男装部到处看西装，好一点的西装都不便宜，最后看上一套打三折的清仓货，李希特试穿也还是像模像样，他来回照着镜子，忍不住问如一道，你说我还是人吗？如一愣了一下，不知如何作答，李希特忙道，不对不对，我是说我还是普通人吗？如一看着穿衣镜里的希特，居然就变成了陌生人，又帅又酷，不禁由衷地感叹道，你当然不是普通人了，你太了不起了，我真的不知道你这么有才华。

　　如一给李想想买了一身运动服，虽然不是名牌，也不贵，还打了折，但毕竟这是自己一定要表达的心愿，她决定给想想寄个包裹，再塞上两包牛肉干，这是想想从小就喜欢吃的东西。

本来想给自己买条裙子，想来想去还是算了。

第二天上班，如一见到小美妈，小美妈大惊失色道，你怎么又生活了？如一压低声音道，没有没有。小美妈道，还说没有？那你怎么这么容光焕发？难道擦了换肤霜不成？如一便把李希特的事告诉她了。小美妈哪里肯信，直说真的假的？不是李希特给你摆乌龙吧，怎么我听着跟大话西游似的？如一道，我开始也不信，可是钱总是真的吧。

小美妈这才没话说了。

过了几天，镇水街的人见到如一，都要问她你家希特醒了？冷静下来的如一不想说那么多，也还是笑着摇摇头，邻居们说，还说没醒？都知道穿着正装去上班了，都说我们这样的小人物全靠两只手，不做哪有的吃，手停就口停，就算是做美梦都轮不到我们脱产去做啦，可惜这么简单的道理你家希特想都想了好几年，不过想通了就好，你也算是守得云开见月明了。

李希特当然知道镇水街的人背后是怎么踩他的，不过这一次他好像没那么生气，他想，我又不是什么一般的人，当然是不容易被人理解的，如果被这些人认同，又怎么可能像无待一样孤独寂寞地走到今天呢？

八

滚滚黄沙，黄沙滚滚，在无尽烟尘中渐渐浮现的侠客灰衣怒马，倔强刚毅，即便是有盖世的武功，神情却是隐忍低回，出手干净利落，瞬间奔驰已远，冷酷的目光也只在惊鸿一瞥之间。

侠女就更是人间绝品，剑一般窄窄的脸颊，黑色发丝如杨柳拂面，简朴无饰，永远没有一丝笑意，内心却是平静的死忠。

李希特微闭着眼睛，这样的经典场景总是在他的眼前挥之不去，令他血脉偾张，对于他来说，这何止是成人童话，简直就是维系他生命的阳光和空气。从出生到老去，庸常的生活窒息了多少人的英雄梦，只有他坚持下来了，带着一种别人无法理解的偏执和自虐的精神，现在想来这一切都是值得的，从此他将在另一片天空下驰骋。一时间李希特感到了一种奇妙的空虚，直至他的身体不受支配地飘飘欲仙。

电视机开着，电影频道正在播出《功夫之王》，李希特却仰靠在椅子上，双手抱着胳膊，嘴巴抿成八字，下巴缩成一枚干枣，双目紧闭。如一见状，便把电视机关了。

几乎是同时，李希特睁开了眼睛，眉毛马上拧成了纵沟，又是世上一切事情都令他厌烦的表情。如一只好把电视机重新打开，只是音量调小。如一道，走吧，昨天不是就跟你说了吗？小美妈请吃饭。李希特重新闭上眼睛，道，我又没有答应去吃。如一道，去吧，人家都订了座位，这样多不好。李希特平静道，说不去就不去。如一懒得看他那个死样子，扭头走了。

一路上，如一心想，小美妈请吃饭，摆明是为了请李希特，如果是她们自己说事，吃面就好了。现在喊不动李希特，一会见到小美妈，以她那个暴烈性格，肯定骂她没用。

走进雄记餐厅，如一便看见小美妈向她招手，她走过去，看见小美妈身边坐着小美，小美长得很漂亮，不仅眉清目秀，而且皮肤白嫩水滑，她穿一件螺纹针织白背心，蓝色的牛仔裤，左边手臂的上方文着一只米老鼠，一副巨大的黑色太阳镜推到头顶。寒暄之后，如一万分抱歉地说李希特有事给绊住了，来不了。得知这一信息，小美妈并未发火，还一个劲地说没事没事，反倒是小美本来就阴沉的脸更加垮了下来。小美妈忙解释道，刚才小美就一直埋怨我，说雄记是益街坊的餐馆，这么低档谁会来吃啊！

如一十分尴尬，正不知如何作答，但见小美已经起身，白了母亲一眼，对如一说道，阿姨我还有点事。说完离座而去，斜背着一个大挎包，如一也不知道是什么牌子，看着就是气派，脚上是一双露趾的高跟鞋，也是不同凡响的好看。不一会儿她就消失在玻璃门外，吸引不少食客的目光。

然而这一切好像都在小美妈的意料之中，她一点不生气，对如一道，由着她去吧，咱们吃咱们的。说完叫来服务员，菜谱都不用看就点了几样雄记的拿手菜。又道，这些店，小美都不吃的。

如一不快道，我也听不出来你这是夸她还是骂她。小美妈笑道，当然是骂她了，不过女孩子不虚荣，好容易变贱的，你看我就生得贱，前几天拉肚子，家里只有一瓶黄连素，过期都两年了，我一吃病就好了。如一本来想劝劝小美妈别这么纵着小美，结果反而是被她逗笑了。

菜上来以后，小美妈开始言归正传，小美妈道，如一，不瞒你说，听说你家希特熬出了头，我好几个晚上都没睡着，这种一步登天的事我们哪里敢想？但是不想也得想啊，现在你成了金庸夫人，将来就是二十年的鸿头大运，怎么说你也得让我沾点光吧。如一道，你有事说事，怎么满嘴跑起火车来了？小美妈道，好吧，那我就直说了，跟你家希特好好说说，叫我们家小美演电影，当打星。说完小美妈拿出一本小美在柠檬树照相馆照的艺术影集递给如一，叫她一定送到李希特手上。

如一翻着照片，全是浓妆艳抹的大头像，脸刷得跟白墙似的，假睫毛都翘到天上去了。如一道，可不如她平时好看。小美妈道，咱也不懂，说不定导演喜欢呢。又道，我可太想当星妈了，到时候咱们俩也可以不干活，夹着一尺长的大钱包去饮茶，做美容，那才是女人该过的生活啊。

如一回到家中，把照相簿拿给李希特看，又夸小美本人长得多么漂亮，至少不比电视剧里的赛貂蝉差。李希特翻了两翻道，这连一个风尘女都算不上，整个一脑残。

说完就再也不理这件事了。

似乎所有的事都在有条不紊地进行着。

李希特每天按时到工作室上班,和雷霆讨论修改剧本的具体段落,他发现雷霆就像一个指挥若定的将军,不仅工作台上积案如山,同时电话铃声不断,都是找他说事的,有些具体的行业用语李希特连听都听不懂。而且雷霆胸中自有雄师百万,无论多么忙乱的场面他都能淡定处理。

李希特也不知道雷霆什么时候休息,或许他根本就不休息,因为每次李希特离开时雷霆还都在忙着,但只要他到工作室来,雷霆也都在忙着。

在李希特的眼中,雷霆简直就是一个外星人,因为他实在是太神奇了。

最终,《雪剑长箫》的修订稿和分镜头工作台本都出炉了,而且电影的总预算也在反复核准中确定下来,大约是三千五百万,据说已经是武侠电影节俭版的最低投资,任何业内人士听到这个预算都会立马肃立行注目礼。

然而,所有这一切通过电脑传至北京才狼的公司之后,便石沉大海。

又过了一段时间,才狼回复了一封极短的邮件,大意是这个项目经过公司董事局商讨,最终被否,所以合同终止。才狼并没有在邮件里详尽阐述具体的原因，雷霆回信询问原因，又是石沉大海。李希特无法接受这个现实，在工作室里坐不下来，不是站着就是走来走去，晃得雷霆头晕眼花。但是雷霆却觉得这个结果可以理解，他对李希特说，这么大的投资项目，要回报，要挣钱，董事局通不过是很正常的事。

李希特道，那我们怎么办？雷霆道，再找其他的游资呗。

说是这么说，但是真正有能力涉足电影事业的人终究凤毛麟角，所谓寻找游资更是大海捞针。各路豪杰倒是应有尽有，有的老板要求演员在优质地板上演戏说台词，因为他是地板老板；有的公司要求演员嚼着口香糖武打，全然不顾当年还没有这东西，总之所有的现代产品都用不上，还要花很多钱制旧仿旧，那还搞什么搞！

谈到最后，有一次李希特都趴在桌子上睡着了，睡醒一觉看见雷霆还在跟人谈没影儿的事。

待客人走后，李希特突然对雷霆说道，有这功夫，我们还不如上一趟北京，找到才狼把问题弄清楚，再想办法解决。好歹他是个明白人，咱们整天跟不明白的人打交道，什么时候才是头啊？

仿佛是一句话惊醒梦中人，雷霆沉吟了片刻才点了点头。但其实他对才狼根本没有幻想，否则去一趟北京又有何难？只是李希特的这番话让他想起了周胖子，一想起周胖子，他那炽热的目光和温暖的掌心仍旧令他难以忘怀，在这一点上，雷霆并不怀疑周胖子对他的诚意，因为以周胖子现在的江湖地位，他完全没有必要装模作样。

于是，两个人简单收拾了一下，当天晚上就坐上开往北京的列车。

他们没有事先预约才狼，对于不想见你的人，告诉他你已经在他的楼下是最佳的见面方式。

才狼所在的公司很正规，门口负责接待的小姐礼貌地面带职业微笑，她小声地打电话向才狼通报来客的情况，之后便把雷霆和李希特两人带到一间小会客室，并给两人送来了茶水，说老板一会儿就过来。

雷霆打量了一下会客室，不仅收拾得整洁干净，长方形的桌子和配套的椅子都是厚重的实木，西洋的款式，地板是暗青色的石材，处处体现出简洁的奢华风格。而且包括握在手中的陶瓷茶杯，杯盖尚有余热，显然是消过毒的。一个公司能打理成这样，也难怪只要才狼说话总会有几分颐指气使。

想不到要求见面会这么顺利，两人都暗自松了口气。

然而过了一会儿，才狼并没有出现，倒是会客室里的灯光熄灭了，雷霆这才发现窗帘始终低垂，并没有任何日光照射进来，与此同时，一面墙壁上方缓缓降下了一块白色的屏幕。

屏幕上放出的幻灯片恰恰是雷霆的照片，不仅李希特愣住了，雷霆也没想到自己会得到和通缉犯相同的待遇。这时一个男声的旁白响起：

雷霆。原名，雷正霆。广东台山人。一九五八年二月生于香港。早年在香港完成中学教育，十七岁赴美国斯坦福大学读书，一年后停学周游美国。十八岁转入德州大学修读广播电视电影课程。这一年和朋友合拍了一部四十五分钟的纪录片《他乡月圆时》，以表现美籍华人的生活实录。

最不可思议的是，这时的屏幕上不仅出现了雷霆年轻时的照片，居然还有那部纪录片的片段。

旁白仍在继续：雷霆二十六岁时回到香港，加入电视广播有限公司，从事导演和监制等工作，在此期间，他获得了拍武侠电视剧的机会，以一部《逍遥江湖无情剑》的成功崭露头角，被称为当时最年轻最有才华的导演之一，被许多投资人押宝为最抢手的摇钱树。然而人算不如天算，在此后的五年间，他陆续拍出的四部武侠片全部以票房大败告终，成为名副其实的票房毒药。拍最后一部剧时，他赌上了全部身家，但仍然没有扭转惨败的结局。此后，他的老婆带着孩子走佬，他本人也从公众的视野中消失。

变换的幻灯片停留在雷霆最后一部剧的剧照上。

灯光渐渐明亮的时候，才狼已经出现在谈判桌的另一端。才狼道，雷导，我算了一下，你大概有十二年没拍过戏了，目前靠亲戚的接济，在广州老城区的一家习武馆谋生。我说的没错吧，你想重出江湖，可以。但你不能对从前的事跟我一字不提，提了也要看我愿不愿意冒这个险。实话告诉你，我们公司的资金是有香港背景的，也就是说你让我在董事局出丑一番，这些我都算了，我想给你留点面子，想不到你自己还找上门来了，你是不是觉得我年轻好骗啊！

才狼说这些话的口气不见得有多激烈，但却绵里藏针，令雷霆面色青紫，无地自容。坐在一旁的李希特由于毫不知情，早已是目瞪口呆，不能言语。

才狼又道，最可恨的就是你跟周胖子演的那出戏，那是专门演给我看的吧？等我回到北京，才知道周胖子在深圳买了七八个故事，他把你捧得那么高，又跟你那么有交情，干吗不买你的故事？干吗要把你推给我？那点心思我想明白了，只有他知道我们公司现在风生水起，缺的就是票房毒药，一个公司死在一两部戏上那是太平常的事了。

我其实就是公司的一个操盘手，才狼看没有人说话，只好继续说道，我对自己的要求不高，就是每单生意包赚不赔。李希特心想，这个要求还不高啊？而且他对才狼的印象很糟，就算你知道了事情的真相，也没有必要这么赶尽杀绝吧。然而才狼并没有善罢甘休的意思，仿佛雷霆就是送上门来让他羞辱的，他说雷导，你的剧我还真看了，老实说我还挺喜欢，可是我喜欢没用啊，我也不能拿公司的钱冒险啊，所以这件事情我想就到此结束吧。

说完，才狼离开了会客室。在离开会客室之前，才狼站住了，似乎犹豫了一会儿，但还是转过身来，牢牢盯了雷霆一眼，他到底年轻，始终有一句话想忍也没忍住，他说道，我们是风险投资，但不是给疯子投资。李希特再也看不下去，霍地一下站起来，气道，你不投就不投，用不着这么过分，有钱就大晒吗！雷霆仍旧没有还嘴，但脸色已经不能看，额头上的青筋明显爆出，才狼明白他听懂了自己的话，根本没理李希特，便头也不回地走了。

雷霆当然没有再去找周胖子。

在开往南方的列车上，两个人买到两张上铺的车票，人离得很近，却是一路无话。

九

他们背靠背躺着，都知道对方没睡，但又不知道该说点什么。

白天的硬卧车厢热闹非凡，聊天或者打牌的人很多，但更多的人是在吃东西，空气里弥漫着各种食品混合的味道，但由于烧鸡还有大蒜灌肠的气味比较强势，所以更加冲鼻，几乎每一节车厢都成了餐车。

直到晚上十一点多钟，车厢里才渐渐安静下来，灯光熄灭了，乘客在单调的声响和晃动中入睡。

对于李希特来说，北京一行，解开了他心中的诸多谜团，他终于明白了雷霆与众不同的来龙去脉，当然也带来深刻的失落，那就是他以为自己碰到了一个高人，当这个人的形象破灭时，他的梦想也就随之破灭了，同时他也有很深的自责，那就是他用执着的愿望劫持了雷霆，逼着他一步一步揭开了自己的伤疤。想到这里，李希特觉得自己应该劝雷霆几句，但是他这个人连女人都不会劝，哪里会劝男人呢？

的确，雷霆此时的心情可想而知。本来，这次北京之行他并没有抱太大的幻想，是好奇心和不死心害了他，那就是他也觉得只有见到才狼，这件事才算最终了结。他设想过多种状况，都是困难重重，没有什么好结果，但他仍然愿意当面领死。因为十二年都没有磨灭的念头，重新点燃也是老房子着火没法救，不过怎么也没想到当了一回通缉犯，这跟一级谋杀有什么区别吗？只要见光，那就是法网恢恢，疏而不漏，能让人把根儿都刨出来。

人的历史便是你身上的红字，就像这个时代不会埋没天才一样，也绝不会埋没你的失败。种种的得失是甩都甩不掉的行囊，伴在你的左右不离不弃。一天做鸡，终身为娼；一天是贼，一生为寇。人生总有一个拐角处等着你原形毕露，万劫不复。

雷霆心想，这样也好，这样心就死了。

回到南方以后，雷霆心平气和地处理了工作室和繁杂的人事，该退租的退租，该结账的结账。一切都清理干净的时候，就仿佛一切都没有发生过。

生活本身自有归零的能力，恍惚之间，李希特又回到了原来的生活，依旧当自己的隐侠，依旧到习武馆练拳。只是他再也没有在雷霆面前说起拍电影的事了，打人不打脸，揭人不揭短，然而没有了武侠电影这个话题，他们根本就无话可说。所以每一次练完了拳，倒是李希特总赶在其他学员离开之前消失殆尽，结果是一切的一切都回到了当初。

偶尔，李希特会把破皮箱里的片子重看一遍，无意中发现有两部片子正是雷霆当年拍的，仔细看后，他发现这两部片子还不错，也就是说才狼并非妄言。只是当年为什么会成为票房毒药？他也是百思不得其解。心想，我若有一天成了香港的六叔，第一个要起用的就是雷霆，甭管怎么说，自己就是觉得他好。

可见李希特还是没醒。

没醒就是没输够，人都是这样，不成灰，不算完。

时间过得飞快，然而盛夏的闷热却像每天打卡上班一样，准时驾到，而且终日阴魂不散。

这一年的台风也来得格外勤，电视台忙不迭地挂黑色风球，敬告市民小心出行，女记者在狂风暴雨里报新闻，不是拿着话筒，而是抱着大树，否则就给吹跑了。台风一来一走，花名起得都跟戏班子里的当红炸子鸡似的，又响亮又排场，前后脚的登台，闹得风起云涌惊天动地才算消停。

台风年年劲吹,吹老了多少人和事。

其实,许许多多的热闹不过是过场戏,真正的故事才刚刚开始。

日子过得稀松平常。

小美妈想当星妈心切,见到如一,见一次问一次,咱们小美什么时候能成打星?怎么你提都不提这事?如一叹道,还提什么,这事都没影了。小美妈忙道,怎么就没影了?不是找你的人多就敷衍我吧。如一道,你这个人哪都好,就是肠子拐了八道弯,我听说是人家不给他们投钱了,只多问了一句,他就发起火来,我哪里还敢再问啊。

小美妈愣了一下,道,那不是狗咬猪尿泡,空欢喜一场?如一道,谁说不是呢?要不我请你吃面赔罪吧。小美妈道,还吃什么面啊,这个礼拜六赶紧去走鬼吧。如一道,又去走鬼啊?小美妈道,不然怎么办?原先信了你的话,以为有好日子过了,几个月都不想走鬼的事,只想劁鸡谢神,现在又打回原形了,不走鬼我们吃什么?如一被她说得哑口无言,心想,明明李希特这个人爱说梦话,自己怎么就信了呢?应该观望一下再说啊。还买了三折的西装,有这钱真应该去看看儿子。还欧洲游呢,自己怎么就信了呢?

想到这里,如一真想给自己一巴掌。

屋漏偏逢连夜雨,这一次走鬼也很不顺利。星期六的傍晚，如一和小美妈来到闹市区的立交桥上，这一天的摊主还挺多，而且由于台风刚过，天气是少有的凉爽，一时间游人如织，买主卖主互砍甚欢，当然是砍价了。

也就在这时，只听见吱的一声急刹车，一辆城管的车不知何时从天而降，若干城管队员动作麻利地从车上跳下来，分几路包抄了立交桥。桥上的摊主们顿时像炸了营的蚁窝，纷纷收了摊子抱头鼠窜。如一压根还没看见城管队员，就已经被混乱的阵式吓傻了眼，完全不知该怎么办。幸亏小美妈手忙脚乱地收了摊子，拉着如一就跑。

如一的心脏狂跳不止，都快蹦出嗓子眼了，脑子里也是一片空白，只是跟着小美妈夺路而逃。跑到立交桥的转弯楼梯，迎面跑上来一名城管队员，个子高大粗壮，如一两腿一软就坐在楼梯的台阶上了。大个子倒是没理她，上手就夺小美妈手上的编织袋，小美妈哪里抢得过他，最后只得连人带包使劲一推，大个子冷不防一屁股坐在了地上，小美妈又拉着如一狂跑。虽然没有保住货物，但总算人没被抓住罚款。

两个人跑得上气不接下气才敢回头观望，这回是小美妈一屁股坐在马路牙子上，一边喘气一边破口大骂，还让不让人活了！

晚上，如一回到家中，一肚子的火没处发泄，只好闷着头织毛活。但见李希特也许是刚刚起床，正精神百倍地一边看电视,一边举哑铃。如一心想,这个人怎么就不知道发愁呢?自己怎么就跟着这么一个人过了大半辈子呢?越想越觉得奇怪,不知不觉中毛线都打没了。

如一拿起一张凳子,四脚朝天地撂在另一张凳子上,她把一圈毛线套在凳子的四条腿上开始缠线。

好死不死,这时李希特没事踱了过来,道,你呀,整天织呀织的,你怎么就不烦呢?如一懒得吵架,所以没理他。李希特不知趣,又道,就不能做点有意义的事吗?如一心想,你不说来帮帮我,坐下撑着毛线,还说这种没边的风凉话?正待发火,嘴里却道,那你说什么是有意义的事?李希特道,你可以去学英语啊,实在不行学画画,练书法也可以。如一冷冷回道,我还应该学插花和茶道呢。李希特道,对呀对呀,你就是活得太实际了,人活得太实际就没意思了。

真不知是这话,还是说这话的语气一下子惹翻了如一,她厉声回道,你给我闭嘴!李希特还想说什么,如一大吼一声,闭嘴!

李希特从没见过如一发这么大的火,还真的就没再说话,满脑子问号加惊叹号回了自己的房间。

第二天是星期天,如一决定在家织一天毛线,把编织社的活儿给赶出来。这时小美妈打电话来,小美妈道,我又找到一条走鬼的路子。如一道,我们的假发都给没收了,拿什么走鬼啊?小美妈道,我能批发到一些龙眼,去借两辆自行车,就在街边卖,跑起来也快。如一叹道，算了吧，我腿都软了，到时候连人带车都给扣了怎么办？小美妈道，你什么意思啊？说话老长别人的威风，咱们自己也有点志气行不行？好了，你等我的好消息吧。

刚刚挂断电话，电话铃又响了起来，如一知道还是小美妈，打开小灵通便道，又怎么了？对方果然是小美妈，小美妈道，我还真是把正事给忘了。如一道，什么正事？小美妈道，你现在就出街，买一份报纸翻到体彩版，右下角有一个追奖令，上面有兑奖号码。如一不解道，什么意思？小美妈道，什么什么意思，兑奖啊，你跟我一起买了那么多彩票，没准就中了呢。如一笑道，李希特说中彩的概率比出街买彩票被车撞死的概率还要低，我这辈子是不指望了。小美妈哼道，你听他的，他是邓小平还是华国锋？笑死人了，也就你把他当个人物，谁听他的啊。我告诉你，追奖令上可说了，这个大奖已经中了二十六天了，今天或明天再无人认领，就只当是弃奖，你自己看着办吧。

而且兑一下奖你会死吗？小美妈突然就火了，大喊了一声啪就挂断了电话。如一反而笑了，她就是奇怪为什么每回小美妈骂她，她就觉得特别痛快呢？昨天的火也没了人也舒服了呢？

于是，如一放下织了一半的棒针，来到街上。由于是星期天，多宝路上热闹非凡，如一到报摊点买了一份小美妈指定的报纸，回到家中，郑重其事地打开冰箱，拿出旧信封里装着的几张彩票,她在桌上摊开报纸,先找到体彩版上的追奖令,上面果然有兑奖号码,而且一等奖是一千五百六十万元,套红的大字十分抢眼,还写了特急警报四个黑体大字,两个巨型的惊叹号,表示明后天就按弃奖处理了。如一看完报纸,便把自己的彩票摊开仔细核对。

这一核对,就出大事了。

如一简直不敢相信自己的眼睛,没错,她中奖了。如果不是追奖令上还写着,据省体彩中心核查,一等奖的出奖投注站是某某区某某路的某某超市旁边的01353体彩网点,出票的时间、金额都有,如一还真的无法相信呢,但是那一天真真切切是她跟小美妈一块去抢大米,后来还买了彩票。

如一几乎要发疯了,她双手握拳,肉紧了好一会,才一下扑倒在桌上铺开的报纸上,油墨的香味让她陶醉极了。她一边的脸颊贴着硬硬的桌面,眼前的世界是倾斜的,和极度的兴奋一起把她压得喘不过气来,什么是富贵逼人?那就是一个极其虚弱的人吃了十全大补,那是会七窍流血,狂躁难耐,只想大喊着把脑袋撞碎才解恨。

紧接着她从椅子上弹起,冲到李希特的房间,李希特还在呼呼大睡,如一不顾一切地摇醒他,李希特不情愿地嘟囔着,你干吗?如一忙道,我中奖了。李希特哦了一声,便躺下来继续睡。如一继续推他道,我中的是大奖，一千多万呢。李希特翻了个身接着睡，但是眉毛已经拧起来了，如一只看见李希特的大弓背，没看见他的眉毛，还在嚷嚷，你听我说呀，你听我说呀！李希特终于发作了，一下子坐了起来，没头没脑地喊道，还让不让人睡了！钱钱钱！你就知道钱！！我跟你在一起真是没劲透了！说完倒头又睡。

被他这么一喊，如一倒还冷静下来了。

冷静之后的如一心想，其实这一件事她最该告诉的就是小美妈，你想啊，如果不是小美妈提醒她，那不就一失足成千古恨了？但当她拿起小灵通准备拨号时，又猛然想起小美妈说过的话，那就是中了奖谁都不能说，说了就一定会出事。对于小美妈的话，如一是理解的执行，不理解的更要坚决执行，因为事实证明小美妈总是对的。

事不迟疑，如一决定马上去兑奖。

她想起在买彩票的网点看电视时的情景，除了个别人之外，一般的人都是化装领奖，以防后患，什么七大姑八大姨来借啊，什么遭人打劫，被贼惦记啊，还有一厂子的人，一条镇水街的人，万一走漏了消息，真不知道会闹出什么事来。总之不被人认出来便能一了百了。

如一坐在床上怔了一怔。

她首先找出李想想上高中时穿的一身校服，说是校服，其实就是一套运动衫，只因想想长得快，一下子窜过了如一，所以这套运动衫还挺新，如一没舍得送人，现在终于派上用场了。找校服时还带出来一顶想想的棒球帽，另外找出非典隔离时买的口罩，还有李希特的一副墨镜。

这样打扮起来虽然不伦不类，莫名其妙，但是最起码的一条是没人能认出她来了。而且如一告诫自己，一旦从体彩中心兑奖回来，全身上下的行头必须毁尸灭迹，因为自己一定会上电视的，稍露蛛丝马迹便会被身边的人认出来。想到这里，她又有一种常人妄想自己成为间谍时的快感和刺激，脑袋里瞬间闪出若干谍战片的片段。

如一走到巷子口时，迎面碰上了蠢猪的老婆，她看都没看她一眼，后来番薯昌骑着自行车从她身边飞过，根本也是不理不睬。

如一心想，我成功了，竟然没有一个人认出我来。

十

"列车飞快地奔驰，车窗的灯火辉煌，山楂树下的青年在把我盼望。"

在列车上倚窗而坐的如一突然想起了这首歌，她还是年轻的时候唱过这首《山楂树》，当时知道它是讲三角恋爱的，唱起来还有点不好意思。现在想起这首歌，恐怕是因为山楂树下的青年就是李想想吧。

真的，许多人都说，李想想像如一的丈夫，而李希特倒像她的儿子。

儿子是个小帅哥，高高的个子，清晰精致的五官，小麦色的肌肤，整个人像青玉米一样水润挺拔，用他女同学的话说是帅得令人窒息。更可贵的是想想不仅学习好，沉静稳重，彬彬有礼，而且他还干净、整洁，非常懂事并且体贴妈妈。他从小就不拒绝陪妈妈买菜，逛十元店。高过妈妈一头之后他还常常搂着妈妈。这对于一般男孩子来说都是很糗的事，但是想想做得非常自然，而且心安理得。他甚至还跟同学说过，我就是要让别人羡慕我妈妈。

所以，如一以初恋的心情去看儿子，也是不奇怪的。

人就是活一个心情，这对谁来说都无一例外。比如如一中奖之后，她就觉得天都光晒，污染那么重的一个城市在她眼里就是蓝天白云，空气都是甜的，更别提列车单调沉闷的车轮撞击声，在如一的耳朵里也是节奏分明，铿锵有力的，不亚于恢宏的交响乐。

那天她化好装出门之后，还是搭公交车去的体彩中心，兑奖其实并没有想象中的那么复杂，扣掉二百六十万元的税，她实得一千三百万元。但是体彩中心聚集着许多记者，似乎大家万众一心地等着弃奖案发生。这种事其实也是发生过的，如果永远错过了也就算了，偏偏有人事后又发现自己中了奖，结果当然是悲惨世界，这辈子基本就在半疯中结束生命了。所以人们见到一个穿着奇特的人出现，便知道人间的悲喜剧即将上演，便哗啦一下围了过来，记者的长枪短炮全部对准了如一，闪光灯此起彼伏。尽管如一死活不说一句话,只跟着办事人员东奔西走,但她的照片还是出现在许多报纸的醒目位置。

其实如一最想说的一句话就是,让大家失望了,我没有弃奖。

当然她什么都没说。

星期一上班的时候,小美妈就拿着一张报纸对如一说道,我怎么觉得这个人像你啊?如一当即就傻了眼,整个后背渗出汗来,结结巴巴地回道,怎么可能呢?小美妈笑道,看把你吓的,我又不会跟你借钱。这下如一更慌了,更不知道自己说什么好了。小美妈不依不饶道,你看着我的眼睛。如一就像机器人接到指令一样,硬着头皮看着小美妈的眼睛,当她们的目光交汇的一刹那,两个人都忍不住大笑起来。

工友们说道,又不是你们中奖,哪至于笑到有牙没眼?小美妈道,就是没中才要笑,如果我中了奖就放声大哭,把心里所有的怨气都哭出来,你说对不对?如一自然是一边笑一边点头。

为了让小美妈相信自己没中奖,如一还用了两个晚上的时间,和小美妈一块借自行车去走鬼卖龙眼,不仅没碰上城管,还挣了一点点钱。

如一心想,这人要是走运,真是门板都挡不住啊。

别看白天又忙又累,到了晚上,如一还是兴奋得睡不着觉,有时掐掐大腿看自己知不知道痛;有时又豪情万丈，凭什么我就是一盏省油的灯？我为什么就不能去韩国整容去瑞士打羊胎素？回来变成金喜善吓死他们。至少也要到高级美容馆去，在高压舱里蒸一蒸把全身弄得水滑白嫩，要不就躺一躺水床，一次一千多块钱，彻底放松自己就像在云上飘。不过这些如一都是听小美妈说的，小美妈又是听小美说的。

晚上千条路，早上起来磨豆腐。穷人不都这样吗？想一想也是快乐的。

这天下了班，如一对小美妈说，我要请你吃面。小美妈道，又吃面了？那就吃吧。吃面的时候，如一脸红道，我就是想问问你，化妆是怎么回事？话音未落，小美妈的一口面汤就喷了，随即大笑不止。如一有点不高兴了，生气道，我就不能问问吗？小美妈忙道，能问能问，只是你一贯素面朝天的，把我惊着了，怎么回事？有婚外情了？如一呸道，你想哪儿去了？我最近想到武汉大学看我儿子，我是怕自己太残了给他丢脸。小美妈道，那你就省省吧，小美说了，咱们这个岁数这张脸，妆都不好上了，就像新房子好装修，旧房子怎么糊泥子也没法光鲜透亮了。如一脱口而出道，那有钱也没用吗？小美妈道，你不是没钱嘛？买支口红得了，涂上也精神一点。如一道，那又不见你涂？小美妈道，我哪有工夫啊，除了去婚介所，我涂给谁看呀？小美送给我一支她不要的口红，她说很高级的，我都不知道丢到哪去了。

这天晚上，李希特去了习武馆，如一便对着镜子涂口红，口红是在多宝路上的一家女性用品商店买的，化着浓妆的售货小姐热情地给如一推荐这推荐那，都被她婉言谢绝了。如一对着镜子化口红，手势很生涩，这时李希特突然出现在她背后，说你在干吗？如一哇的叫了一声，不仅口红涂到了牙齿上，而且整支口红也惊落在地。李希特奇道，我又不是鬼，你不至于吓成这样吧？如一气道，你怎么又回来了？吓我这一跳。说完捡起口红，又瞪了李希特一眼。

李希特道，你怎么跟吃了死孩子似的？如一一边用桌上的纸巾擦嘴巴，一边说道，关你屁事。

一连数天，如一都不怎么搭理李希特，说话也是掸掸打打。李希特知道她这是生气了，便道，你那天死活要把我叫醒，到底什么事？如一道，没什么事。李希特回忆道，好像你说你中了奖，一千多块钱对吧。如一爱答不理地"嗯"了一声。李希特道，你真是财大气粗，突然变得这么凶了。说完他换了运动鞋出门，原来他刚才一时走神，穿着拖鞋出去了。

如一不觉一惊，她都没发现自己有任何变化。

屋子里安静下来，然而如一也没了情绪，她把口红放进了抽屉。心想，还是算了吧，别再吓着孩子。

说句老实话，自打中奖之后，如一的确冒出过许多古怪念头，离奇想法，但是唯一没有动摇和全力以赴的就是去看儿子。她决定这个星期六就出发，又请了两天假,下周二再回来。

如一下了火车,边问边找,听说武汉大学不近,她本想找一辆计程车,可是她对这里人生地不熟,根本不知道到哪去搭计程车,又不敢乱问,怕碰到坏人自投罗网,问也只敢问火车站的工作人员,人家给她指了一个公交车总站。这里当然很乱,一方面是车出车进,另一方面是背着大包小包的旅客拥挤不堪。好在专线车的司乘人员都在车下拉客喊客,如一刚一报出武大,就被几只热情的手推到了一辆专线车上。

开车的是一位女师傅,样子没有什么特别,车却开得又快又猛,时不时还超别的专线车,有时两辆专线车并驾齐驱,互不相让,给人一种上了战车直奔前线的错觉。当地人的性格可见一斑,就好像满车坐的都是小美妈。

汽车轰鸣向前,车身稀里哗啦地上下颠簸,好像随时都会散架。如一虽然有座位,但也要牢牢抓住扶手,否则不知会被甩到哪去。

东湖很美,大学里更美。如一觉得大学根本不像大学,倒像个花园。而且这里与外面并没有明显的隔离,却像是另外一个世界,不仅风景宜人,速度也没有那么激进,仿佛时钟都走得慢了,而且所能碰到的人也干净朴素,待人友善。如一问路,行人认真指点,几乎都要带她去了。

李想想读的是历史系,这本来是个饿死人不偿命的专业。李希特曾劝儿子要不要读计算机之类的?李想想不乐意,他说他将来不想赚那么多钱然后累死,只要能留在大学教书自由自在就好了。如一也觉得这样未必不好,问李想想要不要送他到大学?想想说不用,他说我又不是什么富贵公子,所有的事自己都能搞掂。不知不觉间他已经读大三了。

如一找到李想想的宿舍,宿舍的门虚掩着,如一敲了敲门,没有回应。于是她轻轻推开门,只见一个和想想一样年轻的男孩子,从一道布帘里探出头来,他一边摘下耳机,一边问如一找谁。得知是找李想想,便指了指想想的床,叫如一等一等,自己又挂上耳机缩回帘子去了。

如一放下行李,顺手整理一下儿子的床,把他随意脱下的衣服一件件叠好,那种独特的气息是她万分熟悉的。

片刻之间,她鼻子有点酸呢。

她发现儿子也有一道布帘子,只是帘子没有拉开,里面围着一张学习用的桌子,桌子上收拾得井井有条,还放有一个有她和儿子合影的镜框,镜框小小的,是竹制的,如一有些奇怪为什么这张照片上没有李希特,或者说想想为什么不选一张全家福放在这个镜框里。

正在这时,想想的宿舍里又来了一位女孩子,这个女孩子一眼望过去就是江南美女,白净的皮肤,纤细的身材，一把青黑的秀发垂至她碗口大小的腰间，她的眉眼就跟画上的人似的，睫毛浓密，朱唇水润，脸上带着温婉的笑容。只把如一人都看呆了。这个女孩也定睛看了看如一，细声细语道，您是想想的妈妈吧？如一忙道是啊是啊。女孩指了指桌上的照片说，怪不得看见你这样眼熟。又介绍自己是想想的同学，名字叫蒋千寻，她也是来找想想的。

千寻邀请如一去她的宿舍喝点水，再洗洗脸，这在男楼都不方便。她会给想想留张纸条，他一会就会找来了。经她这么一说，如一也觉得自己口干舌燥，嗓子眼冒烟，估计能一口气喝掉半瓶水。同时又在心里夸奖千寻想得周到，要不她连上个厕所都不方便。

于是如一就像在深山老林里遇到了偶尔下凡的七仙女，没有理由不跟着千寻走，千寻还帮着她提行李，如一觉得哪能让这样凌波微步的花骨朵受累呢，可是千寻执意要提。

就这样，如一跟着千寻去了女生宿舍。

女生宿舍到底不一样些，并不是比男生宿舍干净多少，而是多了一些花花草草，多了一些清新芳香，也就是所谓的情调吧，而且到处都是歌声和笑声。在千寻的房间，如一喝了差不多一瓶矿泉水，又上了洗手间，洗了脸，这样才算轻松了一些，毕竟旅途劳顿人还是蛮乏的。

如一坐在千寻的床上，千寻陪着她聊天，说起如一在假发厂工作,千寻笑道,早知道阿姨要来,给我们带一个包菜头的头套来就好了,我们话剧社有人要演妈妈,正缺一个头套。如一问道,什么是包菜头?千寻回道,就是圆圆的,跟卷心菜似的。如一道,我带了这么一个发型,你看能不能用。说完打开行李袋,包菜头还没翻出来,彩色发套先被她搬了出来,这下不得了,同房间的女孩都围了上来,把彩色假发顶在头上试来试去,有人说我化装舞会就用这个粉的,多妖冶呀。还有的人说我就是蓝精灵,晚上戴着这个去约会,准把我的男朋友给迷死。至于包菜头,如一拿在手上,根本无人理会。

千寻也被人套上一个冰冰发式,看着很俏丽,有人戴上一顶红色的爆炸头唱我是冬天里的一把火,还学着费翔的招牌手势。笑声惊动了其他宿舍的人,也跑过来凑热闹,把如一当成了个体摊贩,拉开架势准备讨价还价。

如一笑道,什么钱不钱的,你们喜欢就只管留着好玩吧。不等大伙回话,千寻忙道,那怎么行呢?这是两回事,钱是一定要付的。一个千寻同屋的女孩,凤眼弯弯地笑道,哟哟哟,还没过门呢,就开始当家做主了?知情的人哄笑起来,千寻的脸顿时像红布一样,追打着开玩笑的女孩。

最终女孩子们是以出厂价瓜分了彩色假发,有的人付的是现金,也有人给的是饭票,还有人借起了三角债。千寻把收到的钱和饭票一并交给了如一,她说,阿姨,钱你收好,饭票你就给想想,反正他也用得着。如一看着这么美的一个花仙子,还是个大学生,竟然是想想的女朋友,她又不傻,玩笑话里最透露实情,不禁喜上眉梢,心花都怒放开来。

傍晚,如一跟着千寻到学五食堂吃了晚饭,回来时见到李想想正在女生楼的楼下焦急地等着她们。在如一的眼里,想想没有她想象的那么兴奋,他只是非常意外,他说他到图书馆去了,没想到母亲会来,也就没有回宿舍,结果到了吃饭时间回去拿碗,才看见千寻留的纸条。

李想想和千寻上楼拿了母亲的行李,下楼时千寻也跟下来了,想想谢过她之后,便搂着母亲的肩膀去了学校的招待所。

招待所是先交押金,如一刚要打开提包,想想便用手按住了她。想想说,我有钱。说完便付了押金。

两个人进了房间之后,如一问道,你哪来的钱?想想道,我刚才并不在图书馆,今天是星期天,我跑两家人家当家教,所以才晚回来了。如一道,那你就明跟千寻说呗,当家教也不丢人啊。想想没说话,隔了一会儿,反问母亲道,妈,你怎么有钱来我这儿了?如一陡然愣住,她其实很想把中奖的事告诉想想,母子连心,这样天大的好事就该第一时间告诉想想。

但如一又想起小美妈曾经说过,最不能说的就是孩子,他们人生的路还很长,突然有了钱反而会害了他们。

这话如一还是听进去了。

于是如一说道,我在编织社里接了一些毛活,挣了一点小钱。想想道,你真的不要太累了,我宁肯你不来看我,也不想你白天晚上地织,不是织头发,就是织毛线,多费眼睛啊,又累。如一笑道,有什么累的,风吹不着,日晒不着的,已经是福气了。

沉默了一会儿,如一说道,想想,你怎么也不问问你爸爸怎么样了?想想淡淡地回道,我问他干什么?我根本不想提他。如一叹道,你怎么能这样说你爸爸呢?他其实是爱你的,只是不太会表达,而且他也不是一个坏人。想想用鼻子哼了一声,道,这个世界上哪有那么多的坏人?可是我至今想起他来,都没有什么可回忆的。如一似乎想起了什么,急忙从行李袋里拿出两包牛肉干来,一边说道,别这么说,你看,你爸给你买的牛肉干。

李想想不再说什么,他千真万确地知道这两包牛肉干是母亲给他买的,跟父亲一点关系都没有。他不分辩只是不想让母亲伤心而已。从小到大,他跟父亲的感情就相当淡漠,由于他是一个敏感、内向的孩子,总会记住一些不经意的伤害。小时候,都是母亲接送他去幼儿园,偶尔一次半次被事情绊住了,父亲一定是忘记到幼儿园接他的,最后剩他一个人坐在台阶上傻傻地望着大马路；答应带他到公园去玩，临时就不去了，说一家三口去公园很傻，每每打碎他的美梦，这些都不算什么，都是可以原谅的。

但是有些事不行，小时候李想想就很多病，有一次半夜他高烧不退，母亲背着他去医院看急诊，临走前居然还给父亲披了披被子，然后一个人出了门。更多的时候，母亲是在家里，深更半夜的抱着全身无力一个劲咳嗽的他，可是父亲就是半夜起来上厕所，看到另一个房间的灯亮着，还伴有他的咳嗽声，也绝不会过来看看他们母子俩，而是匆匆地跑回床上接着睡。

尤其近些年来，那就更不用说了，家里家外全是母亲一个人操劳。父亲一个大老爷们，有手有脚，不病不伤，不仅一分钱不挣，还要像年轻人一样突发奇想，不务正业，每天发白日梦。他作为一个丈夫，一个父亲，妻子那么艰辛，儿子连探亲的火车票都买不起，他居然一点感觉都没有，恨不得即刻穿起长袍马褂，扛着大刀甩着辫子满街走。

对于这样的父亲，想想也只能是无话可说了。

有许多时候，想想甚至羡慕那些反叛的孩子，他们总是有办法把父母搞得四处抓狂，暴跳如雷。而父亲对他，不是冷漠，而是忽视，忽视到透明。他要成为一个好孩子就是为了给母亲争气，说到希望别人羡慕母亲，其实这个别人根本不是别人，就是李希特啊，他希望父亲能从差异中发现他们父子的距离，但是非常遗憾，李希特一点都不羡慕他们的亲热，他活在自己的世界里。

母子两人谈到深夜，想想看着母亲，突然问道，千寻今天问了父亲的事吗？如一道，问了。想想道，你是怎么说的？如一道，我就是照实说的。想想哦了一声，没再说什么。如一又道，怎么了？有什么问题吗？想想道，没有什么问题，能有什么问题？接着想想伸了个懒腰，又道，不早了，咱们休息吧。

两个人分别洗了洗，各自躺下。招待会的标准房就是两张单人床，所有设施一切从简，但也还算干净、周全。如一肯定是累了，躺下之后不一会就发出均匀的喘息声。

然而睡在另一张床上的李想想却是一夜未眠。折磨他的女孩自然是蒋千寻，他们初识的时候就颇为心动，彼此的感觉都像是被千年的智者点了穴，简直就是神脉相通。无论是形象还是性格，千寻都是想想心目中理想的梦中情人，或许比想象中的还要好一万倍，就算是度身定做，想想都觉得自己提供不出这么完美的人版。只是时代不同了，一贫如洗的年轻人，光是帅并没有什么杀伤力，因为有大把青年才俊，不仅多金，也帅。

看得出来，千寻还是喜欢想想的。但是千寻是稀有资源，稀有资源谁都喜欢，不光是同学之间，就连新留校的年轻老师和离异的教授兼学科带头人，都对千寻表现出极大的兴趣，他们虽然是为人师表，道貌岸然，但一双双流露出激赏目光的眼睛却是骗不了人的。

第一次放假不回家，千寻要回南京，她问想想为什么不回广州？想想当然不能说没钱，便说他跟父亲不和，不想回。他落寞的神情和倔强的性格一下子深得千寻的芳心。这个假期，想想在武昌水果湖的电脑城帮人卖电脑赚钱，千寻从南京回来的时候还给他带了盐水鸭。然而想想根本不提自己打工的事，他觉得自己不能露出一点缺钱的样子，或者寒酸的样子。尤其千寻的父母都是知识分子，他的形象就应该是手不离卷的潇洒书生。

久而久之，李想想把自己的父亲描绘成一个怪癖的百万富翁，经常往返于香港做生意，喝红酒，抽雪茄，除了钱以外别的都不重要。这种描述放在内地会有些牵强，但在广州这样的商都，加之有那么多的港剧深入人心，对于千寻来说，她是坚信不疑的。

大二的第二个学期，放假的时候，千寻主动提出来也不回家，陪伴想想在学校泡图书馆，在东湖边漫步，坐在草坪上听文艺青年弹吉他。这就等于无言地确定了两个人的关系。

幸亏那时李想想靠打工已经赚了一点点小钱，而千寻又是一个家教好的姑娘，两个人在一起总会多出许多费用，像看画展，看话剧，包括吃饭吃小吃冷饮之类，就算是两个玻璃人，也免不了要跟庸俗的臭钱打交道。千寻总是抢着付费，不像有些女孩，好像男人为她花钱就是天经地义。对于千寻的美德，想想真是又惊又喜，他还没见过这样没有缺点的女孩呢,否则这个假期扮梁山伯与祝英台非穿帮不可。

多少大风大浪都过去了,结果母亲一来,轻而易举地揭穿了他的谎言。

第二天清早,如一一觉醒来,看见想想已经打好了早餐,是馒头和稀饭,还有咸菜和煮鸡蛋。吃早饭的时候,想想对如一说道,妈,吃完饭我就送你去火车站,你今天就回去吧。如一说道,我请了假,能不能让我明天再走?想想道,咱们见也见了,你也看见了我很好,何必住在这里浪费钱。如一忙道,我有钱,我现在挺有钱的。想想道,主要是这周我的功课很紧,我送你上了火车,也好回来安心学习。

如一觉得想想的神色严峻而疲惫,不觉说道,不是我做错什么事了吧?想想忙道,你想哪去了,没有的事。两个人不再说话,默默地吃完早餐。

之后,如一开始收拾行李,其实也没什么可收拾的,假发卖光了,行李袋里就剩下几件换洗衣服。如一拿出一个信封,里面有八百块钱,她把钱交给儿子,说道,这个寒假一定回家,咱们一起过个春节。想想道,钱你自己收着吧,这个寒假我一定回去就是了。两个人推让了一气,最终还是如一坚持把钱塞进了想想的衣兜。

隔了一会儿,如一欲言又止,想想道,您想说什么就说嘛。如一吞吞吐吐道,你要是回家过年,也把她一块带回家就好了,也让你爸爸看看。想想道,把谁带回家?如一道,你还装什么糊涂啊,当然是千寻了。想想想了想道,根本没有的事。如一笑道,你还想瞒我,那些女同学开玩笑,我都听出来了。想想淡然道,没有的事才拿来开玩笑呢。如一还想说什么,想想已抢先一步道,妈我求你了,咱们别扯这种无聊的话题行吗?

可我真的很喜欢她啊。如一说道,她也对我非常好,如果是一般的同学不可能这么好。正说得眉飞色舞,想想突然打断她道,别说了!这一吼着实把如一吓了一跳,她愣在那里,呆呆地看着儿子,不知道发生了什么事情。

不多时,如一低声道,想想,是不是妈妈卖假发,给你丢脸了?这时的想想也克制住情绪,恢复了常态,他没有回答母亲的问题,只是走过去搂着母亲的肩膀。我们走吧。他轻声说道。

到了火车站,如一坚持自己买了硬卧车票。

分别之前,李想想紧紧地抱了一下母亲,就在那一瞬间,两个人的鼻子都酸了。如果他们能敞开地谈一谈,那该有多好,那也就没有后面发生的故事了。但人生都是这样,当你懂得无论如何不能错过的时候,通常已经老去。

火车轰隆轰隆地开动了,如一从车窗里看见儿子逐渐变成了一个小黑点,但仍然站在空荡荡的站台上。

她在心里发誓,一定要让儿子过上好日子。

这时列车员提着水壶来送水了,如一忙收起思绪,她打开行李袋拿出自己的杯子,意外地发现了那个熟悉的信封,打开数了数,还是八百块钱。她一点也不知道想想是什么时候放进去的。

十一

其实,保守秘密是一件很辛苦的事情。

回到广州以后,如一就有些后悔。她觉得她就应该跟儿子交个实底,然后带着孩子买些吃的用的,再给他买一台手提电脑,最重要的是给他买一个手机,这样她就随时可以听到儿子的声音了。

这么好的孩子,怎么可能一见到钱就变坏了呢?自己千里迢迢都见到了他,这种事见面说才说得清,电话里根本没法说,结果自己什么也没说就回来了,害得儿子那么省又那么辛苦,除了上学以外,还要给人当家教,既不能休息也不能看书,而他是个大学生,重要的就是学习和养好身体。钱是用来干吗的?就是用来改变环境的,否则就什么都不是。

想到这里,如一觉得自己简直就是穷人本色,有多少钱也是穷人的思维,所以懊恼不已,并且决定等到想想回家过年,就把这件事告诉他。

如一也第二次想到小美妈,她觉得小美妈这个人精明是精明,但是对自己还是很好的,小至抢大米,大至督促她兑大奖,她是处处关照她的,现在对她封口,真有点不厚道。可是小美妈的变数也很大，万一什么事没处理好，她们可能连朋友都没得做了。

而在如一的生活中，小美妈就像个小太阳一样温暖并指引着她的方向，这是一个无论如何都不能失去的朋友，所以也不能节外生枝啊。

分析来分析去，如一反而犯了一个天大的错误，那就是把中奖的事情告诉了李希特。当然，如一作为一个传统的良家妇女，她不可能对丈夫隐瞒这么大的事，而李希特的确也不是一个贪财的人，照理说这笔意外之财不应该给这个家庭带来难以想象的震荡。

然而，金钱操纵人生，它就像如来佛的手心一样，其实我们看不到它的疆界。尤其是没有钱的人，如若也不知天高地厚地胆敢视金钱如粪土，那就更麻烦了，或许成为一场人生的灾难。

这一天的傍晚，如一和李希特坐在餐桌前吃晚饭。如一说道，我都回来这么多天了，你也不问问儿子在学校怎么样。李希特回道，怎么样嘛。如一道，还挺好的。李希特道，那不就行了嘛，我问不问还有什么区别吗？如一道，你不觉得你对他的关心太少吗？李希特不快道，缺他吃还是缺他喝了？还是没供他上大学？他们这一代人最不缺的就是关心了，我们年轻的时候谁关心过我们？还不是扔在广阔天地里自生自灭，也不见我们缺胳膊少腿。你看现在的男孩子都被关心成女孩子了，我看着就恶心。

如一吃饭没给噎着,倒被李希特的几句话给噎着了,她没吭气,李希特又道,实话告诉你吧,李想想我也看不惯,整天照镜子,给他买书的钱,他买猫屎涂在头上,整天跟你勾肩搭背的,我看着都肉麻。如一扫兴道,那以后我们就在一栋楼里买两套房,我和儿子住一套,你自己住一套。李希特道,好是好,可惜是白日做梦。如一一时豪气,口吐狂言道,不就是钱吗?没钱我也不敢说这么硬气的话,我告诉你吧,我那次中奖不是中了一千多块,而是中了一千多万。李希特笑道,你想钱想疯了吧,嘴巴里面都跑起火车来了。

如一放下碗和筷子,里面还有半碗饭呢,她饭也不吃了,找出存折来给李希特看。李希特看了存折,当即就傻了。

这天深夜,如一梦见儿子结婚,他们在豪华的大酒店里摆酒席,整整三十六围,那叫一个气派,把见多识广的小美妈都给震一跟头。想想和千寻这一对金童玉女真是人见人爱,他们并没有穿婚纱和礼服,而是七仙女和董永的装扮,还合唱了一曲《夫妻双双把家还》,引来了一片喝彩和掌声。如一当然也是喜上眉梢,被人拉着灌酒,不喝都不行。推拉之间,她就醒了,这才看见是李希特站在床头推她,她有些不快,便道,有什么事明天再说吧。说完翻身又睡,希望梦回大酒店,接着喝喜酒。结果不行,李希特固执地推她。

如一揉着眼睛坐起来,气道,你干吗不让我睡?我明天还上班呢。李希特这回出奇的脾气好，郑重其事道，我要跟你谈一谈。

如一从来没有拗过李希特，只好半闭着眼睛道，你想说什么就赶紧说吧。李希特道，我想知道你的梦想是什么？如一心想，这人真是有病，把我半夜叫醒就问这个？这叫问题吗？于是如一没好气道，我没有梦想。李希特道，你再好好想一想，人怎么可能没有梦想呢？如一困得东倒西歪，无力道，我真的没有什么梦想，我就想脚踏实地地好好过日子。

李希特仍旧不解地看着如一。

如一有些不耐烦道，我从小受的教育就是要做一个平凡的人，做一颗闪闪发亮的永不生锈的螺丝钉。

这时李希特冷不丁地一拍大腿道，那就太好了，反正你也没有梦想，那这个钱就用来实现我的梦想好了。

如一终于醒了，道，你的什么梦想？李希特道，你这不是明知故问吗？我的梦想就是拍武侠电影啊。如一这下真醒了，急道，那是不可能的，你想都不要想。李希特道，为什么不可能呢？如一道，当然不可能，钱是用来改善生活的，不是扔在水里听响的，我还要买房子给我儿子娶媳妇呢。李希特道，你看看你这满脑袋的高粱花子，整个一个翻身农民。你告诉李想想了？如一道，我没告诉。李希特道，这就对了，给孩子留钱就是害他，你知道吗？如一道，可想想是个好孩子。李希特道，那是因为我们教育得好，只要一给他钱，那所有的教育就不顶用了,可是钱是什么?钱是王八蛋,钱教坏了人是不负责任的。如一道,有那么严重吗?李希特道,你想啊,想想的人生道路还没开始,你就用实际行动告诉他天上会掉馅饼,那他何必还要努力?何必还要吃苦耐劳?而且这些钱也不够他吃一辈子的,那他以后怎么办?你这不是害他又是什么?现在有多少人为了教育孩子还装穷呢,你说这个问题严不严重?

此时的如一已经毫无睡意,她被李希特说得无话可说,便瞪了李希特一眼道,就算这钱不给想想花,那也不能拍电影啊,我就是再不懂也知道拍电影是烧钱玩,连你原来说的投资人都不陪你们玩了,我看你就死了心,我们自己买套房子搬进去住,总可以吧。李希特道,我比你还想离开镇水街,这里的人实在是太庸俗了,我巴不得走得远远的。

那不就行了吗?睡觉。如一说着又准备躺下,李希特坚决不让,李希特道,我的话还没说完呢。如一道,你说你说,我听着呢。李希特道,你必须坐起来听。如一无奈,只好又坐起来。

李希特继续说道,可是你知道吗?吃好住好,那是人生的最低标准,满大街的人都在为这个最低标准忙忙碌碌,结果吃好住好又怎么样呢?还不是不满足,还不是觉得人生就这么回事,特别没劲。只有能够为自己的理想而奋斗的人,那才是最高尚的。你看张艺谋,你记得他穿什么衣服吗?你见过他有什么豪宅曝光吗?没有。可是他实现了自己的梦想,他让梦想成真,所以他是一个成功的人,我必须承认我也嫉妒他。

慷慨陈词的李希特没有接着说下去,因为如一已经坐着睡着了。

比起上一次的冷战,这一回两口子上演的是贴身热舞。

如一在公共厨房的灶台炒菜,李希特便托着一只空盘子站在她的身后,邻居们说,以为你们家做龙肝凤肾呢,不过一盘肉末豆腐,难道也需要两个人抬回家吗?也有人悄悄问如一,你家希特怎么回事?发第二春啊?

回到屋里,如一对李希特火道,你老跟着我干什么?别人看着像什么样子?李希特道,我跟着我自己老婆,关他们屁事。

如一道,你跟着我也没用,我是不会拿钱给你拍电影的。传出去整条镇水街的人都要笑死了。李希特道,笑话别人的人自己才是最可笑的,我就是在别人的嘲笑声中长大的,我怕什么?胸无大志,目光短浅,小白菜便宜两毛钱都会高兴得跳起来,我还觉得他们可笑呢。如一道,我就奇了怪了李希特,我们也是普通人,为什么就不能像普通人一样生活?为什么就不能买个两房一厅搬进去住?为什么就不能成为有车族,周末到郊区去跑一跑?李希特心想,我怎么是普通人呢?只可惜你不具备一双慧眼,看不见自己身边的人是何其了得。但他明白这其中的境界太深了，再怎么辩解如一也不一定懂，只能说一些粗浅的道理给她听，便道，这种愿望当然很容易实现，可是实现了以后又怎么样？是啊是啊，一脚就迈进小康了，有房有车了，那又怎么样？它能让你有多快乐？或者说它能让你快乐多久？而我们要付出的代价就是离梦想越来越远。

如一被气得直翻白眼，总之我说不过你，如一气道，你老是梦想梦想的，谁没有梦想？难道有梦想就不过日子了吗？李希特道，太多的人浑浑噩噩没有梦想了，你就没有梦想。如一道，谁说我没有梦想？凭什么我就没有梦想？李希特道，是你自己说的你没有梦想。如一道，那是半夜三更，谁家半夜三更摆乌龙阵？李希特道，那你说吧，你的梦想是什么？如一道，我的梦想就是把编织大王手工社买下来，我当老板，但还是让那个大学生经营，我们要有自己的设计团队，最终有自己的名牌产品。

李希特笑眯眯地看着如一道，就没有比这更伟大更振奋人心的梦想了？严格地说这根本就不算什么梦想，几万块钱就搞掂了。如一冷脸道，你的梦想就是梦想，别人的梦想就什么也不是？吃饭吧，菜都凉了。

现在的李希特傍晚时分会提前一个小时起床，洗漱完毕之后就去假发厂接如一下班，两个人像演《天仙配》似的。年轻的工友羡慕如一，说，你怎么能把老公制得这么服帖？肯定有什么必杀技是我们不知道的。如一在心里苦笑，不知如何作答。就连小美妈也深感奇怪，小美妈道，你家的植物人到底怎么回事？怎么跟诈了尸似的周街走？如一支吾道，我不知道他要干吗，他这人就没醒过，你又不是不知道。小美妈道，我看着他都着急，他可真没有李想想省心。如一道，李想想五岁的时候要玩具都没像他这样。小美妈道，他到底跟你要什么？如一道，还能要什么，钱呗。小美妈道，又是买武侠书看武侠电影吧？你别给他，现在的书和电影票多贵呀。如一咬牙切齿道，我这辈子非给他磨死不可。

一天，报纸上登出了市区的五十三条永远不会拓宽的道路，是规划局联合若干部门集体讨论的结果，旨在保持这些街道原有的风貌，使这个城市显得更有历史感和文化感。不光镇水街，就连多宝路都被判了终身监禁，全在五十三条之列，永无翻身之日。

这件事就像一滴水掉进了油锅，整条镇水街的人都在议论纷纷，但是不管怎么义愤，当"牛钉"的事肯定是子虚乌有了，靠搬迁赚钱住高楼的梦也就此打住，一时间通街都打不起精神来，邻里见面也是哀叹摇头，声称中六合彩不见这么好彩头，偌大的一个城市，七乡八里，窄窄一条镇水街居然中了五十三条，真是黑起来有门有路，不信都不行。

周六的下午，如一跟着小美妈走鬼卖山芋，上次卖完龙眼以后卖了一次杨桃，结果被城管抓住把秤给没收了，所以这次卖良种山芋按个头，小的一块，大的一块三，倒是很快就卖完了。

第二天是星期天，如一摇身一变，换了一件见客才肯穿的衣服，一个人悄悄加入到看楼团里去看楼。她知道李希特没兴趣干这种事，只能她海选完之后再叫他出来定夺。由于角色变换得太快，如一还有些不适应，她想，昨天走鬼，今天买楼的人，全中国可能也就她一个吧。

老实说，镇水街没希望搬迁了这件事，一下子就坚定了如一立刻买楼的决心，本来她也在观望，希望好事临门。但凡事没希望有没希望的好，买楼就变得简单了，跟买棵白菜回家一样，反正要住和反正要吃是一样的。

傍晚，如一回到家中，这才发现看楼比上班和走鬼都累，只看了几个楼盘，人就走得筋疲力尽了。她没有力气做饭，就叫番薯昌送两盒三宝饭来，三宝是叉烧、腊肠和咸鸭蛋，挺好吃的，如果不是中奖，如一以往都没有这么奢侈过。看来李希特也是饿了，大口吃着饭。如一一边吃饭，一边跟李希特大谈看楼心得。李希特停止咀嚼道，你真的去看楼了？你真的要买楼啊？如一道，反正搬迁也没希望了，晚买不如早买，不然钱都不值钱了。李希特不快道，我跟你说的话你是不是一句也听不进去啊？如一道，我想过了，我也不买什么编织社了，你也别拍功夫片，咱们就买房子买车好好过日子，这样总算公平了吧。

李希特不再说话，但是眉毛又拧起来了，脸色肃穆得吓人。

如一知趣地住了嘴，两个人默默地吃了一会饭，但显然气氛已经变得压抑，有点像暴风雨前的沉闷。

果然，李希特还是爆发了，他的脸色异常平静，声音也是四平八稳，似乎早已深思熟虑，他说道，这样吧如一，我们离婚，每个人六百万，各自实现自己的梦想，我觉得只有这样才最公平。如一当即傻了，惊道，你说什么？你再说一遍。李希特道，我知道你已经听清楚了，你好好考虑考虑吧。说完，他放下饭盒，进了他自己的房间。

餐桌上放着两盒没吃完的三宝饭，如一哪还有心思吃饭，而且本来满嘴溢香的三宝饭顿时没了滋味，不知不觉中业已是泪流满面，除了伤心，她的脑袋里更是一片空白。

这个晚上，如一哭了一夜，她想，钱真的不是什么好东西，没钱受罪，有钱也受罪，简直就是五雷轰顶，一步掉进深渊。又想，李希特可能根本没有爱过自己，她对他所有的情感和关爱其实都是一厢情愿，以前没有钱，他必须依靠她，现在有钱了，他首先想到的就是离开她。

第二天上班时，如一的眼睛红红肿肿，上眼睑接近半透明。小美妈见状问道，你这是怎么了？如一道，没怎么，昨晚没睡好。小美妈道，怎么没睡好？做噩梦了?如一神使鬼差道,不是噩梦,好像还是美梦,我记得梦里面一边是百花盛开,一边是白雪飘飘,我不知道该往哪边走。小美妈道,真的假的?你还能做出这种梦来?这应该是白领啊小资啊做的梦,你也太有才了吧。如一心想,自己当然是胡扯,但潜意识里就是想看看在钱和婚姻之间,小美妈到底会做什么选择,如果问她,她当然是选择钱,因为她被婚姻害苦了,但是暗指就不一定。如一私下里决定,百花盛开的方向是世俗的婚姻,白雪飘飘的一头当然是冰冷的金钱世界,就看小美妈何去何从了,至少对自己也有指导意义。

小美妈毫不迟疑道,那我当然是往百花盛开的方向走。如一半天没说出话来,她想就连贪财的小美妈内心里都渴望幸福的家庭生活,自己怎么能选择钱呢?反正这个钱也是白来的,让李希特瞎造造没了也好,还过原来的日子,什么也没有改变不见得有什么不好。

一连数日,如一都不理李希特,尽管该煮饭就煮饭,该做家务就做家务,她一向反对女人一生气就用停火停工来要挟男人。但是她内心里真的犹如一座快要喷焰的火山,那就是她痛恨李希特那么轻易地放弃婚姻,无论是钱还是梦,如一都无法原谅李希特居然提出离婚这件事,她觉得是李希特捅破了她头顶上的天,包括一直环绕在她身心的那一份温暖也因此荡然无存。

吃饭的时候,为了防止相对无言的难堪,如一就拿着碗,夹点菜放在上面,拿张小凳子坐到外面去吃,反正镇水街一到开饭时间,不少人跑到门外来吃饭。扯上两句闲话饭就吃完了。

到了晚上,如一只要一躺下,眼睛就像按了开关一样泪如泉涌。

如一哭够了,脑袋也冷静下来,她觉得李希特固然不是一个好丈夫好父亲的人选,但是他也绝不是一个坏人,而他对功夫电影的热爱也不是一天两天的事。当然他这个美梦是一定会破灭的,这一点如一看得很清楚。这不需要先知先觉,也不需要女人的直觉,这件事远没有那么神秘莫测,稍微正常一点的人都明白,热爱不是专长,命中没有的东西是不能强求的。可惜李希特自己不清楚,在一条迷途上越走越远。

如果选择不离婚,那就是预备把全部的钱搭进去,如一最终认为这是万万不能的,她一定要把一半的钱留住。也就是说,她被迫要往白雪飘飘的那个方向走去,一方面她下决心买下编织大王手工社,这样她就不担心下岗了,再则这也的确是自己的梦想。另一方面就是要让儿子过上好日子,这是每一个中国母亲不可推卸的责任。

然而,反观李希特,他就跟没事人似的,每天该干吗干吗,如一不搭理他还落个清静,甚至还挺高兴的,也许他觉得离美梦成真只有一步之遥了。

十二

星期四的上午十点半钟,如一和李希特两个人来到了民政局,由于街道办事处都是熟人,所以选择了舍近求远。幸亏这边也能办事,反正只要是收费项目一般都是方便群众的。

两个人能拿到桌面上的理由是性格不合,所以决定分开。财产方面是无存款,住房和孩子归女方,男方净身出户。私下里他们也没有任何争议,还是中奖的奖金一人一半各自实现梦想。如一这一天请了假,李希特破例白天起了床,两个人临出门的时候都表现得十分平静,前后脚出了门,看着也就是最平凡不过的两口子。

但是不管怎么说,如一的心情还是有些恍惚,她突然觉得一切的一切都那么不真实,同时也希望能冒出点意外的事来,这样就离不成婚了。

可惜的是什么意外都没发生,仿佛冥冥之中有人专门为他们设置了绿色通道。

本来就是无争议财产分割,加上那天离婚的对子他们排第一个,所有的事别提多顺了。如一以为至少有个象征性的调解,结果根本没有,办事人员早已见怪不怪,像机器人一样给他们盖好了戳。

领了离婚证出来,两个人四目相望,多少有些伤感,所以谁都没想马上离开,而是干干地站在那里,尽管不走但也无话可说。

如果再年轻一点，可能又跑进去复婚了吧。

婚姻有时就像一把雨伞，在人生的旅途中它总是有一席之地的，让人既无奈又无法割舍。

过了好一会儿，如一才道，你的钱我明后天就打到你的账号上。李希特回道，好。如一又道，房子你慢慢找，找不到合适的就先住在家里吧。李希特仍回道，好。如一的内心翻起苦涩，中奖以后的生活就算她想过一百种，一千种，总之都没想过眼前的这个结局。可是它就这样真实地发生了。

两个人回到家中，关上门，如一终于忍不住说道，李希特，我们现在分开了，这里也没有外人，我能不能问你一个问题，你要老老实实答我。李希特道，什么问题。如一道，你到底有没有爱过我？李希特的脸一沉，不情愿道，你不觉得这个时候问这个问题很无聊吗？如一固执道，我不觉得，而且我一定要知道，这对我来说很重要。李希特突然发火道，这也正是我要问你的问题啊！如一当即愣住了，她无法相信李希特在漫长的家庭生活中居然没有感觉到她的爱。正在惊愕之中，李希特又道，我真的是怀疑你有没有爱过我，我顶天立地的一个大男人，你看我求过谁？我跟这个社会都不低头，可是我给你当三孙子，当下三滥的癞皮狗，你看我一眼了吗？我觉得你根本不爱我，你最爱的还是钱。

如一完全懵了，她几乎就要哈哈大笑起来。天哪天哪，这到底是李希特的逻辑还是天下所有男人的逻辑？！

还真的是让人无话可说。

李希特见到钱之后,便揣好存折,直奔习武馆。

习武馆门户大开,但是里面空无一人,而且安静得很。李希特正待犹豫,就听见雷霆在里屋喊他。进了里屋,雷霆显然刚刚在午休,此时已从床上坐起。李希特抱歉道,是我把你吵醒的吧?雷霆道,这么气闷的天哪里睡得着,养养神而已。不过雷霆心里也觉得奇怪,李希特踏门的那一分钟,他的眼睛便睁开了。于是他问李希特有什么事。

李希特把存折拿给他看,雷霆惊问道,你哪来这么多钱?李希特如此这般,实话实说,而且也告诉雷霆,为这钱他把婚都离了。雷霆当即被震撼得说不出话来。

隔了好一会儿,雷霆才道,不如这钱先在我这里放一放,等你冷静之后咱们再谈其他事?李希特道,我很冷静,我知道我在做什么,这件事我一定要做,否则我也不会抛妻离子。雷霆道,就算是一定要做的事,我觉得你这么干也还是太疯狂了。李希特道,对于我来说,人生的意义就是先做一个梦,然后实现这个梦。除此之外的吃喝拉撒都毫无意义,无异于行尸走肉。奇怪的是人们都认为我疯了,花天酒地包二奶的人反而是正常的,难道你也这么认为吗?雷霆看了李希特一眼,只见他宝相端庄,一脸正气,也只能是一时无语。

李希特道,存折我就放你这儿,该做什么你就做吧。

雷霆苦笑道，可是我是票房毒药，你怎么敢相信我？李希特道，我看了你以前的片子，我很喜欢，我觉得你缺的就是一个东山再起的机会。何况除了你以外，我还能相信谁呢？

肯定与重托，有时对男人来说也许就是全部。所以说李希特的这几句话，还真是把雷霆这个老江湖说得鼻子发酸。此后的三天三夜，雷霆不眠不休，脑袋里始终盘旋着这个项目该如何操作。千头万绪，最终还是一个钱字。尽管现在不是当时的无米之炊，但是对于一个烧钱的事业来说，区区几百万元连个草台班子都搭不起来。借钱就更是一件难事，这年头连救命的钱都开口无门，哪还有人借钱给你玩功夫电影？

雷霆一时想不出办法来，他便先重租了工作室，只是这次没有呼朋引类，只要自己能兼任的差事绝不请人，预算也就跟着一点一点地往下减，直到干毛巾也拧出几滴水来。

当然，对于李希特的不留后路之举，雷霆在心中也是感慨万千，而且他也深知李希特根本不会照顾自己。于是他出面跑了好多地方，帮助李希特租了一个住处，毕竟他是离婚的人了，不能不尊重人家女方。雷霆交了一年的房租，这才重回工作室想武侠电影的方案。

好在雷霆是经过历练的，不仅对电影行业并不陌生，而且还有极强的策划能力。但目前他必须面对的是，毕竟自己刚刚度过了一个漫长的沉睡期，现在重操旧业，也还是从零开始,他心里真是没底。

又经过了几天几夜的思考,雷霆找出了周胖子的电话,雷霆给周胖子打电话说电影的投资已经到位,有六千万之多,他只需要周胖子给他推荐一个强有力的制片。周胖子在电话的那一头足足有二十秒钟没有吭气,显然是被这突如其来的信息震住了,或者说他非常怀疑这一信息的真伪,不过很快他又恢复了常态,以他对雷霆的了解,他选择了相信。他说给他一天的时间考虑和联络,一定会给雷霆一个满意的答复和结果。

雷霆深知周胖子的为人,上一次他把自己介绍给才狼,完全清楚才狼能够成功地甩掉雷霆。一旦周胖子发现他无法阻控形势时,他又会积极地助人一臂之力,落个顺手人情。所以他才能在业内屹立不倒,广结善缘。

果然,周胖子在最短的时间内,在北京给雷霆找到一个制片,这个人姓花,叫什么名字已经不重要了,总之众人管他叫花制片。花制片长得可不怎么样,基本就是车祸现场,但他性情豪爽,办事有魄力,待人又十分亲和,令每个人都觉得自己是他唯一的朋友。花制片在北京工作多年,路子挺野的,圈里圈外都吃得开,难能可贵的是还曾经在深圳工作过几年,能讲一口粤语。总之雷霆对他十分满意。

花制片南下之后很快投入了工作。

他先用了一个烂招,就是海选女主角,这个招数虽然烂但每回都是莫名其妙的深入人心。花制片首先叫雷霆把《雪剑长箫》的故事包装得精美无比，玄妙无比，令人过目之后生出无限的想象力。然后请来大报娱乐版的著名娱记胡吃海饮，神吹一番，再派上必不可少的红包，结果这件事落实到报纸上便如同炸了一个彩弹，自然是花红柳绿美不胜收。

由于花制片在报纸上的这篇重要报道里，公布了影片的拍摄许可证号码，同时还有一个主题网站，结果自然是报名踊跃，各种类型的美女照片蜂拥而至，看得人眼花缭乱。雷霆的工作室里，有一面墙都贴着打印出来的美女照片，被称作美女墙。

在繁忙的筛选过程中，有一个女孩引起了雷霆的高度重视。这个女孩是戏剧学院二年级的在校生，她寄的是一张古装照片，看上去清纯美丽，更聪明的是她也没说自己的本名，就说她是雪晚，真是冰雪聪明。最重要的是这封邮件的后面，雪晚用不经意的语气承诺，如果能够出演雪晚，她将自带七百万的投资进组，而且不求回报，甚至不求回收。

雷霆简直不敢相信自己的眼睛，他觉得这是老天爷终于睁开眼睛看了他一眼。这个念头令他的情绪波动很大，好几次都无法正常工作，只能听听古典音乐，闭目养神。

雪晚确定以后，雪晚并没有来见导演，考虑到她还在上海念书，而且学业紧张不便请假，于是花制片飞了一趟上海，例行公事地跟雪晚见了一面，讨论了部分细节，同时以示郑重其事。然而过了没多久，雪晚的出资人现身了，他不仅来了电话，而且飞到广州，并且在南海渔村请雷霆吃饭。

雪晚的出资人是个大款，生意做得挺红火，这个人形象一般，但相处起来并不讨厌。他说他出钱是没有问题的，只是还有附加条件。他的话让雷霆的心着实一沉，紧接着又半悬在空中，不知此人会冒出什么花样，总不见得他也要演电影吧。雪晚的出资人说，他的条件就是等雪晚毕业以后他们结婚，剧组还要为他们航拍婚礼。雷霆当即傻了，心想当年戴安娜和查尔斯的世纪婚礼好像也没有航拍，一时间张着嘴不知所措。雪晚的出资人解释说，他的诸多的乡镇企业，他的祖辈乡亲，他心中浓厚的乡情都在同一个地方，那里山清水秀，犹如梦中的江南，所以到时候要办三天三夜的流水席，好好庆贺庆贺。拍出来的片子也可以留给后人，鼓励他们造福家乡，光宗耀祖。

雷霆当然只能答应，心想到时候叫花制片随便找个航拍员就把这事解决了，没想到出资人还坚持要跟他草签一份合同。

这天晚上，雷霆在工作室工作到深夜。偶尔，他站在窗前仰望星空，突然间就理解了李希特的疯疯癫癫，同时又深感李希特是个多么正常的人，而认为李希特是梦游的人本身就不正常。以前他足不出户，根本感觉不到这个世界的变化，现在看来还真的是换了人间。

在这之后，雷霆只身一人回了一趟香港，许下重金特邀到一位香港的一线演员出演无忮。没有钱的时候才要敢花钱，否则就见不到更大的钱，这应该是金钱铁律。而雷霆现在满脑子只装一个字，那就是钱。他深知全部都是自费演员根本撑不住一台戏，一定要有深入人心的明星，才能让人相信这部片子的高品位，高级别。好在香港这个地方永远是现金为王，只要有人肯下血本赌一把的导演，一定是蛰伏多年，十年磨剑，重出江湖，不会有人揪住你的从前死不撒手。

回来以后，雪晚和无忮的定妆照配合在一起，便起到了神雕侠侣的作用，被花制片拿到报纸上又翻炒了一轮，再拿着报纸去融资，情况就好多了。

花制片去租了一辆保时捷的卡宴，拉着雷霆到有意向的企业去谈投资，通常是雷霆很少说话，只坐在一边抽烟斗。花制片虽然单枪匹马，也照样把人侃懵，尤其是大谈回报前景，基本就是还没打着雁先论是煮是蒸的路子。

然而这种烂招好像有时也能奏效，他们就这样你来我往，窜进窜出，居然落实了四家企业的投资。

事情的进展有点意想不到的顺利。

雪晚的古装照片登在报纸上，小美妈对如一酸溜溜地说道，这个女孩子哪里靓？根本就没有小美好看。如一无心回话，只一声不吭。她离婚的事并没有告诉小美妈，谁的烦心事都经不起一连串的追问。

自从李希特正式搬出去住以后，如一才真正相信他们的家庭是解体了，在这之前好像什么都没有变，什么都半真半假让人难以置信有些事真的已经发生。而现在她下班回到家里，空空荡荡，她的心就更加空空荡荡没有着落。李希特走后，如一大病了一场，整个人暴瘦十二斤。小美妈还以为她是针灸减肥出现奇效，小美妈是这样推理的：如一生怕自己配不上大侠李希特。

不过，尽管内心悲凉，如一也不认为自己做错了什么，就算是李希特拍电影最终赚了大钱，她也不会后悔。因为她吃过孤注一掷的苦头，她曾经赌过青春和初恋，现在谈不上后悔，但是她更愿意相信平凡和踏实的力量。

当然，如一也承认在李希特的感召下，她的内心重新燃起了梦想之火，一天，她到编织大王手工社交接毛活，无意间看见门口贴着白纸打印的"转让"两个字，下面是一串手机号码。显然是甘笔自己也撑不住了，只好把工作室脱手自救，创业这两个字其实并不好玩。

本来如一和甘笔是没什么话说的，这一次就只有到里间去问甘笔，转让金是多少钱？甘笔想了想说道，还是谁想买你就叫他来直接找我谈吧。如一说道，就是我想买。甘笔当即给惊着了，他说你说什么？我这可不是早饭铺啊。如一笑道，我有说你是卖大饼油条的吗？甘笔还是懵的，他上下打量如一，自语道，怎么看也不像隐性富豪啊。

如一道，你不用猜了，我也不是什么富豪，只是我对编织一直都很有兴趣，我觉得这个编织社挺好的，卖掉了可惜。甘笔道，我也不想卖，可是没有办法，每天一睁开眼睛就想到房租。如一道，那就转让给我吧。可我这里还包含知识产权呢。甘笔低声说道。如一说你就说多少钱吧。两个人讨价还价一番，如一花了几万块钱买断了编织社，不过还是甘笔负责创意和经营。如一照样领了毛线回家手工作业，这时早已不是贴补家用，而是有时靠它可以打发漫漫长夜。

如一叫甘笔不要宣告编织社换了老板，甘笔说为什么啊？如一说不为什么，我也不懂什么经营管理，只不过是我年轻时候的一个梦想，只当是圆了这个梦想。甘笔突然眼湿湿道，梦想，这个词好奢侈啊。如一道，可是只有梦想是不会嫌贫爱富的，每个人都可以有，难道你没有梦想吗？甘笔苦笑道，有或者没有又有什么区别，还不是这样活，我们这一代人是不讲意义和价值的，你们不会理解。如一道，你一个人坚持到现在，难道不是为了实现梦想吗？甘笔说道，当然不是，我是为了赚钱，而且我以为我能够成为拉格斐德或者圣洛朗。

如一当然不知道这两个人是何方神圣，更不知道他们是多么了不起的时装设计师，分别在二十一岁和十九岁初露头角。她也没有跟甘笔再聊下去，只是跟他约好了转账和改变经营者等种种事宜的时间和程序。然而走的时候,甘笔一直把她送到楼下,如一一直说不用客气,但是甘笔说你都是我老板了,这应该是最起码的规矩吧。如一心想,可见他也不是什么都不懂啊。

应该说如一的生活几乎没有改变,她该上班就上班,该走鬼就走鬼,该织毛衣就织毛衣。如一给李想想写了封信,信上什么都没说,只叫他一定回家过年。私下里,如一已经想好了,等到想想回家,便把一切都告诉他,然后跟儿子一块去挑一套好房子,从此搬出镇水街,开始新的生活。

因为她发现她住在这里太压抑了,只要进了家门,到处都是李希特的影子,她知道自己其实是非常非常爱他的。

他像树根一样,无用,却又深深地扎在她的心里。

十三

风水轮流转,这一次是小美妈异常走运,而且还是桃花运。

一天,正值下班的时候,小美妈和如一一起往外走,路上无话,如一又有点心不在焉。小美妈忍不住道,你这个人也是,咱们老友一场,就不觉得我有什么变化吗?如一草草打量她一眼道,你有什么变化?小美妈小声道,我去漂白了脸上的皮肤,还做了乳房瑜伽,你不觉得比以前挺了一点吗?说到这里,小美妈下意识地挺了挺胸脯,又道,人家的广告可是进来是飞机场,出去就变成了波霸。如一不紧不慢道,你信吗?小美妈嫣然一笑道,不是信才灵嘛。如一横她一眼道,你发财了?敢烧钱了?你以前不是说这些都是骗钱的把戏吗?小美妈笑道,说来话长,吃面吃面。

于是两个人去了常去的拉面馆,小美妈告诉如一,别人给她介绍了一个男朋友,岁数是大了一点,五十七岁,新加坡人,名字叫做王志彪。但是这个人开了一间挺大的方便面厂,有点钱,人称泡面老K。两个人接触了一下,感觉还不错。如一疑惑道,不会是骗子吧?小美妈道,不瞒你说,我心里也这么想过,他图我啥?没钱没色,可是我又一想,正因为没钱没色我也就不怕被骗了,他能骗到我什么?如一想想也是。小美妈道,我也问过他为什么愿意跟我交往?他说我爱说话,热闹,的确他这个人平时什么都不说,只笑眯眯地看着你,他说他最喜欢我叽叽喳喳,有事没事到处张罗,这样他就很享受。而且他还爱吃我烧的菜,每次都是我们一块去买菜,回来烧给他吃,他说很有家的感觉。他老婆是病死的,儿女们也都大了,各过各的,他就有点寂寞了。

如一想了想道,他身体还好吧?小美妈道,还好,也没什么病,人看上去比实际年龄显得年轻,就是,就是,小美妈就是了半天,如一道,就是什么?小美妈道,你说这人就怪了,我们以前说一个男人不色,见了女人不动心,跟女人关在一间房里还是慈眉善目,也不往上扑,女人们就哭着喊着要嫁他,现在说一个男人不色,我就怀疑我在他眼里还是不是女人?或者他那方面不行?猜不透,搞得我都想去文眉隆胸了。如一道,打住打住,人家可能是守规矩吧,不像咱们这边的男人这么不靠谱。小美妈忙道,就是就是。

也许是过于兴奋的缘故,小美妈完全没注意到如一的黯然神伤,马不停蹄地讲着她跟泡面老K的点点滴滴,直到两个人准备分手她还是意犹未尽。

分手前如一问小美妈,这个周末还去走鬼吗?小美妈道,千万别跟我提什么走鬼,我马上就要变成中产阶级了,我现在要注意保养,再买几套时装,这样才配得上我们家老王。我劝你也得买几身好衣服,而且光减肥不行,你看看你前面都成搓衣板了,小心你们家大侠喜欢上女演员,男人没一个好东西,你以为啊。小美妈叫唤了一轮,发现如一正斜着眼睛看着她,感觉自己的确有点太嚣张了,不禁改口道,我也不是不想走鬼,她说话的音调总算降了下来,可是现在的城管越来越厉害,一眼没看到,就像僵尸一样一下子站在你身后,钱还没有赚到已经被他们吓了个半死。

如一没有说话,但其实她目前对于走鬼,还真是解闷休闲的法宝,因为她实在不愿意总是一个人坐在那个空落落的家里发呆。在立交桥上走鬼,简直就是一个小超市,假古董,假表,考试作弊器,针头线脑,花布睡裤,石榴,鲜花,盗版碟,还有象棋残局花钱对决,有学生模样的人给人画像或设计签名,总之大伙热热闹闹地讨价还价，城管来了一哄而散，俗称反扫荡，无论如何也还挺刺激，什么烦恼也就忘了。而回家却是受罪。

以前是小美妈不愿意回家，有事没事张罗着走鬼，上次用本地木瓜冒充夏威夷木瓜走鬼，客人品尝的是夏威夷木瓜，买回家的却是本地木瓜。如一说这样不太好吧。小美妈说有这么便宜的夏威夷木瓜吗？十块钱四个，我都想吃啊，还不是他们贪便宜，不被我们骗也给别人骗，不都一样吗？

现在如一完全理解她了，她绝不是仅仅为了钱，她是心苦，而这种苦又是连小美都无法为她分担的。

小美妈说，小美有夜店狂欢的习惯，晚晚都是不在家的，每当夜幕降临，她就成为百变美女，时而性感，时而狂野，有时还头戴红角扮魔鬼，看上去甚是调皮兼可爱。于是她成为夜店最受欢迎的女嘉宾，不仅能带旺人气，而且会令男人酒后失控，大把撒钱。就连见惯场面的夜店老板，有一次都被小美的贴身热舞挑逗得宽衣解带大跳脱衣舞，这位超酷的猛男竟然完全忘却了自己的身份，和小美互揽缠绵，亲热备至。

小美身边的男友也是换了一个又一个，好彩最近搭上一个钻石王老五，人称叶公子，是一个贸易集团的总裁，现年才三十二岁，据说身家丰厚，出入全部带着保镖。小美妈说有一次她撞上一辆奔驰敞篷车来接小美，有两个黑衣男人打着黑伞给小美遮太阳。不到十米的路程，这也太夸张了吧。谁知小美却轻描淡写地说，没有保镖还算什么富豪？小美妈说，太夸张了就不现实了，你小心给人家骗。小美说，穷日子最现实了，谁爱过谁过，反正我不过。

小美妈对如一说，这个世界是年轻人的，如果我一个人呆在家里不说话，就跟一件旧家具一样，所以我宁肯出来走鬼，给城管追着到处跑，我也不愿意回家去当旧家具。

这当然是她以前说的话，现在她好了，欢天喜地地回家去陪老王，还说老王要教她喝咖啡，吃"气死"蛋糕。相比之下，如一觉得自己就剩下凄凉了。

回家的路上，如一神情恍惚，不知不觉间走到一个陌生的小区，在一座灰色的六层楼前，她停下脚步时方如梦初醒。

这座灰色的楼房属于房改房，看着比较陈旧，而且临街的一面，窗户四周拆除防盗网的痕迹还在，那是有一年整顿市容统一拆除的。就在这座楼的六楼，便是李希特新租的房子，里面有一房一厅，面积还算宽敞，这是房改房的特点，破败，公共面积又有一点大而无当。据说这房子是雷拳师帮他租的，搬家的那一天，李希特还在跟她发号施令，根本不拿她当外人，好像他使唤她是天经地义的一件事。那天雷拳师也来帮忙，倒是从头到尾都是一副抱歉的表情，眼睛都不愿意和如一对视，只是大包小包地拿东西，帮着搬家，时而忍不住就叹一口气。最后他趁李希特去上厕所的空当，向如一表示他会好好照顾李希特，并且请她放心。如一什么也没说，只是眼圈微微泛红。

雷拳师又说，男人都是挨千刀的东西，死不足惜，从来放着太平日子不过，要瞎折腾。你是一个好女人，好好过自己的日子，就别理我们了，就算以后我们死得很难看，那也是自找的。

如一还是没说话，心想你说得容易，我何尝不想当他死了，可是做得到吗？女人的操心就跟男人的折腾一样，不死不休，除非没有心。可是没有心的日子就算荣华富贵又有什么过头？所以如一觉得这件事情奇怪得很，明明知道自己做得是对的，偏偏在生活中没有了方向的正是自己，就像在森林里迷了路，不知道该往哪里走。而李希特却朝着他梦想的方向一步一个脚印地往前走，如一直觉他在走向毁灭，可他和雷拳师又为何那么清醒和坚定呢？

在这之后，如一来过两次灰楼六楼，李希特的住处就像垃圾站一样，她总得收拾半天，再带走一大堆脏衣服，同时给李希特带来卤牛肉和葱油饼，李希特也不客气，就着开水吃得很香。

其实如一心里也知道不该再理他了，他的所作所为简直就是是可忍，孰不可忍，可是看到他吃饼夹肉的那一分钟，他拧着眉毛专注地咀嚼，脑袋里不知在想什么，如一的心里又是很受落的，就像看见李想想小的时候一样。女人的心就像煎饼一样两头翻，每翻一次的感觉都不一样，最不能容忍的人偏偏就是自己最爱的人。如一觉得自己都快被李希特给搞疯了。

然而这一天的晚上，如一并没有上楼。

李希特前几天给如一打过一个电话，叫她不要再去灰楼六楼了，因为他跟着剧组去了甘肃柳园拍戏。

可她却不知不觉地来到这里。

转过身去，如一慢慢地往家走，穿过几条街巷，便是灯火通明的多宝路，除了商家或大卖场的高音喇叭通街喊着走过路过不能错过之外，许多食家和酒吧也跑出来占道经营，一派吃光花光的繁荣景象。

路过茶餐室时，如一推门走了进去，想吃一碗牛腩粉。正在跑堂的番薯昌显得格外热情，满脸堆笑地张罗着招呼如一，一边说道，怎么又吃牛腩粉？你家希特最近都进军影视界了，那不是找到了印钱的机器，你要与时俱进，不能还这么省吧？如一笑道，那你说我该吃什么？番薯昌道，你等着。转眼间就端出一个托盘，里面是一盅椰青炖鸡，一盘鲜虾炒蛋，另有一碟咸水菜心。

这份套餐如一吃得很满意，等她付完账走出来，番薯昌也跟着跑出来，俯身说道，你家希特的戏里如果缺人，一定想着我啊。如一脱口说道，你能演什么？番薯昌道，我能演死尸啊，曾志伟都说，当年他演完全香港的死尸，机会就来了，你怎么知道我就不是下一个曾志伟呢？说完他向如一挤挤眼睛，跑回茶餐室当班了，一边跑还一边喊道，记得打我的手机啊，我二十四小时不关机的。如一不禁哑然失笑，心想原来现在演死尸都成为男人的梦想了，怪不得张艺谋的电影里死尸那么多，不知圆了多少人的梦想。

如一回到家中，发现家里灰蒙蒙的，这才想到以往李希特在家时，无论她有多忙，家里还是井井有条的，但是现在她完全没有心思，也是宁可走鬼也不愿意在家呆，日子过得灰头土脸。

她想了想无论如何这也不是世界末日，于是挽起袖子开始大扫除，一直干到她站着洗拖把都已经睡着了，这才倒头昏睡。

下班的时间到了，不等如一反应过来，小美妈已经消失得踪影全无。

如一慢吞吞地走到公交车站，站牌四周的人很多，任何车开过来都是一拥而上，如一反而更加不急。心想这种一个人吃饱全家不饿的日子可能才刚开头，不觉暗自叹了口气。

这时她的小灵通响了。

来电话的是一个男人，声音遥远而陌生，他说我是项春成。如一脱口道，哪个项春成？然而刚说完这句话，她马上反应过来项春成是谁，着实一愣。项春成笑道，你认识几个项春成？又道，我们见个面吧，我有事跟你说。如一猝不及防，也是随口说道，什么时候？项春成道，就现在吧，择日不如撞日。见如一半天不语，又道，你刚刚下班吧？别坐公交车了，再往前走两条街就看见一家饭馆叫海南城，我刚好在附近办事，就在那里等你。

说完这些话，并不等如一回话，项春成便收了线。

如一站在原地，下意识地看了看四周，非常奇怪项春成怎么会突然冒了出来，更难以理解的是他居然知道自己在哪里上班，下班时必在哪个公交车站出现，这让她的脊背有少许的寒意。

而且她又想我为何要去见这个人？这个人跟我还有什么关系吗？要是在从前，如一根本就会断然拒绝。她一向是没有好奇心的，这也是她即便是见到同学也绝口不问项春成下落的原因。也许是今天太特殊了，如一感觉到内心的空落，而且立刻回到那个没有人气的家里干什么呢？又没有人在等她，想跟小美妈说两句话，她也在第一时间跑掉了。

整整一天好像都没说过话。

还在犹豫，项春成的电话又打过来了，他说已经到了饭馆，开了茶位。又说吃一顿饭而已，我又不会吃了你，你怕什么？如一心想这家伙怎么像另有一双眼睛盯着她似的？又想我怕什么？少说我也是你生命中的贵人，否则你知道大学的门往哪边开吗？我有什么好怕的！想到这里，她便理直气壮地离开公交车站，向前走去。

海南城是一个极其普通的饭馆，如一走进去之后，便看见项春成在一个临窗的餐桌前向她招手。

她走了过去,项春成站了起来,两个人象征性地握了握手。如一没有什么特殊的感觉,项春成给她的第一印象是人还是那个人,轮廓都是她万分熟悉的,但却已是满脸的岁月沧桑。就像一件东西,旧了,都是这个样子,甭管过去在自己的心目中有多金贵。

项春成点了文昌鸡和四角豆,似乎是要唤起如一的某种记忆,但是如一并没有任何评点和感慨。也许对她来说,只是一顿普通的晚餐而已。

她看上去异常平静。

你还好吗?项春成问道。挺好的,你呢?如一说道。项春成道,我也挺好的。不过说完这话,他似笑非笑地撇了撇嘴,神情令人难以琢磨。如一道,你笑什么?项春成道,我以为我们能省略这个模式呢,看来不行。如一道,什么模式?项春成道,互相都说好,你真的挺好吗?

项春成看着如一的眼睛,他的眼神很有点意味深长。如一没有接项春成的这句话,当然也没有看项春成的眼睛,只道,你找我到底有什么事?

项春成道,有好几个同学都提议,咱们当年的插队知青一块回一趟海南,还是坐着轮船进岛,到我们过去的农场住几天。如一默默听完他的话,道,你们去吧,不用预着我。项春成道,为什么?不是因为……他的话还没有说完,如一抢先说道,跟你没关系,老实说我是没有什么心情怀旧。项春成道,就是没有心情才应该出去散散心嘛。

如一沉吟片刻扬起脸道,当初走的时候就发誓再也不回去了。

两个人闷了一会儿,又低头吃了一会菜,终于项春成打破沉寂道,还是我伤了你的心,你恨我对不对?如一淡淡笑道,都说了跟你没关系,每个人要走的路还不都是自己选的,怨不得别人。

项春成略显忧伤道,就不能给别人一个机会吗?

如一答非所问道,项春成,以后有什么事就在电话里说吧,像这样面对面地坐着,你不觉得我们已经没有什么可说的了吗?说完这些,如一果真起身告辞,不等项春成是否执意挽留,她已匆匆离去。

回到家中,如一也想不明白自己为何会这样任性无理,不管怎么说人家请吃饭,至少把饭吃完了再走,但她突然觉得这样很没有意思,过去的事情都过去了,难道再伤心一次不成?而且事实证明她也不会再为他伤心了,就在相见的那一分钟,她的心海都是波澜不惊,真正牵扯她身心的根本是另一个男人。

那又何必缅怀,感慨,甚至千里迢迢地去怀旧,就像演戏一样,何况这戏还是演给自己看的。这真让如一感到厌倦。

照理说这件事就应该像风一样吹过去了。

果然,项春成再也没有来过电话,如一偶尔想起这件事，就觉得项春成像非典病毒一样，来无影去无踪，任何时候提起来都是一头雾水。

就在如一渐渐淡忘了项春成曾经出现过的这件事时，有一个平常的下午，如一像以往一样，下班后出了厂里的大门，一眼看见项春成就在门口等她，说是有事找如一帮忙。如一问是什么事？项春成说一两句话说不清，还是边走边说吧。如一说到底是什么事？项春成不快道，以前的事咱们就不提了，就算是老同学，我总不会害你吧？

如果在这里发生什么口角，被人看见也不大好。于是如一只得听从项春成的安排，两个人上了一辆计程车。计程车左弯右绕，开进了一个闹中求静的住宅小区，小区的名字叫做东方紫园，里面是四栋灰色的高层建筑围着一处花园，花园的中间有水墙，还有雕塑和喷泉，四周是浓密的绿树和灌木，穿着制服的保安随处可见。一看便知是高尚楼盘。

项春成打开一套三房一厅的单元，里面空空荡荡的没有家具，但是厨房和厕所是装修好的，而且很上档次，家用电器更是一应俱全。

项春成问如一感觉怎么样？如一说很好。又说这还有什么好参谋的？谁看了都会说好。项春成道，只要你满意我就放心了。如一笑道，这跟我有什么关系？项春成道，实话跟你说，这房子是我给你买的，你就搬过来住吧。如一的笑容僵在脸上，一时不知如何作答。项春成的脸上则掠过一丝隐蔽的自得，他想，谁都会被这种意外的惊喜吓住的。

你发财了？如一看着项春成，紧接着又毫无顾忌地上下打量他一轮，发现他穿着平常，皮鞋还是旧的。小美妈说过，看一个男人是否有钱要看他的鞋子和手表，如一上一次就发现项春成戴的是一块电子表。项春成笑道，谈不上，就是你们常说的有几个臭钱。如一道，所以呢？

项春成想了想，叹道，改变可以改变的，以求心安。

如一无甚表情道，这还算是你的心里话。

项春成谨慎道，我说过，要给别人一个机会。

如一这时反而没有什么心情看房子了，她靠在大理石的窗台前，又一次摸了摸滑溜溜的大理石道，真的谢谢你的好意，我只是奇怪你怎么就断定我需要房子呢？而且，我干吗要住你的房子？你也真是的，你这是什么意思嘛？项春成道，没什么意思，就是想你从镇水街搬出来。

如一惊道，你怎么知道我住在镇水街？而且上次忘了问你，你又怎么知道我在哪里上班？项春成迟疑了几秒钟道，跟同学一打听，还有什么不知道的？如一仍不解道，你怎么突然打听起我来了？项春成道，我什么时候打听你都不奇怪吧，总之我还是希望你离开镇水街。如一略显不快道，我为什么要离开镇水街？项春成道，主要是离开那些不好的回忆。如一陡然正色道，你真是太奇怪了。你怎么知道我在那里会有不好的回忆?

住在那样的地方,还能有什么甜蜜的故事。项春成淡淡回道。也许就是这一点点的轻慢让如一心里很不舒服,她也用淡淡的语气道,甜蜜还是痛苦只有心知道,跟住哪儿有什么关系?

我就不知道你还有什么可犟的。项春成终于有些不耐烦道,如一,你真的一点都没有变,你觉得这么犟有什么意义吗?如一火道,你这算什么?补偿还是恩赐?项春成我告诉你,我很讨厌你这种居高临下的感觉,当初你不声不响地走出了我的生活,现在你又莫名其妙地走进了我的生活,你问过我的感受吗?在你眼里我是什么?随便出入的便民公园吗?我住在镇水街谈不上有多骄傲,但也绝不至于是个耻辱。而且你有什么资格安排我的生活?

项春成的脸色阴沉下来,他当然一时之间无法回答如一的这些质问,但最让他感到不解的是,就算如一见到这套房子不是欣喜若狂,至少也应该深受感动吧?怎么反倒激起了她内心深处的怨恨呢?

他必须承认他这辈子最不了解的就是女人。

然而,当他从迷惘中返回现实,那套三房一厅的高尚住宅里,只剩下他一个人了。

闷热的天气终于渐渐转凉,几场秋雨一过,一早一晚便有了寒意。

李想想给如一写来一封信,说是这个春节就不回来了,原因是寒假的时间太短,来回的车票,费用还是浪费钱,他决定暑假一定回来,好好陪陪母亲。李想想在信中说他一切都好,他并没有提到千寻的事,只说这个寒假会努力打工挣钱,叫母亲不要替他操心,另外过日子也不要太省,要当心身体。

收到信的当天晚上,如一就给想想回了封信,坚持叫他回家过年,并说如果方便的话,就带千寻一起过来,费用完全不用担心,她有一个大大的惊喜要告诉他们。但是这封信发出之后便又是石沉大海。

转眼间就到了春节前夕,各大商场都在积极组织货源,准备大开杀戒。咱们中华民族的传统就是一年怎么也要放纵一把,人们通常都是在年关底下胡乱花钱,好像不这么干不足以表达对自己的肯定和犒劳。所以各大商场磨刀霍霍也是知己知彼,情有可原。明星廊的海伦突然就给如一打来一个电话,她叫如一给她送货去。如一愣了一阵,海伦在电话里说,我当然知道假发是韩国的好,可是小美妈不给我送货了,她把电话号码也换了,肯定是投奔友谊商店了,到那边价格肯定翻跟头,这人真不够意思,咱们都是在商言商,她跟我说一声就行了,何必做得这么绝。

海伦又说,我后来也进过别人的货,贵倒是不贵,但是质量真不行,相比之下,还是你的货又平又靓。如果你不介意,还是你给我送货,反正做熟不做生,春节前我要见到东西。这时如一也反应过来了，忙道，不介意不介意，海伦你能想到我，我已经感恩不尽了。

如一把这件事告诉小美妈，小美妈老半天才用鼻子哼了一声，道，我现在不是要跟海伦说拜拜，而是要跟所有的假发说拜拜，我告诉你吧如一，我看见假发我都恶心了，再织下去我就要发疯了。老王也说不想干就别干了，他养活我也不成问题。虽然小美妈说这话的语气透着无奈，但是如一还是听出了她的得意和炫耀。如一也不知道哪来的一股无名火，不快道，你话说得也太嚣张了一些，假发虽假，但也是真金白银地养活了我们，等你真的不用上班了，再说恶心也不迟。小美妈道，如一，我可没惹你啊，怎么每句话都是横着出来的？如一道，本来嘛，你不去就不去，话也不用说得这么绝。小美妈道，好好好，我不跟你争，我现在是鸿运当头门板都挡不住，真的是肩膀上跑得马，肚子里行得船，你们看着眼睛里长出疔疮来也是人之常情。不过如一我也提醒你一句，好歹你现在也是大侠夫人了，别尽顾着跑小买卖，别人看着也不登对啊。

如一翻了一个白眼，忍了又忍，才没有一时冲动倒出满腹心酸，心想，他吃他的龙虾，我喝我的白粥，散都散了，还有什么登对不登对的？

想是这么想，脸上自然没有什么好颜色。小美妈又道，不是我说你，你最近还真是脾气见长，跟谁都没好气，就像全世界的人都欠你的，以前你拖了个大油瓶李希特你都不急,怎么他现在横空出世你倒不开心了?我怎么也想不明白,你这是跟谁较劲?

如一无话可说,只好叹了口气。

第二天正好是周末,如一便到明星廊去送货,见到海伦,两个人寒暄了几句,海伦笑道,以前多有得罪,我还以为你不理我了呢。如一道,怎么会,咱们之间哪有隔夜仇,你要管理这么大一个商场,总得在商言商吧。几句话,说得海伦龙颜大悦,本来如一的假发只是在头饰柜台寄卖,但因为海伦一高兴,便让员工给如一清出一个一米见方的专柜,并叫一个女售货员过来专卖。如一感恩不尽,连连道谢。海伦说道,你若不着急回家,在这里帮客人选选假发,也教教他们怎么保养和护理。如一当然满口答应。

由于是周末,明星廊里的顾客特别多,年轻的女孩子更是成群结队,追逐时尚潮流。有一个女孩子脸部有点婴儿肥,如一给她挑了一个长鬈发的公主发型,饱满的鬈发不仅让她成为优雅公主,散落在脸部两侧的蓬松发卷还遮盖了她的宽大下颌,成功瘦脸。结果这个女孩子根本不还价,付完钱就把假发戴上跑了。总之明星廊里的生意真是好做,如一留下来根本没闲着。

稍有空暇,如一不禁感慨道,你们这里真是既旺丁又旺财啊。女售货员马上接口道,那当然了,我们这里卖垃圾都卖得掉。

两人正说着闲话，如一只觉得眼角滑过一个熟悉的身影，她下意识地定睛一望，这个人竟然是李希特，这自然让她暗自吃了一惊，因为她并不知道李希特已经从甘肃回来了，而且打死她也不会相信李希特会出现在这样的商店里，除非太阳打西边出来了。

可是眼下太阳就是打西边出来了，因为这个人确定就是李希特，居然手里还拎着两个花里胡哨的购物袋。虽然他东张西望，无所事事，但如一还是无法相信自己的眼睛，不禁穿过人群，向李希特走去。

李希特明显瘦了，皮肤被晒得黢黑，衬得牙齿雪白，要说变化最大的是他的两只眼睛，不仅生动明亮，而且活泛润泽，完全不是以前的算盘珠子，动都不动一下，现在眉毛也舒展了，像是用电熨斗熨过一样平展展的。李希特见到如一，也有些意外，竟然客气地问了一句你还好吗？顿时让如一感觉生分了不少。不过如一并不在意，她发现自己见到李希特也还是心生欢喜的，完全不像自己痛下决心时那么强硬和冷漠。

如一问李希特是什么时候回来的？他说刚回来没两天。问他拍片子顺不顺利？他迟疑片刻说也还好吧。

两人正聊着，有一个女孩子默默地来到李希特的身旁，这个女孩子长得并不起眼，淡淡的眉毛，眼睛细长。她的皮肤也是阳光普照的麦糠颜色，皮肤紧致，闪动着柔光，而且身材惹火，更因为年轻而全身散发着英气。她的五官并不俏丽，但是眼神却沉如秋水，让人过目难忘。见到这个女孩,李希特很自然地搂住她的肩膀,落落大方道,让我给你们介绍一下,这是我的前妻如一,这是我现在的女朋友许二欢。

这突如其来的介绍,给如一的感觉就是脑袋被人打了一记闷棍,然后就像机器烧掉后一样吱吱啦啦乱响。

后面的事她已经完全不记得了,真的是片刻间的失忆,甚至不知道自己身在何处,好像是她还和许二欢握了握手,又好像是含笑点了点头,说了几句不咸不淡的话。总之后来如一是木然地回到了柜台,她看见李希特和许二欢并肩而行,一路言笑着离开了商场,而且李希特始终都没有把搭在许二欢肩头的胳膊拿下来。如一感到整个心痛得缩成一团,什么叫万箭穿心,什么叫痛彻心扉,她是在瞬间尝遍的,却原来李希特这个人是可以过世俗生活的,不仅会表达关爱,还能逛明星廊,帮女友提东西,只是跟她在一起的时候才变成了呆头鹅,这就是她经营了多年的婚姻,转眼就变成了负资产。

老实说,就在碰到李希特和许二欢之前,如一都没有从心底把她和李希特的分开当作一回事,她觉得离婚无非是两个人之间的一次别扭,一场冷战,甚至是财务上的重大分歧,等到两个人分别实现了自己的梦想,他们还是会走到一起的。如一从没想过还会和别的男人有什么瓜葛,而且她也不相信李希特离开了她还能生存,他的不着边际,他的生不逢时,他的古怪性格,他的自我封闭,这个世界上怎么可能有第二个人接受他?

偏偏没想到的事情就发生在眼前。

乘着夜色，如一回到镇水街，只见街灯下面，孩子们在追逐嬉戏，上了点年纪的人开了一桌麻将，打得如火如荼，中年妇女最擅长的就是扎堆咬耳朵，讲一些家长里短。这一派生活景象再常见不过，然而此时此刻，如一羡慕镇水街的每一个人，其中也包括以前的自己，而现在平静和踏实的生活已经离她远去。想到这里，如一急忙收起脸上的哀容，尽量面色平和地往家里走去，一路上还有人跟她打招呼，她都对应得和平时一样。

回到家中却不能自制，眼泪滚滚而下，她没有吃晚饭，因为气都气饱了，索性端坐在椅子上哭了好一会儿。但也只是一会儿，如一便觉得眼泪是最不值钱的东西，自己也没有奢侈到尽情尽兴地掉眼泪，便拿出毛活来，一边织一边哭，好歹什么也不耽误。

毛线越织心里越静，如一心想不如不中这个奖，否则也不会把自己的生活搞得一团糟，现在她相信钱是万恶之源了，谁拿它都没办法，它可以改变一切，包括也能把你最宝贵的东西拿走。可是现在知道已经晚了，或者所有的钱都应该拿去给李希特烧掉，反正这些钱也是从天而降，本不是自己的东西就是钱也会化作水。想到这里如一真有点后悔了，她是爱李希特的，可也是她为了钱同意离开李希特的，这样的结果又能怪谁呢？

如一的脑子越来越乱，刚才在明星廊里所看到的一幕也越想越伤心，她觉得只有把自己累倒，才可能减轻内心的苦痛，可是家里已经很干净了，难道再大扫除一次不成？

于是如一又开始大扫除，她在公共水池洗拖把的时候见到蠢猪的老婆，蠢猪的老婆奇道，你家又要来记者啊？如一道，没有啊。蠢猪的老婆，不是刚搞过卫生吗？怎么又搞？如一苦笑道，闲着也是闲着。蠢猪的老婆道，别呀，你要是手痒，我家的地板可是有两个月没拖了。如一道，那你干吗不拖，拖个地又不用多少时间。蠢猪的老婆道，我哪里是没时间，我是没心情。如一道，又怎么了？蠢猪的老婆叹道，你说这个月才过了一半，我就收到四张罚款单，还让不让人活了？如一道，你买车了？蠢猪的老婆提高嗓门道，我买个茄子，你不知道喜帖就是罚款单啊？我收到四份喜帖，我一个月才挣多少？如一平静道，不去不就好了。蠢猪的老婆道，人不到礼金都要到啊，不然你不混了？好得罪人的。如一道，你到底差多少嘛。蠢猪的老婆算了算道，礼金最少一份二百，要八百块钱呢，我还缺四百。如一当即从兜里掏了四百块钱递给蠢猪的老婆，道，等你有了钱再还给我吧。

如一提着拖把走了，只听见蠢猪的老婆在她身后喊道，我给你打个借条吧！如一头都没回地挥了挥手。蠢猪的老婆想了想，眼睛突然一亮，自语道，我也要叫我老公写武侠电影。

事实证明，钱还是很重要的，区区四百块钱，你看把人愁的。如一一边拖地一边想到，难道她能心甘情愿地让李希特把所有的钱都烧掉吗？她真的做得到吗？她根本做不到，她太需要钱了，既然是晚了那就保住自己和李想想的幸福生活吧。

这个晚上，如一如愿以偿地把自己给累趴下了，可还是一夜没有合眼，这是以前从来没有发生过的事。

她想起了许许多多往事，越想越觉得心寒。

李希特当然是在剧组里认识许二欢的。

当时的情况是雪晚需要一个武术替身，于是花制片从北京叫来了许二欢，二欢不是北京人，是个北漂，小时候在艺校学过武术。雷霆问许二欢会什么？许二欢说我最喜欢使斧子，红缨枪和九节鞭也行。雷霆回道，那你就使斧子吧。许二欢道，就在这儿？雷霆道，就在这儿。

此时大家正在一个院落里吃晚饭，雷霆也在吃，随口应着话，表情上也是没把这个小丫头当回事。许二欢二话没说，便在道具箱里抽出两柄斧子，只听她低低地咆哮一声，整个人已经像小豹子一样飞到空中，紧接着是一连串精干利落的翻腾滚爬，两柄斧子忽上忽下，虎虎生风，寒光凌厉，那气势绝不亚于雄兵十万。一时间惊得在场的人饭也不吃了，全部停止咀嚼，半张着嘴发呆。只有雷霆笑道，这孩子还真够愣的。

来到甘肃以后，李希特发现雷霆完全变了一个人，以前他的话很少，现在是可以一刻不停地说一两个小时，以前他待人客气而温和，现在却是张口就骂，不留一点情面。当然大伙都知道这一切来源于经济的压力，开机前雷霆就对大伙说，我要跟大家说实话，我们的钱就只够拍一部山寨版武打片，说白了就是草台班子，但只要我们拍得好看，观众一样喜爱。要把片子拍好又没钱怎么办？大伙全都不吭气，雷霆继续说道，那就是大家要肯吃苦，吃更多的苦，我这个人拍起片子来是六亲不认的，所以有言在先，大伙都醒目着点。

一开始，雪晚并没有领教过雷霆的厉害，因为她的自有资金，也因为她的超凡脱俗的美丽，简直就是现代版的小龙女，还因为她有一个大款每周都搭飞机来探班。所以她是万千宠爱集一身啊，也就没有把雷霆的话放在心上。

结果拍戏的时候，一天傍晚，所有的准备工作做齐备了以后还要等天气，好不容易等到了暮色四起之时的火烧云，雪晚和涯井兽对戏时，看见他的月代头和蚕豆眉，感觉无比滑稽，于是就笑场了，而且还笑得止不住。这是一个没有切换的长镜头，这样一搞全部都要返工。可是天上的云彩是不听指挥的，转眼就变成了瓦片云，只能配合矛盾迎刃而解的情绪，完全不是剑拔弩张时的氛围。

雷霆气得破口大骂，一直把雪晚骂哭了还不停嘴。

这一次是给全组的下马威，此后每个人都恪尽职守，不敢有半点马虎,尤其是到了拍摄现场,没有人敢说一句闲话。

本来雪晚也是有小姐脾气的,这也是漂亮女孩的专利,似乎脾气太好了反而就不那么漂亮了。但是雪晚毕竟是个新人,还没轮到她耍脾气,加上这件事本来就是她做得不对,所以也只好认栽。由于雷霆坚持任何一个演员都不许带助理,这样一来雪晚每天晚上看剧本,背台词,就抓住许二欢伺候在侧。生怕台词不熟,第二天又给导演骂。光背背台词也就罢了,背完台词许二欢还要给她按摩,让她睡得好一点,保持最佳状态。

尽管雪晚在剧组洗脸是大款给她托运来的矿泉水,还要保证她的蔬菜水果,并且每天都要敷日本全进口的面膜,但是全身按摩也还是一天不能少。等她睡下之后,二欢还要给她洗衣服,包括她的内衣内裤。

事实上,许二欢的工作量只在雪晚之上,因为雪晚还只是花瓶,连最简单的对打都不会,必须小心轻放。所以有大量的打戏全是练二欢一个人,大伙见她一天忙到晚没有一刻停下,还要被钢丝吊来吊去,都有些不忿。但是许二欢一天到晚却总是乐呵呵的,她说她一点不累,而且雪晚实在是太漂亮了,她一看见她就像在沙漠里喝到了甘泉,一直甜到心里去了。

雪晚的感情戏的确不错,眼泪就像自来水笼头,随时拧随时都有。看着雪晚足有两克拉重的泪珠晶莹抛散,在一旁看呆了的二欢不禁自语道,哪个男人不会为她粉身碎骨呢？李希特在一旁逗她道，那你也哭嘛。二欢撇了撇嘴，认真道，演戏太需要才华了，不是一般人都能学会的。

她真是打心眼里热爱和佩服雪晚，可是从一开始李希特就不觉得雪晚漂亮，一张苍白的脸加上一副像是没发育好的骨架，既没有活力也没有魅力，而且还不会打，这在李希特眼里根本就是一无是处。

经过一段时间的观察，李希特发现许二欢真的是不会嫉妒人，而且她也不虚荣，这些好像都是女孩子必备的毛病，她却半点不沾。时间一长，李希特便跟她熟悉了，问起她的身世，许二欢说她是在越南出生的，很早父母就离异了，谁都不要她，她是跟着乡下的奶奶长大的。但是她还是愿意相信父亲是爱她的，因为父亲曾经回到乡下看望她和奶奶，而且那一次，她隐约地感到父亲挣了不少钱，不过没有给奶奶留下多少，只是兴高采烈地告诉奶奶他要做大生意，这当然就需要大的投资，结果投资失败血本无归，他就再也没脸回家了，无论奶奶怎么托人捎话，他也不回家。

二欢还说，她从小就很喜欢功夫，非要上武术学校学功夫不可，奶奶说那都是男孩子干的事，你一个女孩子家，我教你点针线活才是正经。许二欢哪里肯听，奶奶拦也拦不住，武术学校只上了一年就没钱念下去了，就是因为她特别刻苦，学校才免了她的费用让她继续学。有时候实在没吃的，她就带着锅巴去学校当干粮，竟然还有同学用盒饭换她的锅巴吃。就这样她坚持到武校毕业，找不到合适的事就漂到北京去了。李希特问她当北漂苦不苦？二欢笑道，当然苦了，可是干什么不苦？我奶奶说人生下来就是来吃苦受罪的，什么时候死了，就能好好享福了。这话说得李希特好不心酸。

由于资金短缺，雷霆在剧组里基本是个一脚踢，凡是他能做的事绝不请人，而且除了临时改剧本的事要跟李希特商量之外，李希特也要干许多打杂的事，剧组的人也不见外，经常把他呼来喝去。

雷霆还要担任武术指导，有一次他要求吊在钢丝上的许二欢从空中飞下来的时候一边挥剑一边大声喊叫，但不知为何许二欢就是一声不吭地东砍西杀，下来之后，雷霆把她臭骂了一顿，许二欢拼命道歉说我再来一次。李希特忍不住插嘴道，隔着那么远，又是大全景，谁能看见张嘴不张嘴？雷霆狠狠地瞪了李希特一眼道，这是人物的情绪你懂吗？你以为拍电影是拍什么？就是拍情绪呀，否则干吗要人来演，拍狗拍猴子不就可以了吗？不懂就闭嘴，要不你来拍！吓得李希特顿时没了声音。

其实雷霆最崇拜的导演是法国暴力片导演皮埃尔·迈尔维勒，特点是暴力中弥漫着浓郁的人情味。另一个对他影响极大的人是山姆·派金帕，在圣歌中进行搏命的激战是典型的山姆式电影语言，雷霆对他的模仿几乎到了偏执的地步，比如在乡里乡气的音乐里让敌人溅出大朵大朵绚丽的血花，或者是毫无节制地运用慢镜头、溶镜、定格等一系列技巧，只为了突出影片的仪式感。总之雷霆拍片要求尽善尽美，拍动作时他一定采用长镜头，也就是时间超过十秒钟以上的连续摄取，而不是好莱坞的拍法，一拳一脚都要跳换镜头。

这样一来，拍片子的重点变成了许二欢，雪晚当然就不高兴了，因为快速地切换镜头她还是可以演一演的，长镜头里一个镜头就要打上十几招，事先还要套招，否则打错了还会伤人，许二欢都要小心翼翼的，雪晚就彻底歇菜了。所以有一天雪晚背着导演发脾气，说到底许二是我的武替，还是我是她的哭替，真是莫名其妙。不过她发脾气归发脾气，照样拿许二欢当粗使丫头。自从她叫开许二以后，大伙都跟着她这么叫，都觉得许二欢够二的。

可是雷霆坚持要这么做，他说光会哭有什么用？我们又不是拍言情片，更不是文艺片。

但许二欢在剧组里除了群众演员之外，她的报酬是最低的，而且既不出脸又不上名字，这都不说了，雷霆对她也是毫不痛惜，动不动就冲着她大喊大叫，李希特也是看不过眼，才帮着许二欢说话。

那一次雷霆骂了许二欢以后，到了没人的地方，李希特忍不住埋怨她，说雷导交代得清清楚楚，你干吗死不开口，这不是找骂吗？许二欢道，我被吊上去以后，先要在空中做一个七百二十度的空翻，翻完之后，没想到肋骨上的垫片移位了,钢丝一下子陷到我的肋骨里去,我连气都透不过来还怎么喊叫?只能憋着气把动作做完再说。李希特惊道,那你跟他解释啊,这有什么不好说的?二欢道,他骂都骂了,我解释他不是更搓火?导演是剧组压力最大的人,我们都要体谅他。李希特半晌无言,隔了一会儿才道,那你现在还痛吗?你让我看看。二欢回道,看什么看,这又不是第一次了。说完转身离去。

化妆师把许二欢装扮成翻版的雪晚,又因为她硬朗的风格,被导演和摄影师拍得十分唯美,所以李希特突然有一种怦然心动的感觉。

一个偶然的机会,雪晚要跟许二欢连戏,许二欢刚刚吊完钢丝落地,又急急忙忙脱下戏服双手捧给雪晚,无意间李希特发现她几乎是遍体鳞伤,顿时激发出体内似乎并不存在的惜香怜玉之情,这种情愫对男人来说不亚于精神伟哥,让李希特确信自己对许二欢产生了非同寻常的情感。然而许二欢却浑然不觉,一边披上军大衣,还一个劲地叫李希特看雪晚有多漂亮,她说她怎么这么美啊,将来一定是又一个光芒四射的章子怡。

一天晚上,一直等到二欢给雪晚洗完衣服,李希特才约她出去走走,两个人在寒风中散步,默默走了好长时间。李希特非常感谢许二欢没有逼问他到底有什么事,憋了半天李希特才说道,许二欢你知道吗?我挺喜欢你的。许二欢道,我知道。李希特奇道,你怎么知道？许二欢道，因为你关心我，还总帮我说话，整个剧组，没人多看我一眼，上次两个拉钢丝的剧务一疏忽，同时松了手，我掉下来摔了个狗啃泥，他们还哈哈大笑。我拍摔楼梯，一共摔了七遍雷导都不OK。可是有一天我回来晚了，你还专门叫厨房给我留饭。我长这么大，还没有人这么关心过我。

李希特心想，其实她也不是那么二嘛。不觉道，那你喜欢我吗？许二欢道，你不是有家吗？导演说你妻子是一个很好的人。李希特道，可是我离婚了，我妻子她的确人好，但是她没有梦想，一天到晚就知道过日子，你说这日子，你要不赋予它意义，那过着又有什么意思呢？许二欢翻着白眼想了想，道，过日子是挺不容易的啊，而且我也没有什么梦想。李希特道，你怎么没有梦想？你天生就是有梦想的人，所以才会从小去上武术学校，而且没有梦想的人怎么可能漂在北京呢？早就在乡下结婚生孩子了。许二欢顿时惊喜道，真的哦，原来我是一个有梦想的人，如果不是你这么说，我还以为我一无是处呢。

李希特奇道，你怎么会觉得你自己一无是处呢？现在的人可个个都是自大狂啊。二欢道，我奶奶见到我就一边叹气一边摇头，她说看着我就着急，没心没肺也不知道每天都想什么。李希特道，我就觉得你特别完美，比我的梦中情人还要完美。二欢哇的一声叫起来，她说李老师你不要拿我开涮哦，你又不是不知道他们都管我叫许二。李希特不以为然道，无非是说你不精明罢了，可我觉得这恰恰是你的优点。

一席话说得许二欢的脸颊上飘起了红云。

那天晚上，两个人聊到很晚，不知不觉中竟有说不完的话。

其实在沙漠里拍戏是一件痛苦的事，虽然这里的空气很好，很舒服，但是早晚阴冷，中午却是酷热。想一想只有胡杨和骆驼能够存活的环境，对于人来说是非常严酷和备受折磨的，黄沙遮天蔽日，灰土漫天飞卷，剧组只要拉出去，坐车也是好几个小时的搓板路，屁股都颠熟了，旧车也快颠散了架，音响和空调早就坏了，如果哪天轮子飞了也不会有人大惊小怪。这事还不能跟雷霆提，一提他就嚷，新车不要钱吗？

拍戏的人回来便是一队兵马俑。有一天雪晚大叫，她说有没有搞错？有没有搞错？我的面膜敷在脸上不到三分钟就干了，这是超保湿鱼子面膜好不好，这样下去我以后还能演什么？演木乃伊啊。

然而对于爱情来说，沙漠并不是生命的禁区，荒原之荒，苍凉之凉，包括孤烟落日和沙漠空旷寂寞的夜晚，这些恰恰是孕育爱情的温床。尤其是夕阳下的沙漠，是一派浓郁的柿子黄，沙海无涯，一个个沙丘像停顿的漪涟，不发生任何故事简直对不起这样非凡的景致。所以后来在评价这件事上，小美妈有着惊人的批语，她说看来这对狗男女就是在沙漠里好上的，那种地方缺吃少喝又不长东西，人除了能眉来眼去还能干什么？

也许雷霆并不知道，剧组里的人背地里都管他叫癫导，因为不敢直接叫他疯狗，逮谁咬谁。从香港请来的"无待"，是大伙公认的好演员，不仅专业、自律，而且还十分敬业，如果在大陆一定被评为演艺界的劳动模范，德艺双馨，五一奖章获得者。即便是在自然条件这么恶劣的环境里，无待还是坚持每天早晨练体能，中午之后练两仪拳，主要是协调性的训练，由于他基础比较好，又坚持不用替身，这样行舞拳脚时才独具美感。

但是无待有一点包子脸，所以在造型师给他设计形象时，他自己提出脸颊的两边留两缕刘海，以便造成视觉阻力，使脸颊瘦削一些。结果第一天开拍他的戏，雷霆一见他便黑了脸，当着众人不留情面劈头就道，你是来演贾宝玉的吗？我说了一百遍头发全部都要束上去，干净利落是第一位的，你怕脸肥就不要吃饭，弄两截萝卜缨子在脸上有什么鬼用！那天大伙全部停工干等无待重新造型，但是雷霆就像中了魔一样，喋喋不休地乱骂，他说无待的脸跟屁股一样白，要求他不仅要每天在户外暴晒，晚上还要加照紫外线灯，搞到无待满脸满身像麻风病那样红肿爆皮，连造型师都在背后说又不是演《夜半歌声》，难道要让演员毁容了他才甘心吗？真是变态。

还好后来无待说他在香港拍戏时被导演骂惯了，但其实他又怎么会不在意呢？他是一个非常爱护皮肤的人，贴身还穿着好莱坞群星为悼念一个皮肤科权威人士而印制的限量版T恤，据称这种T恤贝克汉姆也有一件。所以无待的心情其实是超级郁闷。后来他果然就不吃饭了，有一回竟然晕倒在拍摄现场，事后他跟造型师说根本不是怕脸肥，而是毫无食欲出现了抑郁症早期的症状。

经过了艰苦的拍摄，剧组终于等到了关机的一天，这一天拍完最后一个镜头，雷霆没有马上说收工，而是沉默了良久之后说道，我知道我对各位多有得罪，请大伙多多包涵吧。说完他突然单腿下跪，拱手举过头顶行大礼向众人致谢，在场的人无不动容。

也就在这个时候，雷霆突然失声痛哭，而且哭得止都止不住，不禁勾起所有人心底的委屈，也纷纷滴下泪来。结果主创人员和主要演员不约而同地围到雷霆身边安慰他，算是泪眼相视泯恩仇。

这个晚上，全组开戒畅饮，李希特和雷霆也喝得酩酊大醉。

雷霆住单间，于是两个人齐齐倒在地上，四仰八叉叹着酒气。雷霆感慨道，真不敢相信这一切是真的，我心里其实就一个怕字。李希特口齿不清道，你怕什么？雷霆道，怕我们不知深浅，你这么迷武侠，我这么爱电影，可是我们资质和运气都不怎么样，说不定将来都不得好死。言毕，李希特哈哈大笑道，这就是我想要的生活,似梦似幻,亦假亦真。

借着酒劲,雷霆梦话一般说道,许二是个好女孩,我看你就别害她了。李希特一个仰卧起坐撑了起来,他说你说什么?你再说一遍。雷霆躺着没动,道,你没听见我说什么,干吗这么大反应?李希特道,你每天拍戏,骂人,怎么会知道这件事?雷霆舌头发硬道,你出去问一问,全剧组的人有谁不知道?又道,还以为演员之间会出什么事,结果数你最热闹。

李希特迟疑道,那我也不至于害她呀,我是真的挺喜欢她的。雷霆不紧不慢道,你生活能力这么低下,人家跟着你有什么前途?你要害就害一个人,而且害到底。不要变来变去的,在外面玩够了,还是回家去吧。李希特道,我也知道如一没有什么不好,可是她实在是太闷了。雷霆义愤道,你有没有良心的,她给你六百万出来玩武侠,你还说她闷?我看她骨子里还真是一个浪漫的人。要是我老婆,只会说一个字,滚。

李希特还是第一次听到雷霆提起老婆,不禁喃喃自语道,原来你也有老婆。雷霆的意识显然已经开始模糊,但还是嘴硬道,怎样没有,别人有的我都有,我还有一对儿女,是龙凤胎,不知多少人羡慕我呢。

在地上躺着很舒服,因为这段时间一直累得腰酸腿痛,所以躺在硬硬的地板上格外舒服,雷霆顺手抓过一个塑胶脸盆,倒扣在地上当枕头,又跷起二郎腿,他用醉眼看了李希特好一会儿,好言相劝道,你就听我一句话吧，组散情亡，反正你爱也爱过了，就此道别不是很圆满吗？你们真的不合适。而且我是什么？铁嘴直断，我如果不拍电影，肯定是去算命当雷大牙。我不骗你的，骗你有什么用？李希特肯定道，可是我这一次碰到了真正的爱情。雷霆笑着摇摇手道，别提这两个字，因为你不配。

不出三秒钟，雷霆便沉沉地睡去，他是不打呼噜的，只是呼吸音十分均匀，随着胸脯的起伏一上一下，说到底还是斯文人。但是李希特根本睡不着，反而是越来越清醒，他重新躺在地上，用脑袋枕着双臂，心想凭什么别人的爱情就是美好的，千年一遇的，而我的爱情就是害人的呢？我不是这么差吧？

雷霆的话到底是什么意思呢？

十四

十月份的黄金周，如一有三天的时间在明星廊里帮忙站柜台，宣传自己公司旗下的产品，还打出了最新广告语：健康假发，头上的高档时装。并承诺可以量头定做，还可以终身免费保养和清洗。节假日的热卖商场，顾客特别的多，一天下来，如一的喉咙都说哑了，要吃西瓜霜含片；两只脚也站肿了，脚背肿得像两个小馒头，晚上不泡脚，腿就酸得睡不着觉。但即便是这样，她还是特别感谢海伦，否则真不知道该怎么打发这漫长的假期。

不过十一的晚上，小美妈就给如一打来电话，叫她到家里来吃晚饭。如一推辞了一下，小美妈说道，你家大侠不是还没回来吗？你一个人也不闷？过来吃个饭也算是过节了。

所以十月四号的下午，如一便去了小美妈的家里，只带了一些时令水果过去，显得既不隆重也没空手。这是如一第一次见到泡面老K王先生，对他的印象是出乎意料的好，他没有染发，头发虽是胡椒色，却很浓密；个子不高但胖瘦还蛮匀称的；他的衬衣洗得很干净，明显是熨过的，不像有些中年男人，早不早的就变成活动的垃圾。而且他安静却不严肃，总是微笑着说话，做事。无论小美妈是言词激烈还是撒老娇，王先生都很迁就她。小美妈自然是幸福美满全部写在脸上，不仅眼神透亮，连肤色都细嫩了不少，看上去容光焕发。

如一问小美妈小美怎么不在家？小美妈回说她跟叶公子去了韩国的江原道，据说是一个美丽的度假之地，又是滑雪天堂，当然现在还没有下雪，不过真正下雪以后就挤满了人，因为那里除了滑雪和泡温泉之外，还是韩剧《冬季恋歌》的主要拍摄地，所以吸引了大批年轻的浪漫男女跑去感受甜蜜的爱情。

如一笑道，那你们也应该去啊。王先生例牌地笑了笑，没有说话。小美妈飞了他一眼，嘴角挂笑道，我们就算了吧，都这么老了，招年轻人讨厌还来不及呢。再说了，小美说那里的大酱村专门有当地人给酱缸拉大提琴，说是酱油里的微生物听了音乐发酵就格外的好，然后游客和三千个大酱坛一块听音乐会，之后一块品尝美味的大酱拌饭。你说我们也千里迢迢地去吃那一口大酱，不是几十年都白活了吗？这也太忽悠了吧。

说完三个人都笑了起来，这时小美妈对老王发话道，我先去厨房炒苦瓜牛肉和芹菜香干，然后你来做咖喱蟹。老王说好。如一从小美妈手里拿过围裙道，既然是这么家常的菜，还是我来炒吧，咖喱蟹我是不行，还是要王先生做。小美妈道，也好，你炒的菜比我炒的好吃，也让老王尝一尝鲜，他老吃我炒的菜，可能都吃烦了。

老王进厨房做咖喱蟹时，如一对小美妈说道，老王这个人真挺好的。小美妈笑道，你才第一次见他，怎么就知道他好？如一道，我觉得他对你挺诚恳的，现在哪还有这么老实的人啊。小美妈喜形于色道，那倒是真的，我有时候都不相信会碰到像他这么好的人，我还掐过自己的大腿，看这一切是不是真的。如一问小美妈老王是不是住在她这儿？小美妈说不是，他住在酒店，不过他经常过来，他说他年轻的时候只顾赚钱养家，几乎都在外面跑，没过过居家的日子，现在反而觉得呆在家里最享受。如一说道，那他这么久都不回去上班能行吗？他不是还没退休吗？小美妈道，他说没问题，他说因为资本主义制度是很成熟的，一级管一级，责权利都很分明，重大决策由董事会决定，别说一时半会不回去，就是突然死了谁，一切都照常运转。

老王做的咖喱蟹的确是很好吃，如一吃了很多，席间她还看见老王只要剥出比较大块的蟹肉，就会放在小美妈碗里。这时小美妈不看老王，反而有事没事看如一一眼，如一知道她这是什么意思，就似笑非笑地吃饭，夹菜。心想与其说小美妈叫她来吃饭过节，不如说是要她来看她和老王的恩爱秀。

这样如一很自然地就想起李希特，想起他跟那个年轻的什么欢正在欢度黄金周呢，没准也跑到韩国去跟大酱坛子一块听音乐，吃大酱拌饭，然后变成《冬日恋歌》里的男女主角。一想到这里，如一就觉得心里堵上了什么东西，让她透不过气来，而吃到嘴里的咖喱也完全变了味，从香浓变成苦涩。

她坚持着把饭吃完，看上去神情宁静，但是到了八点多钟就坚持要回家去。小美妈不快道，家里有什么宝贝等着你回去啊，老王还要带我们去喝咖啡吃"气死"蛋糕呢。老王也说是啊是啊，那家的芝士蛋糕真的很好吃。

如一当然还是打道回府，只是一个人走在路上，她突然一万个不想回到家里去，那个她无论在任何时间任何地方都可以百米冲刺想回去的家，现在这一刻在她心中已经土崩瓦解，而且是无比的厌倦，或者那里已经不是家了，她真不愿意相信，李希特就是百无一用也依然能让她找到归心似箭的感觉。然而李希特走了，家的概念也就不存在了,她赶着回去只会让自己的心更冷。

可是她再也想不出来还能怎样打发时间,她以往的消费观念极其贫乏,所有的花销一个手的手指就算完了。

最终如一想破了脑袋,终于想出一个她认为还不错的创意,那就是坐公共汽车游车河,总站坐到总站才两块钱,回来也一样。坐在车上,窗外的景象是换来换去没有重复的,这不就等于过节了吗?总比看着小美妈和老王恩恩爱爱强。于是如一就近上了一辆人少的公共汽车,找到一个临窗的座位坐了下来。

汽车走走停停,乘客上上下下,只有倚窗的如一像凝固的蜡像,她望着窗外,侧脸犹如刀削一般冷峻。在这个节日的晚上,窗外移动的街道的确是灯火通明,各色人等千姿百态,有的情侣很是幸福,有的两口子也是争吵不休,但是更多的人看上去是平安祥和的。于是忧伤又像影子一样回到了如一的身边,她的心很痛,她想男人和女人怎么会有那么大的不同呢?像她还沉浸在分离的痛苦之中,而且时间越长痛苦越深,李希特却已经放下了二十多年的情感,重新开始了一段新恋情。老实说,对于李希特的所作所为,她都是可以理解的,他的奇怪,他的固执,包括他为了钱跟她离婚,这一切都没有跳出她的思维轨迹。唯一她认为绝不可能发生的问题,目前就在她眼前真实地发生了。既然李希特和项春成是一样的,那她真的有必要做一个好女人吗?这个念头让如一着实吓了一跳,原来她心里也是有一个恶魔的啊，她也是相信坏女人走四方，好女人上天堂的啊。

晚上十一点半，是所有公车打烊的时间，中年男司机用他的破锣嗓子连喂了好几声，如一才如梦初醒，发现公共汽车上只剩下她一个人，男司机一脸疲惫外加一脸的不耐烦，立在她面前清场。如一急忙起身，但还是忍不住埋怨了一句，你态度能不能好一点啊大佬？后面的话她没有说，如果说出来便是我也一样身心疲惫啊。男司机面无表情道，我开奔驰就肯定态度好，开巴士就将就一下吧姐姐。之后两个人便前后脚地下了车，公车的门"呀"的一声关上了。

仿佛生活的大门也这样关上了，对于如一来说，她只是一个平凡的女人，家庭是她唯一可以坚守的阵地。

如一搭了一辆出租车回家，此前她换乘过什么车，坐过多少总站到总站的来回，已经完全不记得了，同时脑子里思绪纷乱，也不知道到底想了些什么。有人说过，女人通常是年轻的时候一脑袋糨糊，等到清醒的时候已经是饱经沧桑，没有人肯多看一眼了。而如一觉得自己现在是够老，够糨糊。一个明明知道应该放下的人，却无论如何不能释怀。

回到家时已经过了十二点钟。

打开房门，屋子里竟然亮着灯，李希特坐在椅子上，凶巴巴地瞪着她，劈头问道，你跑到哪里去了？这么晚了不回家！如一看了他一眼，没有理他。李希特更火了，道，我跟你说话呢，我等你四个半小时你知不知道？小灵通也扔在家里，你到底跑到哪去了？胸口乱麻一团的如一也瞪了李希特一眼，心想，你有什么资格管我？你是谁呀？

本来如一想说，你找我有什么事？结果说出来的话却是，别人给我介绍了一个对象，叫我去见一见。李希特顿时愣住了，怔怔地望着如一，神情充满了疑问，好像根本没有听懂如一在说什么。

如一见状，继续说道，是一个马来西亚的华人，做方便面生意的，姓王，人还挺不错的。李希特还是说不出话来，还是一脸的不可思议，在他的心目中，如一就是如一，就是一千年不死不倒不腐的胡杨，是他脚下永不改变的大地，是他头顶千年万载的日月星辰，根本不可能有任何变化，更加不可能跟别人在一起。

所以这个消息实在是太意外了。

这时的如一脸上居然有了一丝笑意，她故作轻松地说道，他请我吃了咖喱蟹，味道还真挺不错的，但是咖啡和"气死"蛋糕我实在不知道好在哪里。如一似乎还想说下去，但已被李希特厉声打断，够了！听你说话这口气你很得意是不是？你知不知道现在外面到处都是骗子，就是专门骗你这种人的？而且婚介所全是这种婚托！

他居然还知道婚托，看来真是回归社会了。如一心里冷笑一声。

但她看上去面色平静，这种平静当然是最让李希特抓狂的，他的眉毛又拧起来了，五官变形。好好在家里呆着你会死吗？他说。

如一的心里却是一万个不服气，她想，除非我自己愿意，否则谁也别想让我当旧家具。

但是说出来的话却又是，我才不会去什么婚介所，这个人是朋友介绍的。李希特火冒三丈道，你还有什么朋友？不就是那个恶俗的小美妈吗？她会给你介绍什么好人？有好的她自己早留下了，她看男人的眼神就像一只母狼，有免费午餐她吃三份都还嫌不够，哪就轮到你了！我告诉你我现在就可以断定那个人百分之百是骗子。这时的如一被李希特深深地激怒了，同时心里又升起无限的悲哀，她想，是啊，李希特，我跟了你二十二年，现在人老珠黄，你到灯底下仔细看看我，我还有什么东西能给人家骗吗？

以往的生活是那样现实，一针一线，一餐一食，男人最怕的就是琐碎、重复和豆腐账，可是女人又何尝不怕这些磨砺？

只是话一出口，又变成了，我现在最大的梦想就是被人骗，而且是骗财骗色，经历一个纸醉金迷的大骗局。如一的声音小小的，但是双眼凄迷，吐字清晰，而且带有一种一往无前的病态的固执。然而话音未落，她的脸上已经结结实实地挨了一巴掌。

不要忘记李希特是练过咏春拳的，所以让他随便打一下也要承受千钧之力，如一只觉得脑袋轰隆一声巨响，好像里面的东西全部坍塌，四处散落，紧接着是被扇过的脸颊完全麻木了，而且明显地肿了起来。

他们就这样四目相望，眼光全都变成了锋利的刀片，深深地割伤了对方的身心。隔了好一会儿，如一才下意识地捂住自己的脸，然而不知何时，李希特已经离去了。随着房门一声巨响，屋里重新恢复了寂静和冷清。如一觉得脸是木的、麻的，没有知觉的。

后来才慢慢有了钻心的痛楚，但是脑袋却是从未有过的清醒，其实这个世界上根本就没有什么有粥吃粥有饭吃饭，愿意与你终老一生的人，如果有，也许就是自己吧。

她想。

不过这一次有些奇怪，如一一滴眼泪也没有掉，她不仅没有哭，反而心中有一点隐隐的快感。她拿出毛线来织。

自从李希特离开了这个家，如一的毛线活就织得飞快，因为无论是伤心还是晚上睡不着觉，她都像编织机一样机械地动作，任何有难度的织法都好像不在话下，琢磨一下就会了。连甘笔都说，你不是超人吧？活计也做得太快了，就算是自己的公司也不用这么玩命吧。

这个晚上，如一一分钟都没有睡，她把一件本来已经快织好的毛外套收了针。剩下来的线和时间，她织了两条长围巾，完全不用动脑子，一泻千里，长而又长，但因为两边总是挺不住地要卷起来，如一便打开柜子，找出多年前的一块棉布被面，热烘烘的红底子上是一大朵一大朵的黄牡丹，非常的喜庆和怀旧。她把被面剪开，把它缝在长围巾的一面，这样不仅解决了卷曲的问题，而且稀松的针法配上艳俗的棉布，居然产生了化学反应，那就是有一种说不清道不明的洋气和韵味。

在她决定剪被面的一瞬间，也许是三秒或者五秒，她有过片刻的犹豫，这是她跟李希特结婚时用过的被面，后来旧了，土了，不时兴了，她洗净，收藏在柜底。如果是从前，她会下不去剪子，因为剪开这样的记忆总不是那么吉利吧。但是这个晚上，也只是片刻的凝神，一剪子下去心就变成了两瓣，所有的痛楚和伤心仿佛也得到了化解，告别自己的珍藏不过是这么一回事。

如一的黄金周就这样匆匆地过去，之后她还是照样上班下班，小美妈见到她时还问了一句，你的脸怎么肿了？如一笑道，吃了你们家老王的咖喱蟹，牙就肿起来了。小美妈眼珠转了转道，你不是血口喷人吧？如一道，可能我吃太多了，所以上火。小美妈道，那岂不是又轮到我请你吃面？如一道，吃面也得等我牙好了再说吧。隔了好一会儿，小美妈端详了如一几眼，突然说道，如一你没事吧？如一笑道，我没事。

这一天，如一去编织大王手工社送毛活。

见到甘笔，她把自己织的两条长围巾递给他看，甘笔当即有点瞠目结舌，惊艳道，你这是在哪里买的？如一道，是我自己织的。甘笔问道，有版吗？如一道，没有，我想织就织了。

甘笔摊开长围巾，看了又看，爱不释手。一边又道，肯定是看韩剧的时候织的吧？如一道，什么意思？甘笔道，这两条围巾看上去很伤心啊，我看就叫忧伤系列吧。如一瞪大眼睛道，围巾也能看出伤心来吗？甘笔道，当然可以啊，这有什么出奇吗？一件物品上可以看到岁月、历史、富贵、寒碜所留下的痕迹，怎么会看不出喜悦和忧伤呢？

你不会告诉我这就是艺术吧，如一笑道，她还以为她掩饰得很好，却被甘笔一眼看穿。这时甘笔郑重其事道，这当然就是艺术啊，而且是小众的艺术，这就是我们这些人穷经皓首要追求的东西啊。而且你知道吗？在我看来所有美的东西都带有一种或深或浅的忧伤。

如一认真想了想，还是茫然道，对不起甘笔，我真的不知道你在讲什么。

说到拍电影对李希特的好处，除了他回归了社会以外，还回归了正常的作息时间，他现在不再晨昏颠倒了，算是告别了夜猫子的生活习惯。

但是那个夜晚，他也没有睡觉。

当时他被如一气得已经不太清醒了，头脑发昏地回到灰楼的六楼。许二欢并不在家，就是黄金周她也还是要全国到处飞，到处跑，从一个剧组到另一个剧组马不停蹄地干活。生活并不是总在沙漠里谈恋爱，许多美好的东西反而更容易烟飞灰灭。

当然屋子里还是留下了许多许二欢的痕迹，桌上就有一张许二欢的照片，古装打扮，身体仰躺着几乎接近地面，眼神漠然犀利，手中的一杆红缨枪直指前方，至少它一枪挑翻了李希特的心理防线。

说起来许二欢并不是太年轻，虽然她体轻如燕，上下翻飞，但她也有二十七岁了，但是在生活上依旧跟那些小女生没什么区别，屋里的梳子，粉色的圆镜子，小碎花的睡衣，还有小小的盆栽仙人掌，无不提示着这间屋里有过女人出现，而这个女人已经悄然地走进了李希特的生活。然而李希特对这一切却熟视无睹，就连他自己都觉得奇怪，为什么会对如一的所作所为产生那么大的反应，不是都已经两不相欠了吗？他以为这一页就这么翻过去了，其实并不是这么回事，他对她根本就不曾放手。

一想起她说过的话，他的心脏就气得乱颤，两只手也在发抖，还睡什么？躺着都喘不上气来，要坐起来才好受一些。

这样坐了好久，他就像一个失忆症患者，刚刚恢复了一些记忆，以往那些平凡的日子便如一列火车，从远到近，呼啸而来，轰鸣着在他眼前风驰电掣。重重叠叠的往事繁若一片一片的雪花，积累到今天也该是一场雪崩了吧？如果是一滴一滴的水珠，也该是一场海啸了吧？原来时间才是一位巨人，它无声无息却又无处不在，是深藏在每一个人记忆深处的魔鬼，随时都会降临。

而当许二欢不在这间屋里的时候,他几乎感觉不到她的存在,或者她曾经存在过。短暂的石破天惊就真的那么靠不住吗?还是时间果然有着无以言说的魔力?这个夜晚,李希特一直在一种复杂情绪的纠缠中无法入睡。

第二天,他去了雷霆的工作室,雷霆道,你跟如一谈了没有?李希特道,谈什么?雷霆火道,你说谈什么?

原来从甘肃回来不久,雷霆就跟李希特长谈过一次,他对李希特说出大事了。李希特说什么大事?雷霆告诉他,《雪剑长箫》的前期拍摄完毕,主创人员、演员、工作人员全部结了账之后该散的都散了,这才发现账面上的钱已经全部花完了。雷霆说道,可是没有钱我们怎么做后期啊?李希特道,什么叫后期?雷霆道,要剪辑啊,录音啊,配音乐啊,还要宣传发行啊,这些事情都不做,光拍回来一堆素材也没有用啊,素材并不是电影啊。李希特道,那我们该怎么办呢?雷霆道,没有别的办法,就是出去找钱。

但是钱这个东西是个隐形女郎,都知道她千娇百媚,人见人爱,可是越需要她的时候越是无缘相见。雷霆想尽一切办法,八辈子都不来往的人也去找了,结果还是一无所获,这才感念花制片的能力的确非同一般,自己不是望其项背,根本就是云泥之别。

可是花制片已经回北京了。

李希特过去也认识一些人,他也跑出去借钱。把他的电影吹得如何如何好,如何如何能卖钱,或者说他也不是吹牛，他真的从内心里觉得这是一部好影片，而且他见证了拍摄的全过程，大家都是把命拿出来拼的啊，这就不可能不是一部好影片。然而无论他怎么说，听的人都无法激动，更无法分辨他说的一切是真是假，再说他张口就要三百六十万，这无论如何不能算一个小数字，一般的人哪有？就是有也不可能听你讲个故事就把钱拿出来啊。

时间一天一天地过去，钱是肯定没有找到，但是曾经贷款给雷霆的人却纷纷打来电话，催问他何时还款。

人被逼急了自然就会产生罪恶的念头，雷霆突然就想起了如一手里的那一笔钱，于是他提醒李希特去跟如一借钱。李希特一想也对，自己白忙乎了那么久这不是舍近求远吗？早就该去向如一借钱，都是自家人也好说话。雷霆提醒李希特态度要好一些诚恳一些。李希特说这跟态度有什么关系？我是向她借钱，不仅要还，还要参与我们的分成，我这是给她送馅饼去，又不是乞丐上门向她讨钱，用得着计较态度吗？雷霆说我怎么说你才能明白？我们现在就是乞丐，总之你记住要态度好就行了。

结果李希特还问他谈什么？你说雷霆火不火？

经过了一晚上的折磨，李希特的心中也是浊浪滔天，亟待宣泄的出口。于是他便把见到如一时的情景一股脑地讲给雷霆听。雷霆听完了之后脸色十分平静，你说完了吗？雷霆说道。李希特说说完了。雷霆说我就不知道你气什么？李希特惊道，这难道还不可气吗？可以说是可忍孰不可忍！雷霆道，你们不是都已经离婚了吗？你不是又找了许二欢吗？别人为什么不能去相亲啊？李希特无言以对，但胸部却一起一伏好像里面有个压缩机。

沉默了好长时间，雷霆才叹道，李希特，你不是真的以为自己是活在武侠世界吧？你就是韦小宝可以花天酒地，所有的女人都应该对你死忠？李希特恨道，我没这么说。雷霆道，那你气什么？李希特答非所问道，反正我是不会去跟她借钱的。

雷霆忍无可忍道，拜托你能不能成熟一点？清醒一点？我们不是生活在古代。李希特道，当然不是古代，否则她早就见血封喉了。雷霆吼道，李希特，你以为你是谁啊？你凭什么这么霸道？难道你比李想想还要小吗？

李希特看到雷霆青筋暴跳，便没有言声，但心里还是冒出来一句，说了不去就是不去。

从来现实都比骨气还要硬。

一天晚上，李希特看了一会武侠书，眼皮就发沉了，于是熄灯睡觉。睡至半夜便被突如其来的手机声惊醒。

对方是一个沉稳的男声，自我介绍说他是荔湾区公安分局的，并且报了他的警号，随后他就问李希特认不认识一个叫雷霆的人。李希特当然说认识。那个人就让他立刻到分局去一趟。

李希特吃惊不小，因为一直是做良民，公安局的门朝哪边开都不知道。但他来不及多想，急忙冲下楼去拦下一辆出租车，在最短的时间内赶到荔湾分局。

原来，曾经给雷霆贷过款的一家小企业，是做合成地板生意的。按照合同，他们打电话，派人来找雷霆还钱。几个回合下来毫无结果，他们就报警了，控告雷霆诈骗。于是公安局就羁押了雷霆，调查下来发现情况基本属实。雷霆不知死，还给警察讲什么电影流程。警察说这里又不是电影学院，难道叫我们听你讲课不成？什么前期后期死期活期，反正你欠债还钱，又没有电影又不还钱，那就是诈骗嘛。

所以，赶紧想办法还钱吧。警察对李希特说道，提醒你一句，诈骗罪是三年牢起跳，但就算是坐十年牢也还是要还钱，那还不如即刻还钱免灾你说是不是？我们也不是要难为艺术家，但是有人告就不能不作为，希望你们理解万岁。的确，说这些话的时候，警察的态度还是很平和的。

李希特在公安分局见到了雷霆，他被关在一间只有几平方米的水泥格子里，说是水泥格子一点都不夸张，因为里面没有窗，四壁就是深灰色的水泥墙，猛一看就像一间毛坯房的储藏室，仔细一看还是一间毛坯房的储藏室。这间小屋里除了一张椅子之外什么也没有。雷霆的神情十分沮丧，他叫李希特到他的工作室找到地板公司的合同，按照上面的地址去找公司的负责人，跟他们商量叫公安局先放人，否则他做不出电影来怎么可能还他们钱呢？李希特连说了几个岂有此理，也只能答应照雷霆说的去做。

合成地板公司是想不到的山长水远，李希特换乘了三趟专线车，才在郊区找到。公司是前铺后厂，典型的山寨模式。公司负责人号称年轻的时候当过两年的文艺青年，所以才会被雷霆和一个姓花的制作忽悠，结果贷出去一百八十万元，搞得他半年之内寝食难安。反正现在只要见到钱就答应放人，其余免谈。

李希特说破了嘴皮，人家高低不松口。

等到天彻底黑了，这件事也毫无进展。本来李希特还想再接着努力说服老文艺青年，但是人家不奉陪了，公司负责人开着自己的一辆旧广本雅阁走了，理都没理李希特。李希特没办法，只好再去搭专线车打道回府。

然而这时候的车站已经是人满为患，因为各色人等都是下班的和办完事的，准备此时返回城里，车站里的车都发出去了，所以根本看不见一辆车，光看见满坑满谷的人。

一场秋雨突然而至，本来就拥挤的人群一阵骚乱，有人避雨，有人拿出包里的雨伞。还好李希特一直贴着墙角站着，这会儿被人挤了又挤，半边身子都被雨水淋湿了。老实说，离开了如一的照顾，他和许二欢的交友方式又是神雕侠侣式的，不可能陷入世俗婆妈的泥潭，所以他穿的衣服都是好多天不洗，头发乱草一般，现在一淋了雨水，衣服和身体便散发出很不好闻的气味。还好在这里等车的人大多是草根阶层，谁也不会嫌弃谁。李希特在这里足足等了两个多小时，抽了整整一包烟，人群才算散去，他终于挤上了一辆专线车。

李希特回到城里以后，在路边店买了两斤包子，回到家倒了杯开水吃包子，吃得两眼发直，一口气吃了三个包子居然没吃出是什么馅的。他在家里坐到半夜，还是一筹莫展。快凌晨五点的时候便去了镇水街，坐在自己家的门口，靠着门板反而迷迷糊糊地睡着了。

一大早，如一打开房门，李希特的上半身就倒到屋里去了。如一见状，吓了一跳。这时李希特也醒了，站起来拍拍身上的土。如一问他什么时候来的？有钥匙干吗不进屋？李希特说半夜三更的再把你吓着。如一说你这么一大早找我有什么事？李希特就把雷霆的事说了，既说了一百八十万，也说了雷霆还关在荔湾区的公安分局里。

如一当即惊得脸色苍白，虚汗淋漓。对于普通的升斗小民来说，被五花大绑地拉去见官是一件超出想象的事，是一件不可思议的事，更是一场灭顶之灾。如一的脑袋里一片空白。

怎么拍电影会把人拍到牢里去呢？如一根本转不过这根筋来。傻傻地发了一会怔，她什么话也没说，进屋拿了存折，出来对李希特说道，那还耽误什么？赶紧到银行给人家地板公司汇钱，先把人捞出来再说。李希特愣在那里，因为没想到解决这件事竟然不用费半句口舌,反而有点傻了,道,这么早银行还没开门吧?如一道,那咱们也得在门口等着,争取第一个办。

银行果然还没有开门,两个人在门口相对而立,突然意识到他们之间其实是无话可说的。如一背靠着墙站着,眼睛望着别处,李希特知道她还在生气,想到自己的所作所为,最现世报的是转眼又要求到人家门下,心里着实不好受。但是他天生又不会说个软话,只好也对着临街的马路发呆,这时满街的车子已经是铁流滚滚了,上班的人也都在匆匆忙忙地赶路,李希特心想,在这个人满为患的世界里,除了如一以外,可能再没有第二个人会为他卸下身上的重担了吧?想到此他心里热了一下,说来也怪,以前无论如一为她做过什么,他都没有这种感觉,现在不知怎么了,他突然觉得有点对不起她。

但他仍然什么都没有说。

接下来的事情都办得比较顺利,合成地板厂的负责人查到了账上汇到的钱,当然没有悬念地放人。李希特去拘留所接了雷霆出来,虽然只待了三个晚上才能办完手续,雷霆的反应已经有一点迟钝,走出拘留所,他眯着眼睛看了好一会儿蓝天白云,才对李希特说道,自由真好,你不知道我在里面呆着,就跟躺在棺材里一样,跟死没有什么区别。

李希特半天没有接话,隔了一会儿突然说道,雷导,都是我害了你。雷霆叹道,这个世界上有什么谁害谁,一切都是自找的。

于是两个人对视了一眼，都有些不能自持，来了一个男人式的拥抱。

他们回到习武馆，只见如一一直在忙碌着，因为李希特告诉她雷霆家的钥匙压在门外的一个花盆下面。此时她已经烧好了柚子叶熬成的水，据说用来洗澡可以驱邪。同时做好了简单的饭菜，看着就已经非常可口。见到他们回来，如一并没有说什么就准备离开，雷霆把她送到门口，坚持说了一句大恩不言谢，下面的话竟然是哽咽了。如一也说不出什么，赶紧走了。雷霆用眼神示意李希特去送一送，李希特急忙跑了出去。

如一和李希特一前一后地走着，一时无话。半天，如一停了下来，李希特也只好停了下来，如一头都没回地说道，你的换洗衣服也放在雷拳师的床上，有空去把头发理一理吧。说完头都不回地走了。

本来如一连这句话都不想说，只是第一眼看见这两个男人进屋，雷霆还好，李希特倒像个犯人。

十五

一切都尘埃落定之后，如一的心理开始严重失衡。

其实很多时候，人的反应是相当滞后的，遇到特殊的情况，完全超出了自己的心理预期，便会有一定的应急措施。事后才渐渐发现有些问题不对劲，比如如一看了看自己的存折，耗子吃盐似的又没了一大块，心里就很不是滋味。

为了保卫自己的财产，保卫自己和李想想的幸福生活，如一到现在都不愿意相信自己会同意放弃婚姻，像她这样安分守己的女人，婚姻就是一生的护身符。后来发生的一系列的事情更像是噩梦一场。结果她的钱还是迅速缩水，这对她来说也太不公平了吧。可是思前想后，当时也的确没有任何办法，总不能为了钱见死不救，让雷拳师吃牢饭，那她自己心里的这一关就过不去。

最终如一觉得还是老话说得对，不怕贼偷，就怕贼惦记。还是不要再等李想想回来了，先买了房子，把钱变成砖头，大家也就不惦记了。以后自己就是想救人也救不了了。

钱是一位贵客，太难伺候，走了大家干净。

这样想过之后，如一就干脆把存下来的补休，全部拿出来用了。但她每天还是按时起床，按照上班时间到各大房产楼盘报到，突击性地看了好几大板块的现房，后来也看了期楼，这才发现所有的楼盘比她上一次看房贵出了一大截，涨价的幅度非同一般，可是她手上的钱却没有上次宽裕了，而且也不能一次花光，李想想用钱的事还多着呢，结果当然还是下不了手。

如一重新回厂上班，这一天碰到小美妈，小美妈早不早地就约她下班以后吃面。如一奇道，你不是要陪你们家老王吗？小美妈道，他回马来西亚处理一些公司的事，要过两个礼拜再回来。如一哼了一声道，我说呢，要不然也轮不到我。小美妈笑道，如一你怎么变得越来越刻薄了？咱俩就像是互换了性格似的，我现在是越来越宽容了。

如一心想，既然你说我刻薄，那我就刻薄一次。便道，那你跟老王一个星期生活几次？小美妈笑道，生活个茄子，我现在也搞不清到底是他不色还是我没有魅力，反正他每天无论多晚都要回酒店睡，有一次实在太晚了，天又下雨，他睡在外屋的沙发上，我在卧室特意给他留着门他也没进来。但是他对我实在太好了，脾气又好，跟他在一起我心里就特别踏实。我想明白了，可能就是因为他武功差一点才没去找那些小姑娘，你说我是不是应该珍惜眼前人呢？

一席话说得如一对小美妈另眼相看，觉得她够坦诚够实在，哪里是什么恶俗之人？

下班以后，如一和小美妈去吃面，两个人面对面坐着，闲聊了一会儿，如一看着小美妈很认真地吃面，便故作轻松地问道，你家老王那么有钱，你干吗不叫他给你买套房子呢？小美妈道，本来是要买的啊，也去看了，老王说他不是嫌贵，而是现在的房价实在是贵得离谱，谁买谁就是大水鱼，被人笑你笨，但是高房价一定是会回落的，只要一震荡就杀进房市。如一忍不住哦了一声。小美妈笑道，你哦什么哦，你又没有钱买房。

如一忙道，就是就是，关我什么事啊。

回家的路上，如一反复想起老王的话，持币待购的状态是最好的，等到房价一跌下来，马上大手笔干预。

如一觉得老王的话说得很有道理，并且决定就这么做。这次间接地跟小美妈商量买房的事，基本上做得天衣无缝，如一的心里也算有了着落。

同时她在心里发了毒誓，无论今后发生什么事，哪怕是李希特和雷霆一块死在她面前，也绝不再拿出一分钱来。

然而平静的日子过了没两天，一天如一下班回家，还没走到家门口，就看见李希特在门口站着，跟个门神似的。这也难怪，是她换了家里的钥匙，她想用这个举动无言地阻止李希特再来找她。

如一下意识地扭头就走，李希特其实已经看见她了，当然追了上来，一把抓住她，火道，你躲着我干什么？我又不是鬼！如一气道，你不是鬼，可你比鬼还可怕，你是算死草，你是不是要算死我你才甘心啊！李希特厉声道，我算你什么了？我这是给你机会。如一道，什么机会？我还不知道你，你能有什么机会？李希特道，自然是赚钱的机会啊，你搞清楚，我不是来跟你要钱，我是来跟你借钱，你把剩下的三百多万借给我做后期，电影出来以后能挣大钱，不仅这三百多万还你，救人的一百八十万也还你，你还参加分成。

见到陆续有人下班回家，如一只好面色平静，声音和缓道，这个机会我可不可以不要？李希特一下子急了，刚要大声说话，却被如一凌厉的目光制止了，只好把声调降下来，道，我发现你怎么跟地板厂的小老板似的油盐不进啊？他不了解我难道你也不了解我吗？这个片子我从头跟到尾，拍得棒极了，前半截是《十面埋伏》，后半截是《卧虎藏龙》，中间还夹了一段《新龙门客栈》，一定是能挣大钱的。难道我会害你吗！

如一道，可是我已经没钱了，我买了房子了。李希特道，你买了哪儿的房子？你告诉我。如一支吾了半天没说出来。李希特叹道，你看看你，我们俩分开之后你都变成什么样子了？被婚托骗财骗色，当然你也没什么色了，还学会了撒谎，我都快不认识你了。你怎么会变成这样？如一被气得半死，人几乎要彻底崩溃了，恨不得立刻尖叫着跑回家去。她想我上辈子造了什么孽了，这辈子居然碰上这么个冤家？她用剩下的半口气说道，李希特你给我听好了，我现在是要钱没有，要命有一条。你现在立刻给我消失。

说完这话，如一大步往家门口走去，走了不到五米，回头对跟着她的李希特死盯了一眼，声音又小又狠道，再跟着我我就报警。

李希特当街当巷站着，两眼直直地望着如一远去的背影，他想钱他妈是个什么东西啊？怎么会把人搞成这个鬼样？如一她从来就不是一个贪财的人，现在有了钱，整个一个面目全非，要不是还熟悉她那张脸，根本都不知道她是谁了。李希特越想越气，先前提出离婚，原本是吓吓她的，想不到她竟然答应了，她为了钱，多少年的感情，什么样的感情，不是说放下也就放下了吗？看来这个世界上最不可靠的就是什么劳什子的感情。

幸亏秋天的黄昏来得早，天色在无人觉察间已经转暗了，否则不知会有多少下班的街坊看见李希特傻傻地被晾在街上。

他转身离开了镇水街，偶尔还是会有人跟他打招呼，大侠，怎么有空回来了？要加油啊，得个金鸡奖也是我们镇水街的光荣，到时我请客，请通街的人吃炸鸡。他勉强点头还着礼，内心里早已是怒火万丈，又无处发泄。

他在多宝路上找到一个街角抽烟，这时黑暗已经彻底包裹了他，让他感到舒适和安全。不远处的茶餐厅门口亮着灯，玻璃橱窗里吊着一只一只焦黄油亮的烧鹅，不一会，番薯昌提着两个大拎袋跑出来送外卖，看来生意不错。想到这里，李希特也觉得自己的肚子饿了，从早到晚只吃了一个面包。

可是兜里没有钱啊，他又四下里摸了一遍，还真是没钱。以前不是这样的，兜里的钱虽然不多，但总是有。

他回到灰楼的六楼，打开抽屉，还好还有几张钱。他想起许二欢每次离开，都会叮嘱他一句，生活费在抽屉里，说来也怪，只要是抽屉里的钱花没了，许二欢就肯定会回来，就跟她有天眼看得见似的。

李希特从来不觉得自己这是吃软饭，恰恰相反，他觉得这是自己身上宝贵的领袖风范，毛主席花钱吗？邓小平花钱吗？一辈子钱没沾过手，干得全是大事。自己花些碎银两为的是最基本的衣食住行，那还叫钱吗？还值得去算计吗？千万别说谁养活了谁，没劲。

他在街上买了一些熟食，又买了两瓶九江双蒸，直接去了雷霆的住处。

雷霆看了他一眼，就已经知道了结果，但还是问了一句，谈得怎么样了？李希特气道，她现在变得我都不认识了，一提到钱就急，要是钱能答应，我看她能管钱叫爸爸，还说我再找她就报警。雷霆一时无言，李希特加重语气道，女人真是不可理喻。

雷霆叹道，你这样说她不公平，这一次如果不是她出手相救，我还不知道会怎么样呢。李希特不再说话，铺开熟食，又去洗了两个酒杯。

两个人在餐桌前喝起了闷酒，酒过三巡，雷霆突然开口说道，我这一辈子，谁都不欠，最对不起的就是女人。李希特抬起头来，满脸写着此话怎讲？雷霆醉眼望着天花板道，我想来世就托生成一个女人，受苦受难，九岁去当童养媳，十六岁就被强暴，然后卖到夜店去当鸡，还要被黑社会的人打得满脸开花，睡了也不给钱，总之命运非常悲惨，这样赎罪心里才会好受一些。

李希特笑道，雷导你是不是喝得太猛了？雷霆道，这是酒吗？简直就是水。我说的是真的，先不说对你家的如一，害你们没安稳日子过，就说我妈、我老婆，跟着我就是受罪，我一辈子没给过我妈钱，都是她明里暗里地补贴我，她过世的时候，我还在拍电影，没法去送她老人家。我老婆叫刘丽君，跟我结婚以后别人就叫她雷嫂，我为了拍电影，背着她把房子押出去了，最后输得精光，法院来收楼的时候，她带孩子回了娘家，我穿一条底裤站在街上。后来她对我说，我们离婚，但是我也不找人，只要你二十年不拍电影，我就回到你身边。我说二十年都不在一起那还有必要在一起吗？她说当然有必要，因为你是孩子的父亲，孩子生下来就是讨债鬼，不跟你要跟谁要？她打四份工养孩子，别人管她叫雷四份。可是我忍了十二年还是手痒，又走上这条不归路，这跟吸毒有什么区别？还是男人都是这样？明明知道女人很麻烦，还是喜欢女人，知道酒很伤身还是千杯万盏，是不是没救了？我想来想去都是自问自答，觉得活着就是一个错误。

这些话说得李希特头皮发麻，在他心目中，雷霆算是百毒不侵，无论是工作还是生活上都相当自律，堪称楷模。想不到一旦意志消沉和落寞伤感，简直叫人不知所措。

雷霆仿佛看透了李希特的心思，他又抿了一口酒才道，人其实都很寻常，哪里有什么大的区别？只不过对你来说，武侠是药，你这个人对世俗生活一窍不通，不管活到什么岁数都是一派天真。可是一进入武侠世界，人马上就正常了；可是武侠世界对我来说就是毒药，它真的令我变态，疯狂。我告诉你我被关进去的时候，其实精神已经崩溃，脑子里只有两个字就是杀人，我真的只想杀人。所以我老婆对我说不要再碰武侠电影了，再好都不是生活的全部，我也每天对自己说这不是全部，但又看不到我的生活里还有什么。

都是我害了你。李希特这样说道。随后自罚三杯。

雷霆正色道，都说过了跟你没有关系，你怎么不觉得我等了十二年就是在等你？李希特听了这句话仿佛被点了穴，根本无惊无喜，竟是一道闪电划过全身。随即雷霆浅浅一笑，又道，人还是为名为利比较好，因为不管多么急功近利，都还是会计较成本，可是人为了梦想却是不计后果的，我都不知道自己最后会是什么下场。

雷霆从来没有说过这么多话，主要是从来没有让任何人进入他内心的隐秘世界。这一次不知为何，完全没有铺垫地说了这么多，便把李希特说得脊背发凉，因为雷霆的情绪一点也不激动，而是娓娓道来，这更让李希特感到一股阴气袭上身来，让他打了一个寒战。

李希特就是再不着四六，他也知道现在的雷霆已经坐在了火山口上，他的身上肩负着两个人的梦想，还有一大笔现实的巨款债务，所有的压力似乎随时都会爆发，把他们炸成碎片，然后慢慢飘落，不知所终。

现在他们需要的是绝地反击。然而李希特不知道的是，他已经和雷霆绑在了一辆疯狂的战车上，并且高速地滑向一个看不见的深渊。

雷霆说过的话已经不是一语成谶，而是句句成谶。

如一久攻不下，变成了一个坚固的堡垒。

这让李希特十分不爽,他为这件事最后一次来到镇水街自己的家中,是在一个周末的晚上,如一已经吃完晚饭正在看电视,手上织着永远也织不完的毛活。李希特和雷霆突然造访,犹如两只困守黑暗的蝙蝠侠。

如一当然知道他们的来意,她沉着脸,一言不发。

他们也同样不做声,只是用严峻的目光绑架了她,房间里的气场变得剑拔弩张,却又千钧一发,好像谁先开口就会陡然死去,所以三个人都在做气功,神情凝重。

这样僵持了好一会,如一发现这两个男人已经消瘦和焦虑得脱了形,眼中布满血丝。但是她告诫自己就算心痛也不要心软。

李希特也只好开门见山,他拿出一个房产证推到如一面前,说道,这是习武馆的房产证,那么大的一套老屋大宅,押在你这里你总放心了吧。如一打开房产证,一眼就看见屋主根本不是雷霆的名字,但是有一张欠条,是雷霆的签名。她知道他们已经山穷水尽,穷途末路,只好出此下策。

雷霆道,房子的确不是我的,但是我亲戚的,我敢押给你,就说明我有办法还给你钱。如一低声道,对不起雷拳师,我真的帮不了你。

李希特突然就火了,他说我告诉你如一,我再说一遍,我是借钱,不是要钱。如一道,我知道,可你拿什么还?李希特道,电影,你知道一部电影值多少钱吗?那是精神食粮,是人类永远不能缺少的精神需求。如一看见李希特那副不知死的样子，也火了，气道，李希特，我拜托你醒醒吧，你是一个武侠迷，但你更是一个平凡的人，一个普通的人，你的那个梦想就是一个肥皂泡，它是一定会破灭的。你为什么要把所有的人都拖下水呢？好好地生活难道你会死吗？李希特冷冷地回道，好好地生活我就是会死，我会窒息而死。如一道，好吧，我说服不了你，那你就花你的那一份，为什么要我也替你的梦想买单？我也再说一遍，你醒醒吧，如果梦想都那么容易实现，那还叫梦想吗？就算好好地生活会死，那也要好好地生活，也要认命啊。

屋子里突然安静下来，但是空气非常稀薄，仿佛无端端地到达了一个山顶，即使尽浑身气力也仍旧喘不上气来。雷霆万没想到一进屋就把事情谈僵了，于是他劝李希特道，要不我们先回去吧，让如一再好好想一想。

然而他的话音未落，李希特突然一个箭步冲到如一面前，双手紧紧掐住如一的脖子，眼冒绿光道，你知道你在说什么吗？你这个乌鸦嘴！你这个财迷心窍的死八婆！他的这一举动突如其来，吓得雷霆愣了半秒钟才冲上前去要掰开李希特的手，雷霆眼见着如一嘴唇青紫，头软塌塌地挂在一边，神志都不太清楚了。但是李希特并没有松手的意思，他咬牙切齿道，我告诉你吧，没有一个男人是认命的，要认早就认了，也没有你们喜欢的这个花花世界！

雷霆使了好大的劲，才算把李希特的双手扳开，但他仍旧像一头困兽那样呼呼地喘着气,不等如一缓过一口气,他已经一把抓起桌上的小灵通,举到如一的鼻子下面,大吼大叫道,你报警!你现在就报警!说我们打劫,你就说我们打劫!我们两个人进去了,这件事就算功德圆满!我们就再也不用想什么电影了,好彩打劫未遂就是判刑也不用还钱吧,那我们就彻底解脱了,谢你还来不及呢!报啊!你赶紧报啊!

如一背靠在墙上,人已经吓傻了。雷霆也没想到李希特会突然发这个失心疯,急忙上前劝阻。

然而李希特果断地甩开了雷霆的手,他在自家的橱柜里翻来翻去,找出一把看上去相当锋利的菜刀拍在桌上,仍叫如一报警,他说警察不会不相信的,你看人在刀在,一定会把我们抓起来的。雷霆训斥他道,李希特,你闹够了没有?我们走吧,等你冷静下来再说。

李希特道,我很冷静,我知道我在做什么。

如一动弹不得,只是两眼不眨地看着李希特,这个男人,她认识吗?真的是无法确定似曾相识啊。李希特仍旧暴跳如雷地吼道,你报不报?你不报我报!说完打开小灵通拨了110,就在按下发送键的一瞬间,如一像野猫一样蹿了出去,一把抢过李希特手上的小灵通,大力地摔在地上。

随着啪的一声脆响,小灵通被摔得粉碎,黑色的塑胶片散落了一地。

一切重新归于死海般的沉寂,三个人呆呆地看着地上的碎片，神思却如同突然撞进了原始森林，完全不知道自己身在何处？在干什么？

事情闹成这样，谁都不知道该如何收场。

雷霆看了李希特一眼，神情是再说什么都是枉然。两个人只得转过身去，准备离开。

如一抚住脖子，剧烈地咳嗽起来。雷霆急忙走过来问道，如一你没事吧？如一说不出话来，只是摇头，一边拿过自己的挎包，从里面找出存折和身份证，连同桌上的房产证加在一起递给雷霆，她说这钱我放在包里，是为了随时可能要交买房的首付款的，雷拳师你就把钱拿去用吧，就当我是为中国的电影事业做贡献了，我觉得挺光荣的。

雷霆当然被搞傻了，他又说了一句如一你没事吧？

如一回道，我没事，这一分钟我突然就想明白了，白来的钱都是烫手的山芋，吃不到嘴里去，反正它莫名其妙地来就一定会莫名其妙地走，我想留也是留不住的。她把手中的一切硬塞在雷霆手上，心想，我这哪是中奖，我这是中SARS中非典，差不多命都快没了。

李希特怔怔地看着如一，难以相信眼前突然发生的一切。

雷霆一言未发，但是眼泪奔涌而出。如一见状脸上反而有了一丝笑意，那笑意淡淡的，似有若无，她安慰雷霆道，我其实真的挺喜欢看电影的，记得小时候看过一个电影叫《追鱼》，我看了好几遍，觉得特别好看。

没有人的时候还把单子披在身上偷偷地比划,现在想起来实在是太可笑了。我也愿意相信,你拍的电影会非常非常的好看。

然而如一的内心已经是泪如雨下,没有人知道她对自己有一个奇怪的底线,那就是如一,你是一个穷人,但是要记住任何时候,永远都不要为了钱变得恶形恶状,丑态百出。可是今天,桌子上拍着刀,刀锋在灯下寒光闪闪,脖子上的几道血印外加一地的小灵通碎片,的确就是一个打劫的现场。

整间房子里都还回荡着她和李希特刚才的尖声叫骂。

终于,她恢复了常态,她对他们平静地说道,你们走吧,我永远也不想再见到你们。

十六

门,无声地开了。

她急忙跑了过去,在准备关门的时候发现外面下起了细雨,沙沙作响,像是老天爷在空中筛什么东西,一丝一缕竟然都是金黄色的。

刚要关门,他却出现在了门口,许久没见,他的头发却是理过的,修剪得很好,只是有点被雨打湿了,挂着一两滴水珠。他穿着那套三折的西装,他很少穿西装,一向是不修边幅的,偶尔穿一回,成熟和沧桑中也有几分英俊,眼神是从未有过的温柔,他对她说道,语气也是无比温柔的,他说,我是来给你送电影票的。果然他拿出两张电影票,递到她的面前。

他说你去看一看吧,还挺好看的。

他笑了,他很少笑得这么迷人。

于是她接过他手里的电影票,她说你等一等,转身去拿了一把雨伞,但是他已经不在门口了,雨雾中只看到他的一个若隐若现的背影。

如一坐了起来,又是梦。

她怎么老是做美梦?用小美妈的话来说是白领小资才配做的梦。还是暗示着情况并没有她想象的那么糟?成功的人不是都像病人一样吗?还是每一个成功男人的背后都有一个快要发疯的女人?

只是半夜醒来,人心里清冷得难受,如一信手拨开窗帘的一角,发现外面果然下起了雨,也是秋天的细雨,仔细听来也是沙沙作响,当然雨不是金色的,无边的细雨全部淹没在黑夜里,唯有路灯光柱下面的雨线纷乱飘飞,不知应该奔向何处。

黑暗中,她突然有了一种重生的感觉,因为一无所有就好像重新投胎一样,以前只知道富人会被打回原形,原来穷人也会,穷人的身上一定是有记号的吧?不然为什么会拿到那么一大笔钱最终还是穷人?老天爷从来都不会搞错。那么多的穷人大年初一挤着去拜一拜,烟火弥漫了所有的庙宇,不求平安只求富贵,到头来都是回光返照,做生做死还是那么穷,记得明年拜神请早。

星期一一大早如一去上班，一切照旧，没什么好数落的。无意间她看到小美妈端坐在工作台前织假发，这本来没有什么特别，但是小美妈的神情始终是笑眯眯的，好像掉进了地主家的糖罐里。

中午各自热了从家里带来的饭，坐在一块吃，小美妈吃着饭，还是弯弯的眉毛翘嘴角，一副笑的模样。如一看不下去，不耐烦道，说吧，什么事把你高兴成这样？小美妈惊道，连你都看出来了？如一道，你还有什么是我看不出来的吗？小美妈想了想倒也是，便道，知道猪扒包吗？如一道，怎么不知道？一块面包里夹一块烤熟的猪扒。当然不是吃的猪扒包，是黄金的"猪扒包"啊。小美妈拉长声音道。

黄金的"猪扒包"如一也是知道的，是挂在脖子上的项圈，有一只大肥猪在正中间，下面吊着一排小猪仔，叮叮当当很是可爱，整件东西足金打制，戴在脖子上肯定不美，还要一万多块钱，但是据称要结婚的人必须有一个，婚后才能家肥人润。所以无论它外形多么俗气都是人见人爱，这边的人喜欢真金白银，喜欢富贵再三逼人就是这么直接。

如一道，老王送给你"猪扒包"了？小美妈道，那倒没有。如一道，那你高兴什么？小美妈道，他从马来西亚回来了，带了好多东西，我无意中看见酒店他房间的抽屉里，放着一个"猪扒包"。

那肯定是给你的。如一说道。小美妈忙道，我想也是。我也想过了,到时候还是要风光一嫁,我就叫你给我当伴娘。如一笑道,哪里有我这么老的伴娘,你不是疯了吧?小美妈道,我早就打听过了,二婚最好不穿婚纱,但是伴娘还是要的,我请个年轻的我才有病呢,到时候外人搞不清是谁结婚。

下班以后,小美妈自然是回家陪老王。如一便去了电讯商店修小灵通,当她拿出一袋零部件时,卖小灵通和手机的小伙子不温不火道,这是粉身碎骨好不好,你觉得还能修吗大姐?

如一只好买了一部新的小灵通,付完钱之后打开机器,居然有一个电话就打了进来。打电话的人是甘笔,如一觉得奇怪,因为甘笔从来没有主动给她打过电话,这倒提醒了如一,她还有一个编织社和一个马仔。一场浩劫之后的残留,终究不是一无所有。

甘笔的声音挺兴奋的,他叫如一有空去一趟编织社。

见到甘笔,他急忙告诉如一,忧伤系列的那两条长围巾,被他放到朋友的店里寄卖,结果有两个互相并不认识的女孩,一个是音乐学院的,一个是剧团的,她们前后脚地把长围巾买走了,都说不是为了戴在脖子上,而是挂在墙上当作艺术摆设。你知道吗如一,我们终于敲开了艺术的大门。甘笔复述这一切的时候是少有的喜形于色。如一瞪大眼睛道,艺术的大门不是这么容易就被敲开了吧?甘笔道,所以你才了不起啊,我们敲了半天一点动静都没有,可是对你来说就是这么容易啊。

如一想了想道,那我们就多织几条拿出去卖啊。甘笔惊道,当然不行了,艺术是什么?艺术就是不可复制的瞬间啊,批量生产那是羊毛厂干的事,不是我们编织社的宗旨。你现在要做的是继续开动脑筋,再推出一个系列。

如一心想,我哪里有什么系列啊,我也只是对毛线有点感觉,对艺术根本就没有一点感觉。见到她为难的表情,甘笔说道,这样吧,你爱织什么就织什么,其他都不用管了,我来给你安排系列。

回到家中,如一开始冥思苦想,她坐在椅子上发呆,虽然一时间什么都想不出来,但是她却突然有一点点理解李希特了,因为在追求梦想的每一分钟里面,越是离梦想接近一步,越是会有一种插翅飞翔的感觉,也许就是鸟儿的感觉吧。这种感觉非常奇妙,没有办法用语言来形容,所以才会有歌手声嘶力竭地唱着我想飞,我想飞得更高。

经过几天几夜奔向梦想的奋飞,如一织了一件前面开口的毛背心,质感温厚,前片的两襟是圆边的,整体的花色像鱼鳞片一样重重叠叠,这也是她年轻的时候不知跟谁学过的鱼鳞花,琢磨一下又恢复了记忆,最奇思妙想的是在双肩处织了微微竖起的荷叶边,好像鱼翅一样,背心的前面钉了一颗鱼嘴形的银纽扣。如一拿去给甘笔看,并且告诉甘笔她织这件毛背心是受了《追鱼》的启发,甘笔如获至宝,他到网上去查了一下《追鱼》,

知道是一出越剧，讲的是鲤鱼精思凡的故事，感觉既浪漫又怀旧，于是他说那就直接叫追鱼系列好了。如一说道，别的我再也想不出什么来了，一件东西怎么能成为一个系列呢？

甘笔肯定道，一件织品也可以成为一个系列，谁也没有规定系列一定要两件以上。有时候艺术的自由和随心所欲只有一线之隔啊。

如一又开始听不懂甘笔在说什么了。

不过在这之后，如一的灵感便就此熄灭，再就没有出现过哪怕是一星半点的火花。她觉得很是奇怪，为什么梦想就像天使一样，当你认真期待的时候，它便独自地飞走了，就像什么都没有发生过那样。

而那件名叫"追鱼"的毛背心，很快就被人买走了，这回又是两个女孩，她们为了这一件衣服还争执了起来。

在拿到钱之后，雷霆迅速地请来专业人士，又包租了机房，开始了夜以继日的电影后期工作。李希特便成为他随叫随到的打杂兼跑腿。

一天傍晚，李希特忙碌了一天，拖着疲惫的身体回到灰楼的六楼。就在打开房门前的一路上，他忽然意识到自己的生活是不是太荒凉了一点？以前尽管和如一谈不到一块去，他自认为是金戈铁马，而如一是红尘滚滚。然而为什么真的离开了所谓的滚滚红尘，他就变成了大海里漂浮的一块木板，起起落落，那个叫生命的东西好像也随着风浪飘忽不定，总是跟他保持着一定的距离。

他打开房门，十分意外地看见许二欢正在擀面条的背影。

他说你回来了？许二欢回过头来，挥舞着手里的擀面杖，她说她下午两点就回来了。李希特说那你不给我打电话。许二欢说也没有什么事，就去了一趟超市，买了点东西，你看这里已经什么都没有了。李希特说你干点什么不好你擀面条，你累不累啊？到哪儿还吃不着一碗面条？

许二欢笑道，我在外面跟人学了裤带面，就想回来做给你吃，锅里还煮着羊骨头汤呢。李希特道，我说怎么在门外就闻到了羊汤的香味，还真是挺香的。许二欢微低着头，起劲地擀着面饼，面饼已经有脸盆那么大了，自然是越擀越薄。李希特看着许二欢，觉得一个武艺高强的女孩子扎着花围裙擀面条，非常符合他心目中的性感的标准，于是他便走到许二欢的身后，用力地抱住了她。然而让他颇感意外的是许二欢倒吸了一口冷气。

他即刻松开手道，你怎么了？许二欢故作轻松道，也没什么啦，这回做替身的动作要求比较高，我不小心挤断了两根肋骨，医生说也没有什么办法，只能休养让它自己慢慢复位。李希特惊道，那你还擀什么面条？一边夺过擀面杖，自己笨手笨脚地擀起面条来。

吃完了晚饭,李希特觉得似乎是有一条裤腰带勒住了自己的脖子,当然这是因为他吃得太多的缘故,这也难怪,平时他都是瞎凑合,这一次当然得吃痛快,所以吃了两大碗裤带面,还喝了好多羊骨头汤。人一饱胀就会全身乏力,他也一样,不一会他就靠在破沙发上睡着了。等他一觉醒来,时针指向夜里十二点四十分,他身上还多了一条薄毯,但是许二欢并不在屋里。

灰楼六楼的上面是一个大平台,四处堆放着一些各家的杂物,也就不大有人走动。但若闲来无事,李希特和许二欢便会跑到平台上去晒月光。

两个人都比较喜欢夜晚,以回避与现实的格格不入。

李希特来到平台上,果然看见许二欢黑夜中的背影,她坐在一块突起的石墙上,面对的都市夜景,就像一道虚假的天幕,上面织满繁杂交错的灯饰,争先恐后地光芒四射,但在这深沉的夜晚,又有哪一处不是微光烛照,奄奄一息?让人觉得了无生气。

李希特在许二欢身边坐下,他说既然是晒月光,为什么不叫醒我?身边没有回应,李希特偶一侧目,着实吃了一惊,但见许二欢的两眼晶莹闪烁,居然有泪珠在滚动。要知道这个坚强的女孩子从来都是伤痕累累也绝不肯滴出半滴眼泪。李希特有点憷了,轻声问道,你怎么了?

许二欢道,没怎么。但眼泪更是滚滚而下。

他们在黑暗中坐了好长时间,许二欢才说道,我前两天才知道，我爸已经死了一年多了，是车祸，他骑一辆摩托车从巷子里穿出去，一头就扎在一辆大货车的轮子下面，当场就走了，一句话也没说。又过了老半天她才继续说道，我其实都不太记得他长什么样子了，可是我还是很难过，我想他会很痛吧？他会想说什么呢？

他走的时候会想起我吗？我希望他能知道我在为他难过。许二欢断断续续地说着这些，声音很轻，好像怕惊动了什么。

李希特无声地伸出手臂搂过许二欢，让她的头枕在自己的肩膀上，心中充满怜惜。他想，许二欢再没有什么东西可以失去了，但她至少还有我，至少我是知道她和懂得她的。

时间也是无声地流逝，直到夜更深，人更静。

第二天李希特早早地醒来，看着许二欢沉沉睡去，腮边似乎还挂着泪痕，但是他的心里终究好受了一些，他希望她能多睡一会儿。

他悄悄地起床，去买早餐。拉开抽屉拿钱的时候，放钱的地方就像变戏法一样，从无到有长出一摞钱来。他突然有些感动，也许是想到了许二欢的旧痛新伤，想到她吊钢丝时留下的血印抑或是断了的肋骨，生活真是很难，最难是它消解了多少人心中的英雄气概？

李希特买了豆浆和葱油饼回来，发现许二欢又不见了，原来她已经起床并且洗漱完毕，正在平台上练功，她用洗脸毛巾模仿双截棍，一个人舞得风生水起。跟昨天晚上坐在这里悲情伤感的小女孩判若两人。当她看见李希特手挽麻花抱在胸前欣赏她练功时，便对他微微一笑。

这让他心醉不已。

但他还是用手势提醒她肋骨已经断了两根，她收了功向他走过来说道，我根本没使劲，你不觉得像跳舞一样吗？我只是习惯了早上练功。

这时已经艳阳高照，天上一片云也没有。

吃饭的时候，李希特说道，你真的不能太拼了，敬业是没有错，但不能每回都是人家出钱你出命，你也是血肉之躯啊，总不能不管不顾，真伤了怎么办？许二欢道，不拼还能怎么样，我想赚多一点钱。钱哪里赚得完，难道比命还重要吗？李希特不快道。许二欢笑道，我当然知道钱赚不完，我也不能打一辈子，所以才想趁现在年轻多赚一点，将来开一个武术工作室，专门面对白领的，不仅可以强身健体，自卫防身，还能够推广中华武术。

自从你说过我是一个有梦想的人以后，我发现我的确是有梦想的，而且我一定要实现我的梦想。许二欢继续说道。她还说谢谢你，李老师。

十七

小美妈有三天没来上班了，事先也没有说一声，如一觉得奇怪，就打她的小灵通，结果还关机了。如一心想，可能是真的要结婚了，女人都是这样，找到一份真恋情立刻六亲不认，踪影全无，只有伤心失落发现男人没一个好东西时才会浮头。

星期六的下午，如一到编织社去，甘笔异常兴奋地告诉她，由于受了她的启发，目前他的创作思路度过了艰难的瓶颈期，现在又开始活跃和流畅了，他不仅设计出了摩登外祖母系列，还有喜悦系列和白饭系列。如一忍不住问道，白饭怎么系列？甘笔道，这是我的得意之作，只有把设计变成白饭，才能显现人的精灵之光和脱俗的气质。而且甘笔还设计了一个独立主题，最终要靠如一用棒针实现出来，拿到国际上去评奖。如一又是一惊，反问道，国际上？甘笔道，是啊，国际上有什么了不起的，现在不是都全球化了吗？

如一撇了撇嘴，心想你还说你没有梦想，这不是狂想吗？

甘笔把电脑图打开给如一看，如一看不明白，她叫甘笔还是把设计图画在纸上，这样她也好边看边琢磨。

就在这时，她的小灵通响了，电话竟然是小美妈打来的。如一便道，你终于出现了。小美妈的声音里听不出她的情绪，但可以感觉到她的态度挺坚决的，她说如一你到我家里来一趟。口气就像命令一样，如一笑道，我就知道你反正得找我，是不是讨论落实结婚的细节？小美妈突然轻飘飘地说了一句我结个柚子，随后又说你还是先过来吧。如一愣了几秒钟才道，好吧，我马上过来。

如一来到小美妈的家里。

屋里的气氛有些怪异,小美妈家的客厅里有一个长方形的餐桌,小美妈和小美分别坐在两头,两个人的表情都很僵硬,眼神也有一点呆呆的,猛一看架势有点像黑社会在讲数。见到如一,小美妈神情严肃地说了一句,如一你坐下。如一便找了一张椅子坐下,望了望母女俩的脸色,知趣的没有做声。

三天没见,小美妈看上去瘦了一圈,面色灰暗,人也很憔悴。小美虽说是头发凌乱,也没有妆容,穿一件白色的男式大衬衫,却反而是比以前珠圆玉润了不少,看来年龄是最能让女人原形毕露立见高下的。

小美妈平板着一张脸,对如一说道,小美怀孕了。

如一哦了一声,尽管她也深感世风日下,年轻人好像根本不把住在一起当回事。但总不能火上浇油吧,再说现如今奉子结婚并不是什么新鲜事,虽说一般的平头百姓也还是尊重传统的,可那又怎么样呢?小美一贯是不理这套的。于是如一便道,那就赶紧结婚吧。

不过心中不免又会有一点自作聪明,难不成她们想一起办婚礼?至少肯定是省钱的,不管开多少席,礼金一定是双份。如果自己一下接两张罚款单,就目前的状况也是挺够呛的。

这时小美妈翻了个白眼道,孩子不是叶公子的,是老王的。

如一道，哪个老王？小美妈道，你说哪个老王？还能有哪个老王？如一这才反应过来，嘴巴顿时张得老大，因为事件完全超出了她的想象。

有关这个事件的始末，按照小美妈的版本，是小美和叶公子从江原道吃完大酱拌饭回来，在机场叶公子就被公安局的人收押了，理由是他的公司涉嫌造假账和虚开增值税发票。本来小美以为这种事是很容易摆平的，结果不仅是一波未平一波又起，凡事不查不要紧，一查反而又引出了陈年旧案，以往非法的经济活动也浮出了水面，别说人不可能立刻出来，就算判个十年八年的也未可知。这样一来，曾经一直高调和叶公子谈恋爱的小美不仅处境难堪，身价更是一落千丈，于是她就转过头来先抓住最近的这个目标，不管怎么说老王的家境殷实，又可以移民到马来西亚，稳住了之后再作打算。

但是从小美那里，如一听到的是另一个版本，按照小美版，这件事整个是一个《洛丽塔》的故事。当然如一和小美妈根本不知道什么洛丽塔不洛丽塔，小美也不知道什么洛丽塔，她会以为是一个品牌的时装或手袋的名字。但情况的确如此，那就是泡面老K跟小美妈见面之后，对小美妈根本没有兴趣，但是小美妈过于热情，非要邀请老王到家里来吃饭，结果老王一眼就看上了小美，而且以他老谋深算的眼光看，叶公子压根不是什么正经人，出事是早晚的事。这种人也就唬一唬涉世未深但又贪图虚荣的小姑娘，打拼世界又不是演电视剧，有形有款摆造型有什么用？完全不是那么一回事，所以老王决定一边对小美示好，一边耐心等待，果然情况就出现了转机。

首先老王的示好是大手笔的，他给了小美一张金卡用。另外他跟小美妈说回马来西亚处理公务，处理公务是没错，但是身边多了一个小美，他就是要让小美对他的工作和生活的殷实低调眼见为实。小美本来也觉得做面条的还能做出什么花来不成？结果老王的公司还真把她镇了一下，不仅连锁庞大，而且管理也非常现代化，市场占有率和利润稳步增长，看着就让人觉得踏实。而且老王许愿只要结婚，他立刻就把一部分股份转到小美名下，绝不让她以后有争遗产之苦，如若生了孩子那情况就更不同了，一定会让孩子继承一部分家业。

小美想来想去，觉得这笔生意还有得做。

在这之前，她虽然花老王的钱，但对他的确一点感觉也没有，一心想拢住的就是叶公子的心。没想到叶公子这么不靠谱，让她在场面上颜面全无，反观老王却总是一个劲地给她惊喜。

当然关于这场纠纷，还有一个时空版本可供参考，那就是有一天小美妈在家里打扫卫生，她在小美房间的衣柜里发现了一个首饰盒，打开一看，竟然是一个"猪扒包"。凭借女人的直觉她感到事情有点不对头，如果是叶公子，他哪会这么老土，一定是买钻石的。能给小美送"猪扒包"的人，年龄肯定不轻了，想到这里，她觉得一阵燥热袭来，竟然满头是汗。

当天晚上小美回家，小美妈问她"猪扒包"的事，小美毫不忌讳地说是老王给的。小美妈说他给你这个干什么？小美说当然是结婚了，小美妈说你跟他结婚？你疯了吗？于是小美告诉母亲她怀孕了，是老王的孩子，她说她现在彻底想明白了，对于女人来说，孩子和资产是最可靠的两样东西，而且不能等，越等越会落空。小美妈哪里能够接受这个现实？大骂老王是衣冠禽兽。结果家庭战争就这样爆发了。

小美妈坚决要去酒店找老王算账，小美说老王已经飞回马来西亚了，本来他们想私奔了事。但是老王不同意，说无论如何要告诉小美妈一声，因为最终成了一家人以后还是要见面的。小美妈破口大骂说谁跟他是一家人啊，还见面，见什么见？我杀他的心都有。

小美妈指着小美对如一说道，我跟别人说不清，我跟她就更说不清，我叫你来就是想让你劝劝她，你说她还有大把青春，干吗非要嫁给一个五十七岁的老头子呢？如一还没说话，小美已抢先说道，我倒是想找般配的，可是叶公子不是进去了吗？我累了，不想再折腾了。就是条件不对等，他才会给我我想要的，如果他三十七岁他就找电影明星去了。

你听听，你听听，小美妈还是对着如一说道，我一直以为她心高气傲，平常谁又在她眼里？偏偏栽在一个老骗子手上。

小美道，妈你这么说我可不爱听，人家老王骗你什么了？不是一直把你当丈母娘供着吗？小美妈气道，我呸，他把我当长辈我会感觉不出来吗？他就是一个大小通吃的主，见过坏的，没见过他这么坏的人。小美道，那也只能是你的错觉，妈你这么精明的人不会搞不清行市吧？像你这个年龄，这种情况，就是重新打包优质装潢再打上一根粉红色的蝴蝶结，也不会有人要了呀。话音未落，小美妈铁青着脸，已经把手边的玻璃杯飞了出去，小美侧了侧头，杯子撞墙后掉在了地上，啪的一声粉碎。

你要打死我呀？小美急了，大声嚷嚷起来。小美妈道，你是谁啊？我有生过你吗？小美道，本来就是你自己的问题嘛，我又不是没提醒过你，叫你不要美容整容，光子换肤，这些都是骗钱的，有什么用？你也不照照镜子，自己都觉得像见到了鬼，千万老来自重，别当花痴。可是你听不进啊。

如一总算捞到一个说话的机会，忙道，小美，怎么跟你妈说话呢？小美道，我说的是实话，实话都不好听。这时小美妈突然冷静下来，说道，既然话已经说到这个份上了，那我也讲一句不好听的大实话。

小美和如一齐齐看着小美妈，小美妈道，小美啊，如果你铁了心要跟那个姓王的结婚，我劝你的话已经说尽，再也没有什么好说的了。可是我养你这么大不容易，嫁女儿我是要彩礼的。小美道，妈你不是要卖我吧？小美妈道，我卖不卖你，你心疼过我吗？小美想了想道，那你要多少钱？小美妈道，你们就给我买套房子吧。小美哇的一声叫出来，急道，现在楼价那么高，我们怎么买得起？而且老王又不是李嘉诚，你不要那么狠好不好？

她们又开始争辩起来，而且是唇枪舌剑，你来我往，永不落空。如一作为看客本该抱定看客心态，但她却突然感到脖子痛了起来，她想起李希特掐住她脖子时的情景，当时她就觉得眼睛突兀，像金鱼那样鼓了起来，所看到的人和事全部变了形，甚至天旋地转，耳朵也失聪了，只在一个频道嗡嗡地响，大脑因为缺氧更是一片混沌。脖子痛的毛病算是落下了。

她剧烈地咳嗽起来。

眼前发生的一切还是因为钱，这倒也罢了，谁不是为钱变得恶形恶状呢？包括自己又有多潇洒？现在是人财两失。只是最让人喘不上气来的是，大街上的陌生人我们是伤害不到的，伤害最深的都是眼前的那个人，都是至亲血亲。

如一咳嗽的动静有点大了，总算让小美妈和小美暂时休战。

你没事吧？小美妈说道。如一摇头，缓上一口气说道，你们别吵了，有什么话不能好好说？小美啊，你妈一直是很疼你的，无论她吃多少苦，可没让你受过一点罪，她总说女孩子吃太多苦就不矜贵了。你无论做什么都行，只不要伤了她的心。小美妈听了这番话，眼圈红红的。

小美却仍旧是嘴上一把刀，处处不留情，她淡淡说道，我妈对我是贵养贵卖，刚才她要一百万你听见没有？那我还嫁什么嫁，不如去给黑老大当压寨夫人，直接去抢银行就好了。

如一现在对钱的认识也很现实，便道，那你家老王能给多少呢？小美冷静道，就十万块钱，爱要不要。小美妈的脸色又青紫了一次，只是手边没有玻璃杯，便死盯着小美，像不认识女儿一样。如一道，那就五十万吧，这样你和你妈心都平了。小美想了想道，一口价二十万，不要再说了。

说完这话，小美离座回了她的房间，砰的一声把门关上了。

这件事之后，小美妈病了一场。这下如一有事干了，每天下班后便去小美妈的家里，给她煲一点白粥，炒两个清淡的小菜。

小美妈病得不轻，每天发低烧，身上还起疹子，一片一片的，不仅又痛又痒，看着也像烧伤之后的皮肤，红肿溃烂。大夫说她是肝瘀加上急火攻心，本来就是阳虚热体，伤身伤得厉害，这时免疫力急剧下降，染上什么病都是可能的，必须好好调理。大夫问是不是炒股炒的？如一和小美妈并未对视却一同连连点头。回到家里,小美妈坐拥在床上,头上捆着白毛巾,跟坐月子似的。

自那次大吵之后,母女俩都觉得元气大伤,小美很快就收拾东西走人了。据说泡面老K还派了一个贴身手下来接小美,先把小美安顿在星级酒店,再办出境游的手续,总之万事有人打理,不用她自己操心。

小美到底只给母亲留下了十万元的现金,另外的十万元用她过时的名表名包顶数,这些东西里也有那个老土的"猪扒包"。

小美离去之后,小美妈反而冷静下来,再没有掉过一滴眼泪,她指挥如一把"猪扒包"拿到金铺去当掉,名表名包拿到专营二手货奢侈品的米兰店寄卖,只一个目的就是回笼现金。她对如一说道,以后靠不上女儿,钱就是亲闺女了。说这话的时候她还浅显地笑了笑。

如一看着伤心,便道,你就大哭一场又能怎么样?何必这么难受?说不定还会憋坏了自己。小美妈道,哭要是有用,那这个世界上还有穷人吗?

看着小美妈激瘦的尖下巴,头发干枯,脸上的皱纹细密如织,人一下子就垮了。如一道,如果我告诉你我离婚已经快半年了,你会不会好受一点?小美妈愣了一下道,你又撞到什么鬼了?如一当然不能从头说起,便道,好像是他在剧组里认识了一个年轻的,以前还担心他不懂生活,其实他什么都会,离了我根本死不了。小美妈认真道,我说什么来着,男人就没一个好东西。

小美妈又道，你这个傻瓜，你干吗不告诉我？如一道，这又不是什么好事，有什么好说的。小美妈感慨道，你家希特也是，要么不醒，醒来就跑了，这叫什么事啊。如一不响，小美妈又道，你跟他要钱了没有。如一道，他哪里有钱？小美妈道，你听他哭穷，没钱哪能玩女人。如一沉默片刻道，我们别提他了好不好？我要不是看着你这么过不去，我是不会提他的。

这个晚上，如一给小美妈擦过澡之后，又涂上药水，再用扇子轻轻地扇扇干，这才准备离开。

小美妈对她说道，谢谢你啊如一，还是你最了解我，我现在真的好多了。

如一微笑地点了点头。

回家的路上，如一觉得自己的心里也好受了一些，以前看着小美妈风光还是有些不是滋味的。原来在这个世界上，你就是我的药，我就是你的药，总是最苦的那一服治病。

小美妈的病好了以后，又开始回来上班了。一切看上去都没有任何改变，周末的时候，她不知从哪里搞到一批菠萝，两个失婚的女人重新开始走鬼。菠萝肯定是本地的，但是小美妈例牌冒充台湾凤梨，如一戴着一双工业手套操刀给买菠萝的客人去皮，小美妈在一旁收钱加热情叫卖，她说台湾凤梨啊，甜到漏，绝对甜到心里去。赶紧来买吧。

有一个客人驻足，看着如一手里果汁四溢的菠萝，忍不住道，我可不可以尝一尝啊？小美妈抢先答道，当然不行啦，你应该买一只回去，切成片泡在盐水里，晚上看电视的时候慢慢啖。

那人就像中了魔咒，乖乖买了一只菠萝，喜滋滋地回家。

这就是小美妈，她有好强的生命力，许多人会不知不觉听她指挥。但是小美却是她的魔咒，这也是没办法的事。

十八

晚上，如一拖着疲累的身体回家，全身散发着菠萝的香气。走进镇水街，又是一派祥和的景象，除了周末版不变的麻将桌，来回追逐的孩子，还有益街坊的剃头匠，一座一镜一刀一剪就着一个黄灯泡，椅子背上挂着一块旧包装盒撑开的纸板，上面写着平头五元，小童四元。这人从来都是身上斜背一个黑色的人造革破包，永远大张着口，里面大概是放着干电池，总之有一条电线通出来，剃头推子便突突突地开始工作，像是一台人肉发电机。

剃头匠一边发电，一边理发，还要有一句没一句地聊着天，主客二人看上去都很享受。

如一看见蠢猪在打小灵通叫外卖，便道，加多一个海南鸡饭。蠢猪说好，坐在他旁边打毛线的蠢猪老婆冲如一笑笑，算是打过招呼。蠢猪叫了两个鸡饭，一份牛肉粉，他打完电话，对如一笑道，怎么你们女人都爱吃鸡饭？我老婆也是点鸡饭。蠢猪的老婆道，你说话不要这么难听，什么鸡饭鸡饭的，我和如一可是正经人，只是我年轻的时候是盲的，找了你这个穷鬼。蠢猪道，喊，要不是我娶了你，全世界的男人就惨了，都说牺牲我一个了。

他们两个人不急不恼地斗着嘴，如一站在一边竟是心生羡慕的。她想起以往回到家里，不管多累都要听李希特念武侠，通常都是他自己激动得满脸通红，而如一始终是平静的。李希特经常会说算了算了，以后再也不给你念了。但是隔天又只得她一个听众。

他们也会斗嘴，虽说不是调情，绝大部分的情况都是真吵，可是现在想起来却又是回甘的，心中总是残留着一丝喜悦。

过了一会，番薯昌骑着自行车过来送餐，蠢猪的老婆和如一都递钱过去。蠢猪打开自己的那份牛肉粉，气道，番薯昌，有没有搞错啊你，牛肉粉一片牛肉也没有，只有一点牛肉汁？番薯昌一边收钱一边懒洋洋道，都说不要太过认真了，牛肉粉当然是吃粉啦，难道老婆饼你不是吃饼，还给你一个老婆啊。蠢猪当即给噎得无话。番薯昌看着蠢猪的老婆又道，再说你又不够胆包二奶。蠢猪的老婆道，都说是穷鬼了，他包个茄子。

蠢猪无奈道，算你狠，是不是气死人不用偿命啊。番薯昌又是一副胜利者的姿态，笑嘻嘻地骑车走了。

如一坐在台阶上吃海南鸡饭，蠢猪的老婆教导她道，你看你瘦的，也该歇一歇了，累死了好像有人会心疼你似的。你看我们家两公婆吃外卖，孩子去吃麦当劳了，一家人整整齐齐都有饭吃，我就算鬼数了，还求什么？如一想想也对，她决定第二天给自己放假，一觉睡到中午去。

第二天是星期天，如一睡得正香，一大早便有人敲门，笃笃笃的，敲门声既斯文又坚持。如一有些气恼，但也只能起床去开门。

门口出现的竟然是李想想，如一顿时惊喜万分，转瞬间瞌睡全无，来来回回只会说一句话，你怎么回来了？我不是做梦吧？的确，自如一给想想回信之后，李想想就半点音信也没有。如一想着儿子肯定春节都不会回来了，想不到这家伙突然出现在家门口。

李想想进了屋，他看上去比以前成熟了一些，但却清瘦了不少。他说家里的门锁怎么换了？如一愣了一下，说我们换了月牙锁，比较撬不开。李想想笑道，咱们镇水街又穷又多人管闲事，哪有可能被盗啊。

如一道，说的也是。又道，现在学校又不放假，你怎么跑回来了，事先又不给我打个电话？李想想轻描淡写道，我觉得最近状态不太好，就请了几天假缓一缓。如一满脸狐疑道，你说的是实话吗？不是生了什么病吧？一边说着，还一边上下打量李想想。李想想道，妈你放心吧，什么事也没有。

如一叫李想想洗把脸,自己换了身衣服跑去买早餐。

李想想并没有洗脸,只是坐下来暗自松了口气。的确,他这次回家是临时决定的,坐了一夜的火车,思绪还是难以平静。

上次如一到学校探望李想想之后,李想想和千寻的关系就发生了微妙的变化,说来也怪,千寻并没有直接跟李想想说什么,但是李想想总觉得她在有意无意间疏远自己。李想想当然也没有向千寻做任何解释,不过肯定是在暗中冷眼相看。然而,任何恋情最终都不是死于激战,而是彼此的猜忌、怀疑和充满功利的考量。

当代美学思潮是一门选修课,李想想和千寻班里的许多同学都选修了这门课。加上其他系的同学也是踊跃选修,美学课就要在大的阶梯教室上课。美学课的火爆,除了这门课本身就容易吸引年轻人以外,还有一个重要的原因是上课的老师是一位青年才俊。

这个老师的名字叫谢团,三十八岁,江苏人,身材修长面目白净,是典型的江南才子的模样。谢老师曾经在法国留学六年,身上已沾有不动声色的法兰西风情,言行举止无不透出浪漫气息,他上课的风格是轻松幽默型的,同时又难以遮盖他的才华横溢,风度翩翩。更重要的是谢老师未婚,据说没有什么特殊原因,无非是阴错阳差给耽误了。

一个学期下来,各个班级的同学都希望能考核顺利,踏踏实实地拿到学分,通常的做法是推举班花到老师那里套题，这样准备充足一些就一定能够拿高分。这倒不是什么潜规则，而是在如花似玉的女学生面前，老师容易心软。

无疑，蒋千寻同学果然是去了解到了答题的范围，而且准确无误。但是她也深受谢老师的喜爱，经过一段时间的秘密交往，到了恋情曝光时，两个人已经做出决定，千寻暂时休学，和谢老师结婚后陪伴他到美国做一年的访问学者，归来后再完成学业。

本来李想想对于自己情感之路的展望，最坏的情况，就是和千寻维持表面的平和，实际上关系不死不活地拖到毕业，然后彼此分道扬镳。至少也还保住了双方的面子，或者说给爱情这两个字留下一点面子。

但是结果比这糟糕一百倍，一方面李想想毫无疑问要忍受伤情的痛苦，另一方面又要承担几乎是全班同学好奇、同情乃至幸灾乐祸的目光，这对于他来说就有些残酷了。虽然李想想同学有一些少年老成，但他毕竟还是一个年轻人，年轻人碰上爱情问题容易滑进死循环。还好历史系的系主任是一位心细如丝的女教授，她找李想想个别谈话，希望他不要被这样的事件击倒，她说我们有时候会格外相信别人眼中的郎才女貌，但是现实生活怎么可能这么简单？而在年轻的时候备受感情折磨也许不是一件坏事呢。她说这话的时候还冲李想想笑了笑，笑容真诚还带有一点点天真。这让李想想愿意相信天还没有塌下来，同时他也从心里感激女老师对他举重若轻的劝慰。

尽管女老师的笑容和劝慰都无济于事，李想想也知道感情的泥潭只能靠自己狼狈不堪地爬出来，别人的任何帮助都是听听而已。但是他多少敢于无视班级里众多的目光了。

然而事实上，蒋千寻做出这个决定时，心里不见得有多快乐。因为谢团老师虽说受到女同学们的普遍欢迎，但是对于千寻来说，越发显得忧郁而又有些青涩的李想想其实更能吸引她。

但是她真的很恨李想想，他竟然欺骗她冒充百万富翁的儿子，这是多么下作和无聊的谎言，白痴电视剧都不屑于这样编排，而且蒋千寻心想，我在你李想想心目中也就是一个流于肤浅的贪慕虚荣的女孩子，否则你也不会这样对待我吧？所以一开始的时候，李想想的形象完全坍塌，蒋千寻决定从此跟他一刀两断，甚至不需要什么断交告白。

不过时间一长，千寻慢慢又冷静下来，她发现自己在决定和李想想分手之后，又想到他种种的好，想到他们的情投意合和默契的快乐，无论是在教室还是食堂，他们的相遇依旧让她怦然心动。

他们已经完全不交流了，只是点头示意。好像都在等着对方给自己一个说法，具体说法是什么呢？我是因为爱你才骗你？这是一个美丽的谎言？还是不管你有多穷我都喜欢你？不知道，反正他们同时选择了沉默。

只是她在他可能出现的场合，一定会有意无意地寻找他的身影，似乎是希望他不要出现，但是见到他才会心安。

理智告诉她不要感情用事，但好像越是理性她便越发现自己其实还是爱他的。尤其是决定嫁给谢团以后，她感到她在欣喜之余竟然是被完全抽空了，阴干了，总之一点水分都没有了，更谈不上什么爱情的润泽。她剩下一副姣好的躯壳，又完成了众人期盼的心愿。而自己失落的心情却一沉再沉，没有底一样飘落，整个人化作一缕青烟依附在谢团头顶那一圈一圈的光环上，抑或是也变成了光环外侧的那一道朦胧而美丽的紫光。

休学之后，千寻便不来上课了，她也搬出了女生宿舍，据说她妈妈过来了，陪她处理一些事情，她们在学校附近租了房子，这样会方便一些。

千寻的妈妈觉得女儿的选择是对的，她说女孩子最不能犯的错误就是一时冲动嫁给一个穷小子，更何况还是一个道德败坏的穷小子，这样的人根本一无是处，等你离开了学校这个环境并随着时间的推移，一定不会后悔，因为一生的幸福不可能在贫穷的泥潭里找到。

就在千寻和谢团准备登记结婚的前夕，千寻突然有了一个强烈的愿望，那就是跟李想想彻底谈一次，把感情做一个了断。她托了一个女同学带了封信给李想想，但李想想毫无回应。后来她自己屈尊去李想想的宿舍找他，李想想跟着她出来了，但坚决不谈，他说没什么好谈的。千寻说我今晚在东湖边上等你,你不来我就一直等下去。李想想说我是不会去的。

后来李想想去了女教授的家里请假,说是想回家看看母亲。女教授说谈谈就谈谈嘛,想想你这孩子也够犟的。李想想嘴上没说什么,但是脑子里的思路非常清晰,他想既然你蒋千寻已经做出了决定,何必还要到我这里来寻求安慰?你想过我的感受吗?你就是要给自己一个交代,还要显得有情有义。你要说什么做什么全部在我的意料之中,这种人格分裂的痛哭有意思吗?你想表演给谁看?我不是说我没错,但我宁愿你把我臭骂一顿,继续交往和分手都没关系。这样不声不响做出决定不就是嫌贫爱富吗?我看错你了吗?

不谈还好,无言的结局也是结局,至少还有一点模糊的余韵,这样算什么?难道还要受伤害的人更仁慈更卑微吗?一定要让爱过你的人成为你宣泄的下水道吗?

这时李想想听见了由远至近的脚步声,同时还有母亲和邻居打招呼的声音,母亲的声音里充满了难以抑制的喜悦,这一点让他十分感动。每一次若不是受到了伤害,他好像都无暇想到母亲。于是他截断了思绪,起身打开自己的旅行袋,从里面拿出一条毛巾,走进了窄小的卫生间。

如一给李想想买了他爱吃的艇仔粥和拉肠粉,吃早餐的时候,如一小心翼翼地问道,千寻她还好吗?李想想低头喝粥,含糊道,挺好啊。又抬起头来口齿清晰地说了一遍挺好,并且看着如一的眼睛。如一笑道,如果你们春节能一起回来,那就好了。李想想没有接母亲的这句话,只道,妈你不是在信上说,有重要的事情告诉我吗?如一怔了一下,支吾道,还能有什么重要的事,无非是想你们俩一块回来过年。

李想想可能是吃得太饱了,加上旅途困顿,他买的又是坐票,所以人仰马翻倒在如一的床上睡着了。还是如一给他脱了鞋,把他的双腿搬上床,又拉过被子来给他盖上。

如一去了农贸市场买菜,她买了鸡和鱼。

回来坐在屋里择菜,这时李想想醒了,起身伸了个懒腰,便走过来坐在如一身边帮她一块择菜。

他不经意地问道,我爸呢?如一迟疑片刻道,他出去了。想想道,我就是问他去哪儿了?他的房间还收拾得这么干净,好像根本不回来住似的。如一没有说话,也没有看李想想,只盯着手上翠绿的芥蓝,但是眼圈红了。李想想反而异常冷静道,你告诉我到底发生了什么事?

如一想了想,觉得隐瞒毫无意义,便道,我和你爸已经分开了。李想想大为震惊道,你说什么?这是什么时候的事啊?如一道,就是前不久,我们离婚了。李想想的眼睛瞪得更大了,道,为什么呀?如一不想细说,也就没有开口,继续择菜。李想想认真道,是他提出来的对吗？如一还是不说话。李想想把手里的一根菜扔回洗菜盆里气道，妈，我问你话呢，是不是他先提出来的？如一故作平静道，谁先提出来的有那么重要吗？

李想想菜也不择了，只端坐等待。屋里没有声音。

于是他起身又一次进了窄小的卫生间，这次不是洗脸，也不是上厕所。他只是站一会平复自己的情绪。

他觉得很对不起母亲，她千里迢迢地到学校来看他，可是他只让她住了一天就把她"赶"走了，至今他还记得在火车站时母亲又眷恋又小心的目光，她上了火车以后把头探出来，火车加速以后，她的手还在窗外挥舞。他除了对至亲的人能这么残酷，而对生活的难题大多是束手无策。

母亲一定是受了委屈，神情竟是隐忍和惊恐的，她甚至还怕他受到伤害，他为自己刚才严厉的目光和语气默默向母亲道歉。

他再一次回到母亲身边，坐下来择菜。

如一只告诉李想想李希特到甘肃拍武侠电影的事，她说他好像是在那里认识了一个女孩子，名字叫欢。李想想说那他们现在住在哪里？如一迟疑片刻道，你想干什么？李想想说我能干什么？他是我父亲，我总得看看他吧。

约摸是下午四五点钟的样子，李想想独自一人去了灰楼的六楼，给他开门的是一个精干利落的女孩子。李想想问道，你就是欢吧？许二欢愣了一下，忙道，对对对，我就是欢。李想想道，我是来找李希特的，他是我爸爸。那就快进来吧。许二欢一边说一边伸出手去一把把李想想拉进屋里，又道，你爸爸去超市了，一会儿就回来，你坐吧，你喝什么？

就矿泉水吧。李想想说道。他看见靠墙的矮柜上有几樽大支的农夫山泉，便这样说。老实讲他对许二欢的印象还真的不坏，本以为会是什么庸脂俗粉的小妖精，但这个女孩子是出奇的硬朗。

这时李希特出现在门口，他两只手都提着购物袋，里面满满当当的日用品，他是用膝盖顶开了虚掩的门。

见到李想想，他也颇感意外，道，你回来了？李想想起身点点头，然而父亲的这个形象突然就惹恼了他，在他的印象中，父亲永远是沉迷武侠不食人间烟火的样子，眉毛拧着，与全世界为敌。生活在他身边的母亲和自己，沉闷地扛着这个巨大的包袱，几近窒息。为什么他跟一个陌生人在一起马上就变得正常了，却原来生活琐事无所不能。以前母亲叫父亲去打个酱油那是侮辱了他，满脸写着你杀了我得了。

现在呢，满手提着厕用卷纸、洗衣粉、速冻饺子之之类类，又不见他去死，还兴冲冲的样子。

但凡有了一点点的转机，他最先抛弃的就是我们。母亲对他来说算什么呢？爱他包容他的结果就是深深地受到伤害吗？

他来到这个世界上就是为了折磨我们吗？

李想想真的是暗火丛生。

找我有事吗？李希特放下手中的袋子说道。这话更是让李想想火冒三丈，他们多久没见面了？这就是一个父亲对儿子说的第一句话。他强忍着已经堵到嗓子眼处的愤恨，也许一张嘴就会吐出一个毒蛇信子。

一个念头在脑子里电光四射——他来的本意或许就是看看，他也不知道自己有何确切的目的，或者是好奇心。但此时此刻全部变成了敌意和报复。他说我是来拿学费的，大部分是妈妈给我的，但是还不够。李希特道，还缺多少？五千，李想想说道。

李希特顿时哑然。他盯着李想想看了一会儿，他知道他是在有意为难他。可是他又能说什么呢？

还是许二欢过来解围，她打开抽屉拿出一叠钱，她说这是三千块钱，李想想你先拿着，剩下的我们再想办法。她把钱递给李想想，李想想漠然地把钱接过来，卷成一个团握在手中。

李希特依旧盯着儿子，许二欢知趣地提着超市的袋子进了厨房，还不忘把厨房的门关上了。屋子里只剩下这两个像饼印一样的男人。你是专程来羞辱我的对吗？你要帮你妈妈出气。李希特轻声说道。李想想冷笑一声，并把手里的钱扔回桌上，那钱打了一个滚，重新散开了，铺陈得满桌都是。李想想同样轻声说道，我告诉你李希特，你放心，我不会受你的点滴之恩，我这么做是想提醒你，你对我从来没有尽到责任。

李希特道，我承认我是一个不称职的父亲，但是我对你同样有很深的感情。李想想笑道，对于我来说，你不是不称职的父亲，你根本就不是父亲。

丢下这句话，李想想没再看李希特一眼，便打开门出去了。

李想想头也不回地走着，身后的这座灰楼，他是再也不会来了，身后的这个男人从此也跟他没有任何关系了。他知道自己人生的道路才刚刚开始，他将和母亲一起走下去。坏的榜样也是榜样，将来他也要结婚生子，生下来的孩子无论男女，名字都已经起好了，叫如果果。而他会像母亲一样，春蚕到死，蜡烛始干，一生都为自己的家庭和亲人鞠躬尽瘁。

十九

在灰楼六楼之上，李希特一直站在窗口，看着李想想远去的背影。

曾几何时，这个长相酷似自己，性格极度闷骚像他母亲的孩子，变成了今天隔岸喊话一决高下的对手？

吃晚饭的时候，李希特和许二欢都没怎么说话，显然，李想想的到来成功地制造了阴影，如果他真的是来拿学费的，事情反而简单多了，但他不是，他的眼睛里充满了冷漠和仇恨。

许二欢吃得很慢，好几次都停止了咀嚼，她看着李希特，想跟他说点什么，但显然李希特什么也不想说，只是闷头吃饭,又像什么事都没有发生过那样。许二欢也只好作罢,她想,对于李希特的家事,自己还是少说为妙。

这时许二欢的手机响了。

许二欢打开手机接听,连续哦了好几声便把电话挂了。抬头对李希特说道,是花制片打来的,他说他明天从北京飞过来办事,叫我们和雷导跟他一块吃顿饭。李希特想都没想道,雷霆肯定不行,他这么多天就没出过机房,他也嘱咐我不会见任何人,也不会浪费一点时间,还是我们陪花制片吃饭吧。

的确,李希特曾经到过一次机房,看见雷霆没日没夜地工作,整个人的脸色灰白,满嘴起泡,头发胡子疯长,乱作一团,一向整洁的他眼看着脱了相。李希特道,你这样下去不行,还是好好休整一下吧。雷霆道,你以后千万不要说这种外行话,做电影是能说停就停的吗?机房的租金是钱来的,怎可以一日空闲。李希特道,那电影做后期总不是办后事吧?雷霆道,怎么不是办后事?就是死过翻生啊。你要是真心想帮我,就去给我搞几粒摇头丸。

李希特愣了半晌,说不出话来。所以他知道雷霆是不会出来吃什么饭的,他手上的工作千头万绪,几乎每一个细节都决定着这部片子的命运。

见许二欢仍旧面露难色,李希特不解道,这又有什么难的?我们陪他吃不就行了嘛。许二欢道,其实花制片这个人很难搞，嘴巴刁得很，不吃农家菜什么的，他总说吃饭就是吃声势。李希特道，那就请他吃好点的呗，不就是一顿饭嘛。许二欢道，何止一顿饭，吃完饭他肯定要去零点零一分酒吧喝酒，如果再去歌舞厅K歌，还真是个无底洞呢。说完这话，许二欢暗自叹了口气。

李希特想了想，终于意识到许二欢为何感到为难。

这也难怪，以往李希特过的是非现实生活，在那样一个世界里，视金钱如粪土是一种英雄气概。可惜他现在变得正常了，正常就比较讨厌，无端端的钱就有了英雄气概。幸亏刚才李想想只是发了发虚火，并没有真的把钱拿走，否则又是一笔接待费不知从哪里开销。

他好像应该感谢李想想才对，他真是他的亲儿子。

第二天下午，花制片果然如约而至，他说他是中午到的，事情也办得异常顺利，为的就是晚上能好好地放松一下。

许二欢千挑万选了一个特色餐馆，菜式是绝对的好，但是没有什么豪华装修。餐馆是回廊式的大草棚，一看就是临时建筑，中间围着一个荷花池，又没有荷花，只一堆疯长的叶子，池塘里还养了一群鸭子嘎嘎乱叫。充分体现了南方人讲究实惠的生活方式。

一开始花制片的脸上虽然笑逐颜开，保持着一般的礼貌客气，但隐隐的还是有些不以为然。不过后来上菜，一个比一个色香味俱佳，有几道菜连见多识广的花制片都没吃过,比如颜色和形状酷似虎皮尖椒的秋茄子;再比如像竹叶青一样又细又长通体翠绿的长豆角,看着像一条条青蛇,吃下去都是唇齿留香;还有专门用荔枝木烤出来的吊烧鸡,香到人都想起立向吊烧鸡致敬了。这时的花制片才真正是笑逐颜开,大赞许二欢找饭店花了心思,而且也让他对农家菜的印象大为改观。由于吃客浩浩荡荡,这也是声势啊,花制片说。

人若来了兴致,好容易变成刹闸失灵的机动车,不知道会滑向哪里。

在零点零一分酒吧喝酒时,花制片的兴致还是很好,李希特的话虽然不多,但一直陪伴在侧,无论如何是一个好的听众。一开始花制片还只吹一吹自己在圈里的江湖地位,随着酒喝高了,个人的膨胀程度也逐渐升级,好像原子弹他都识整,彻底不费吹灰之力。

许二欢喝酒就喝得很少,因为再便宜的红酒,一瓶的价格都会超过一顿饭钱,刚才在荷香楼死省烂省其实都是白搭,一瓶红酒像花制片这样敞开喝,一会儿就见了底,所以许二欢尽量少喝。

她省钱也不全是为了自己,因为昨天见过李想想,关于他的学费问题毕竟还没有解决,而且她也知道李希特没有钱,他的钱全部陷在电影里,要想得到缓解也只能是在发片之后。那么他们的生活费,李想想的学费,这些都是所谓的刚性支出,钱不省着花还真的不行。

但是花制片喝酒有个习惯,就是要有人陪喝,而且要尽情尽性,许二欢这样喝他就觉得不好玩,甚至有些扫兴,好像是用行动暗示他少喝,并且尽快结束。这样花制片就有点不高兴了,他借着酒兴伸手去揽许二欢的腰,一边口齿不清道,你对我好一点,我不会让你吃亏的。又道,酒如果没喝好,就像去赶庙会突然把我搁井里了,你说我能好受吗?许二欢无奈,只好尽量扳开花制片放在她腰上的手,紧接着给自己倒满一杯酒道,好好好,我今晚就陪花制片一醉方休。这时她看见坐在一旁的李希特脸色黯然,眉毛也是微拧着。

倒是倒了一大杯,但是喝起酒来,许二欢还是小口抿着,一边又说出许多最近不能喝酒的理由。花制片一下就火了,他翻脸道,许二,你还真够二的,我告诉你吧,李老师他也不会当真的,所有的男人都不会当真,玩了就玩了,傻×才当真呢。

李希特一开始还真不知道花制片口中的李老师就是自己,因为也的确很少人这么叫他,等他反应过来,发现许二欢的脸色青一块紫一块,但又敢怒不敢言地强忍着,顿时也不快道,花制片,你这话是什么意思啊?

花制片指着许二欢道,是什么意思你问她!不就是一个替身嘛,那还要看我想不想给你饭吃呢,还真敢把自己当腕儿,端上架子了。

他的话音未落,衣领子已经被李希特提了起来,李希特的眉毛不仅拧着,还打了一个梅花结,他气道,她怎么惹着你了,你要这样子欺侮人?花制片道,她原来就是我的人，随叫随到，我说她两句怎么了？

李希特当胸就是一拳，花制片迅速地向后面退去，直到退无可退便倒在一堆桌椅里面，酒瓶和高脚杯碎了一地。邻桌的客人惊叫着站立起来，许二欢也冲过来从后面紧紧抱住李希特，她到底是有武功的人，两只手臂像钢丝锢木桶一样，把李希特锢得动弹不得。

花制片被服务员扶了起来，骂道，李希特，你就不用演这种英雄救美的戏码了，你以为她是什么好货？她又搭上了别的制片，所以才有戏演，所以才敢在我面前一本正经，他妈的下一次就是喝倒在我面前，我跨过去都不会理她！

说完这话，花制片扬长而去，也不知道他喝醉没有，一会儿站立不稳，左右摇晃，一会儿又健步如飞，紧走慢走，消失在玻璃门外。

李希特一直想追过去打花制片，无奈被许二欢紧紧抱住。幸好是这样，情况才没有恶化到哪里去。

许二欢掏出钱来付账，同时又问经理怎么赔酒杯酒瓶，经理有些厌恶地挥挥手说道，算了算了，我认倒霉就是了，以后你们也别到我这里来了，阻碍我做生意不说，万一出了命案，我整个店都要搭进去，你们还是赶紧走吧。

回家的路上，夜色浓重，黑暗中两个人都一言不发。

匆匆地走了一会儿，许二欢伸出手去想握住李希特的手，但是李希特的手始终握拳，就是不肯张开。就这样,两个人闷闷地回到了灰楼六楼,进了门之后又谁都没有坐下,只是背靠背站着好像在比谁的脸更臭。

他说的话是真的吗?还是心急气躁的李希特首先打破沉默,面无表情地问道。许二欢不说话。李希特又道,你现在又搭上了别的制片是吗?许二欢仍不说话。李希特转过身来面对许二欢,严厉地盯着她道,别跟我说什么潜规则,任何人都可以洁身自好。你就跟我说是还是不是。许二欢平静道,是。也许是这种平静惹恼了李希特,他扬手就是一巴掌。

房间里顿时鸦雀无声。

许二欢的声调也是平静的,她说道,你凭什么打我?我有说过要跟你结婚吗?我有花过你一分钱吗?

轮到李希特不说话,他甚至有些愕然地看着许二欢。

许二欢道,抽屉里的钱是我前段时间当裸替挣的。李希特道,你不是武替吗?许二欢道,如果裸替给钱多的话。那你不是给人都看完了?李希特气道。许二欢道,是的,也可以这么理解。李希特恨道,你怎么这么贱啊?

许二欢没有理他,转身回到卧室里去清理自己的东西,话已经说成这样,今晚她是务必要离开了。等到李希特稍稍清醒过来之后,他走进卧室,这时的许二欢差不多都收拾完了。她拎起自己的帆布箱,对李希特说道,我最后只想说一句话,我不是打不过你,我不还手是因为我爱过你。

她冷冷地看着李希特，她看了他最后一眼。

外屋的门砰的一声关上了，李希特这才意识到许二欢真的走了，卧室柜子的门开着，虽然许二欢拿走了她的东西，但是她的气息却无处不在，这种弥漫在空气中丝丝缕缕似有若无的味道，不知不觉间让李希特泪流满面。

这样算什么呢？所谓的恩爱又算什么呢？只一句话，就灰飞烟灭了。

可是不这样又能怎样？难道对自己说，在这样一个乱世，请允许我做一个嫖客？这对他来说，可能吗？

李希特坐下来抽烟，后来干脆躺在旧沙发上抽，一根接着一根，烟雾缭绕之中，熟悉的一切变得越来越不真实。如果人心即是江湖，他想，那么他若是心淡离场，是不是刀光剑影血脉偾张的武侠世界也就不复存在？会不会在一夜之间他突然猛醒，我这是在干什么？

难不成真应了人生几大找死之一：虽非富贵身，做尽荒唐事。

他不敢再想下去，生怕一不留神真醒了过来，他这时候醒过来不也是找死吗？所以他什么也不想，逃跑一样地出了门。

夜深沉。

如果这个城市里还有一个人没睡，可能就是雷霆了吧。李希特去了机房，虽说是深更半夜，雷霆果然还在工作，他在听电影配乐的小样，神情既专注又迷茫。一起工作的还有别人,所以他很不情愿地跟着李希特来到走廊上。雷霆没有掩饰脸上的不耐烦。有什么事你赶紧说。他的语调很是急躁。

他的脸色也是灰白的,像是刚刚断了可卡因变得毫无着落的失重和慌乱同时写满全身的那种人。

李希特看着雷霆的眼睛道,你早就知道许二欢和花制片有一腿对吗?他说这话时想起在甘肃柳园的分手之夜,雷霆说过他跟许二欢在一起不合适。他清楚地记得为这句话他琢磨了好长时间。

雷霆半天才反应过来李希特在说什么,眼看着他就像火柴头那样满脸发黑,随便在哪儿擦一下就会暴跳如雷,火冒三丈。这是什么时候?居然跟他谈风花雪月的问题,他简直气疯了,恨不得飞起一脚,叫这家伙先死一会儿再说。不过他强忍着没理李希特这个茬儿,只白了他一眼,转身准备回机房。然而李希特这个人从来不识相,他一把抓住雷霆的胳膊,神情更加严峻道,全剧组的人都知道他们的事,只有我一个人蒙在鼓里对吗?

雷霆甩掉李希特的手道,无聊。

丢下这两个字他就回了机房,砰的一声把门关上了。

但是李希特明白了就是这么回事。

雷霆走出机房的时候,就像从坟地里爬出来的僵尸,脸色惨暗,双目无光,眼珠就像两颗浑浊的玻璃球。他的头发和胡子都像野草,杂乱无章,横冲直撞。最后冲刺的一个礼拜他没有洗澡,当然就谈不上换衣,即便不是炎热的季节,这在南方也是不可想象的,人人掩鼻而过但他自己浑然不觉。

他回到习武馆倒头便睡,一直昏睡了三天三夜。其间有起来喝水,上厕所,也吃过李希特给他买来的白粥咸菜,但所作所为几乎都没睁开过眼睛,基本是梦游状态,身体是瘫软的,随时都有可能轰然倒下,昏睡过去。

通常这种时刻,都是雄鸡报晓,预示着在茫茫的黑夜中,一部伟大的艺术作品将横空出世。

然而有许多时候,辛苦并不意味着成功,极度的辛苦未必就是成功的最佳诠释。只不过对于失败者来说,谁还会对他的辛苦感兴趣呢?

越辛苦越没有价值。

这便是这个世界的残酷所在。

丑媳妇也得见公婆,因为自觉拿不出手也就格外小心翼翼。雷霆大梦初醒后,便开始大洗特洗,理发刮脸,虽说瘦了整整一圈,但是看着还是跟新郎官似的,全身散发着一种难以抑制的亢奋。按照惯例,他启动了宣传攻略,手下的人请遍各色媒体、各路记者来看小型的点映会,然后由他们全力炒作,用一切办法把观众吸引到电影院来,争取票房全面飘红。

试映期间,雷霆的情绪高度紧张,他无法坐在电影院里,只能在院外一处僻静的地方来回踱步。但这并不能减轻他内心的忐忑不安,所以他手心一直出汗,以至于像水洗过一样。的确，他以前没有成功过，他也从未有过成功的经验，难不成一个背字能走一生？就是一辈子不出头的命？

他以往是极端的我行我素之人，否则也不会活成现在这个样子。他一直认为坚持是艺术家的底线，尽管以前的作品不卖座他也不曾后悔，多少人劝过他若不把武侠片当作商业片来拍，除非是有病，立什么牌坊啊？但是他仍旧认为商业片也是要有追求的，也是可以和艺术兼容的。然而这一次，面对这个千载难逢的机缘，他决定向市场这个摄人魂魄的美女低头，做这件事情从头至尾他都遍寻市场良方，并将这些因素烂熟于胸。

他彻底地放弃了自己，他没有失败的理由啊。

但是试映的结果非常不好，一周之内，报纸陆续出现的文章竟是骂声一片，劣评如潮。所有的意见都说这是一部失败之作，故事分尸三段，完全都不相干，好像是三部电影素材剪辑在了一块，它们热闹是热闹，看得出来导演和演员都很卖力，可是没有方向的使劲更让人觉得莫名其妙。最可怕的是似曾相识，总能找到经典武侠片里的章节，总之阴魂不散，但却又是经典武侠片的山寨版。更有牙尖嘴利的记者写文章说，此雷一出，天下无雷。《雪剑长箫》简直是集雷片之大全，成为雷片宝典。

仅有两家影院同意上映此片，预计上映一周，但只上映了三天，就因没有观众而取消了场次。这种情况就像霍乱病菌一样传播出去，在一个行事匆匆人云亦云的年代，外省外地就更加不会有人敢买这部影片的拷贝。

市场女郎摇身一变，成为白骨黑洞的骷髅头。

票房惨败。

在知道败局已定的那个晚上，李希特又买了两瓶九江双蒸和一些熟食来到习武馆，意外的是他看见雷霆一个人在打咏春拳，他看上去十分平静，一招一式有板有眼。但是他双眼殷红，布满血丝，李希特知道他心苦，又说不出，见到他大汗淋漓又不肯收手，便走上前去打断他，雷霆不理，甩开他的手后又去打沙包，雨点一般的拳击令他的汗水喷射出来，眼看着双拳出血，他都无法停止。最终还是李希特从后面抱住了雷霆的双臂，但他的双臂仍像上了发条通了电那样一抽一抽地想要出击。

这样一个骨子里斯文的人，竟然爆发出野狼一般的嚎叫。

李希特死死抱住雷霆，仿佛一放手他便炸得四分五裂，粉身碎骨。他冲他喊起来，他说你不要这样，你不要这样啊！我们只是生不逢时，我们是最好的！只是这个时代病了，这个世界它睡着了。

雷霆渐渐平静下来，两个男人垂手而立。

雷霆突然笑道，这样的话你跟我说说就算了，千万不要到外面去说，说这种话的人是输得最难看的人。市场是永远不会错的，我们只是愿赌服输。

李希特茫然地望着雷霆，无言以对。雷霆注视他良久道，你记住了吗？

记住了。李希特说道。

二十

吃晚饭的时候，如一问李想想你去过你爸那儿了吗？李想想说去过了。如一说你见到他了吗？也没听你提过这事。李想想道，见了，有什么好提的。如一想了想道，那个女的你也见了？她说这话的时候一直看着清蒸鲩鱼，好像是在跟鱼说话。李想想也看着鱼，用筷子杵着鱼眼睛道，见了，我觉得那个女的人还不错，反正比他强多了。

如一觉得一下子给噎住了。

你爸没跟你说什么吧？如一继续问道，这时反而紧盯着李想想察言观色，她有些担心李希特把她中奖的事说出来，这件事她思前想后，觉得最最对不起的就是李想想，见到儿子郁郁寡欢的模样，一整天一页书都不翻，却常常坐在那里发呆，什么都不说也知道他不快乐。

如果是有钱，情况一定不会这么糟。所以如一首先是不让李想想知道这件事，其次是让这件事石沉大海。

他会跟我说什么？李想想没精打采道，你觉得从小到大他关心过我吗？李想想这样说着，看似漫不经心，实则是一种深深的落寞。如一深以为然，便无话可说，神情略有哀伤，这时李想想抬头看了母亲一眼，眼神无比纯良、关切，他说妈你不用担心，你还有我呢。

如一有些心酸，她其实并不希望儿子小小年纪就扮演大人的角色。但她确信李想想并不知道家里发生了什么事。

她微笑地点了点头。

这时有人敲门，如一起身去开门，有两个中年男人出现在门口，其中一位问道，请问如一女士在家吗？

如一回道，我就是。并且有些不解地看着他们，一时又想不起来是否认识他们。

这两个人虽然穿着便服，但是出示了他们的警官证。由于来的是陌生人，李想想下意识地紧随母亲之后，他从打开门的间隙中，看见有一辆警车停在家门口，警灯一闪一闪的，足以让半条镇水街的人吊起了好奇心。

两位警务人员倒是态度和蔼，他们阻止了要去泡茶的如一，其中有一个胖胖的警员，眉毛分得很开，一派乐天的样子。他说真不好意思耽误你们吃饭了，你们抓紧吃饭，我们坐在旁边等一等。

如一哪还有心思吃饭，急忙收了碗筷，坐到警员的对面去。

胖警员说也没有什么事，你不要紧张，就是需要你配合我们调查一个案子，你照实说就行了。

如一急忙点头，但不知是不是胖警员的提醒，她真的有些紧张起来，心脏突突地跳着，家里从未来过警察，停在门外的警车她刚才也看见了，普通的老百姓见到这一阵势就早已吓破了胆。

另外一个警员比胖警员严肃一些,他不瘦,但是面若焦炭,他说这件事不能在家里谈,要到局里去录笔录。这时如一面色苍白,人都有些抖了。幸好李想想在家,李想想告诉警员他是在校的大学生,因为母亲身体不好,专门请假回家探望,希望能够被准许陪同母亲一起去警局。

两位警员对视了一眼,还是同意了。

如一和想想一起上了警车,虽然天色已暗,仍然可以透过车窗看见邻居错愕的表情。理发的,下棋打牌的,吃饭的,神聊的,统统定格,半晌都张着嘴,一动不动地看着如一和儿子被警车带走。

没有人敢上前询问,只听见人肉发电机的电推子突突突地空响。

到了分局,情形并没有多么可怕,还不是一间一间的办公室,还不是桌子椅子,来回走动的川流不息的警员。

但是气氛就完全不一样了,家里的气氛要随意得多,但是这里就完全不同,陌生与紧张产生的压抑感让人喘不上气来。李想想感觉母亲下意识地紧紧抓住他的右臂,这让他的右臂先是剧痛,后来就有些麻木了。他小声地安慰母亲道,没事的,只是协助办案,这是每一个公民的义务。并努力做出若无其事的样子,但其实他心里也有点毛,不知母亲牵扯上了什么麻烦。

他们被带进了一间办公室,问话和做笔录的是另外两个人，他们都穿着藏蓝色的警服，正襟危坐，没有表情，无所谓和蔼还是凶恶。桌上空无一物，只有纸和笔。

警察首先问如一认不认识雷霆？如一当然说认识，警察又问了如一许多雷霆的情况，有她知道的，也有她不知道的，反正她都是照实说。警察突然话锋一转，问如一知不知道雷霆拍电影的事。如一也说知道，而且报纸上还登了剧照。警察说那你知道他拍电影的钱是哪来的吗？

如一顿时就哑了，半天不做声。

她下意识地看了一眼李想想，低着头说道，我不知道。

你真的不知道吗？警察又重复了一遍这个问题，并且目光如炬。见如一仍不做声，警察加重语气道，这件事关系到人命案，所以你务必把全部的情况如实地告诉我们。

如一呆如木鸡，半自语道，人命案是什么意思？

警察说道，今天凌晨四点，雷霆已经自杀身亡。

如一哇的一声叫出来，她捂住嘴巴双目圆睁，良久才呼出一口气，脱口而出道，是我害了他，的确是我害了他。

原来，当天上午十点左右，习武馆所在地的街道办事处，有一位工作人员例牌去各家收清洁费，一家每月六元，用以支付收垃圾的临时工的报酬。这个人发现了雷霆穿戴整齐却一动不动地躺在床上，呼唤不醒，随即报警。

后经法医查明,雷霆是服了整瓶的安眠药,又喝了大量高度白酒,加强血液循环导致药效快速发生作用,已经在五个小时前过世。

他走得很平静,只留了一封遗书是写给如一的。警方看了这封遗书,发现雷霆自称欠下如一巨额款项,非常对不起她,但又毫无办法,只能以死谢罪。这一说法令警方疑窦重重。

近段时间,当地警方破获了一起涉案金额高达二十八亿元的大型地下钱庄案,从而拉响了年度反洗钱警报。此外,警方也接到多次线报,说市内地下钱庄活动猖獗,这也难怪,无论经济繁荣还是经济危机,人们都有太多的理由依附地下钱庄走动资金。这样一来,利用高利贷牟取暴利的事件就屡见不鲜。由此引发的追杀、自杀、他杀等恶性事件时有发生。而为了掩人耳目,其中少数的皮条客便是其貌不扬的良家妇女,她们常常更容易赢得客户的信任,起到穿针引线的作用又不易被人察觉。她们从中得到的好处是赚取手续费。

警察把雷霆的遗书放在了如一的面前。

如一根本无法冷静地看这封遗书,只觉得上面工整的字像一只只黑色的苍蝇在她的眼前乱飞一气,她只是呆呆地望着它们,不知所措。

她当然完全不知道警方对她的怀疑,这时李想想在她的耳边说道,妈,你一定要如实地反映情况,不要有任何隐瞒。否则警方是不会把我们带到这里来的。他用更低的声音说道。

如一头大如鼓，而这件她希望石沉大海的事终于渐渐浮出水面。

雷霆的灵堂安置在习武馆内，叶问的画像被取了下来，换上了雷霆的遗照。唯一的八仙桌上放着李希特买来的九江双蒸、花生米，还有卤水豆干，两个杯盏，两副碗筷，摆放得整整齐齐。

明朝挂剑，红尘萧索，雷霆的侠客故事正式落幕，但是江湖之上却是永远的风风雨雨。最先知道这个悲剧的人是周胖子，在他的感召下，才狼、花制片等一系列与雷霆相关和不相关的人，合作过或者未合作过的人，《雪剑长箫》曾经的班底，包括主角配角，他们都从各地赶来，送雷霆最后一程。

周胖子不愧是声名鹊起的艺术总监，他自掏腰包，买了巨大的投影设备，安装在习武馆醒目的位置，白色的银幕上自始至终放映着《雪剑长箫》，黄沙漫天，杀声四起，在场的人无不泪眼相向。

月黑风高，无待找到涯井兽的藏身之地，两个功夫高手竹林对决，动作一样凌厉，速度一样神勇，最终无待跃起，凌空劈叉跳下，将涯井兽的双膝击碎，进而用双腿把涯井兽的脖子扭断。

门口看热闹的农民工鼓起掌来，但却丝毫不影响门内人的伤心，他们各行其是，应该都能告慰雷霆的在天之灵。

这一阵容和场景媒体始料不及，纷纷争相采访，把习武馆围得水泄不通。

周胖子红着眼睛说他这是兔死狐悲，他也是在刀尖上舞蹈的人，稍不留神便万劫不复。只是他同时又是这一行的既得利益者，而雷霆收获的全部是苦难，而他九死不悔，是真正忠于梦想的人。

曾经写过影评《雷导不愧姓雷》的记者重新写道，这注定是一场黑色的派对，每个人的内心都备受煎熬。雷霆一生都在跟市场决斗，虽然他是一个失败者，同时选择了一种决绝的方式，但仍旧不失英雄末路的豪情，你强任你强，清风拂山冈；你横任你横，明月照大江。他用明月清风的方式完成了最后的决斗，在这个世界上，有多少人是虽败犹荣，这个荣是指荣华富贵，但是雷霆是清贫至死，他是一个真正意义上的侠客。

写过《此雷一出，天下无雷》的记者也说，死了也是雷片，这便是这个世界既公正又不公正的地方。但是雷霆的执着不能不让我们感动，因为我们做不到，我们早已学会了为了一个妥协找出一万条理由。

当然，熄灭生命之火也还是感动了一些铁石心肠，终于有人开口说出金玉良言，他们称这部影片营造了一个迷人的功夫世界，一个压抑的中年男人内心的发现之旅，一个散发着古老诗意但又无以言说的爱情故事，一首关于生命的美丽颂歌。还有人说,这部电影最大的魅力,来自认认真真拍出的动作场面,恢宏大气,并不输给任何一位名导。

只是这一切跟雷霆已经毫无关系。

许二欢也出现在吊唁现场,她穿一身素黑,并没有有意识地跟熟人打什么招呼,她也看见了李希特,脸上也无特殊的表情,默立了一个时辰,她便悄然离去。大概过去了足有三分钟,李希特才追到习武馆的外面,当然许二欢已经踪影全无。他打她的手机,彩铃声是一首《千里之外》,歌声温情委婉,令人浮想联翩。但整首歌曲几乎播完都无人接听,也不知道是什么原因。

李希特并不知道自己会说什么,但自从得知雷霆的死讯,他便备感内心的孤寂,希望听到一把熟悉的声音,多少也是一点点慰藉。

说是说欲望都市,有时候很小的一个期许却是索要无门的。

最终雷霆的后事,也是吊唁现场募捐所得,还是由周胖子、才狼、花制片等人带头解囊相助,大伙也积极配合,现金还是宽裕的。最后在中华永久墓园买了一块墓地,总算让雷霆入土为安。碑文上刻着:一梦千寻,长歌当哭。落款处写着同路人泣立。

李希特原不大会办事,大伙也没指望他,每天只是跟其左右,却又帮不上忙,只是呆呆地跟着。虽说数日和花制片在一起,两人竟是形同陌路。

曲终人散。

习武馆的那条街上显得格外凄清。每天傍晚，李希特还会去那边走一走，抑或抽上一支烟，枯站一会。习武馆的门上加了一把大锁，但是李希特直觉雷霆并没有离去，他随时都可能回来。

星期天的中午，李希特在灰楼六楼的小厨房里下面条。听见有人敲门，他关上火去开门，这时候的他已经知道炉子和锅的余热可以焐熟面条，应该是许二欢告诉他的。李希特打开门，见是一个十二三岁的半大小子，穿着一套不怎么整洁的运动服，胸前斑斑点点，一手拿着一瓶饮料，不时瓶底朝天地嘴对嘴喝上一口，脸上透着精灵和满不在乎。

他拿了一封皱巴巴的信递给李希特。

这是有人托我送给你的，可是我忘了。他笑着说。李希特接过牛皮纸的信封随意问道，那怎么又想起来了呢？那个男孩子黑眼珠转了转道，他当时给了我五十块钱跑腿费，现在差不多已经花完了。他又笑，却无抱歉之意，而且转身离去，头都没回地消失在楼梯口。

走廊上光线昏暗，李希特并没有看清上面的字。进到屋子里后，再看一眼牛皮纸信封不禁大惊失色，拿信的两只手都是僵硬的，同时又惊又颤。这封信分明是雷霆写给他的。他的手哆哆嗦嗦地把信打开，果然便是雷霆的字迹。

他开头便说，兄弟，我先走了。

这句话让李希特毫无防备地泪如雨下，他且把信放在一边，结结实实哭了一场。这些天来，他只是难受，但却哭不出来。

出事的那一天，他是下午两点去的习武馆。警察已经来了，并且封锁了现场，谁也不许进。不过这样也好，他记住的始终是雷霆生龙活虎的音容笑貌。雷霆被抬出来的时候，全身被白布遮盖得严严实实，李希特听见身边的邻里在说，昨天见他还好好的，只一晚上就过了身。另一个人唏嘘道，做人都是这么化学。本地的老百姓视生死为阴阳两界，所以人走了被称之过身。

事情来得突然，李希特根本没法接受这一冷酷的现实。他表现出反常的冷静，而且没有哭。或者说是给惊着了。

雷霆说道，其实我一开始就知道拍电影跟炒股票一样，要么不碰，要么玩死。当年我就因为拍片严重失眠，吃抗抑郁的药，结果这些药物的副作用越来越大，直到我住进医院接受电休克治疗。这一次做片子，我还没有去甘肃就犯病了，只好一直吃大剂量的药物控制，真的非常辛苦。

李希特这才想起他和雷霆在北京时，才狼说过的最恶毒的话：我们是风险投资，不是给疯子投资。原来这句话是有所指的，如果他当时知道这一情况，还会对雷霆苦苦相逼吗？他又想起雷霆自拍片以来种种的反常举动，原来他的病痛一直在警告他，折磨他。这让李希特的心绪纠结，无从化解。他那时候在干什么？在谈恋爱，风月无边。

雷霆仿佛永远都会知道李希特的想法。

雷霆说，我若欠了几百万一定会睡不着觉，现在欠了上千万就可以睡大觉了，睡得不用醒来。

他说你真的不必太自责，有缘一起做事，谈不上谁害谁。倒好像是我为了等你，多活了十二年，也只有你会相信，走前我是快乐的。多少人暮气沉沉，得失计较，最终窒息而死，我却一生疯狂，输得一败涂地竟是一个字，爽。那句话真的没说错，不疯魔，不成活。

当然也有懊恼，不然不会死。他说。

在一个充满广告、娱乐、世故、不假思索和油腔滑调的世界，重提行侠仗义是多么的不合时宜。我们是寻常人，何必非要追求不寻常的情感？但我必定要做点什么，因为愤世嫉俗是唯一触手可及的、廉价的征服环境的力量，相比之下我宁愿选择绝不妥协。

雷霆继续说到，我真的是至死才明白，做艺术根本没有市场这回事，所以坚持一己之见尤为重要。什么是艺术？艺术就是忠于自己，表达自己。既然都说市场是无形的手，我们怎会知道它会抚摸谁的头顶？就算坚持的人没有运气，运气也不会降临在全面妥协的人身上，跟风才是最大的风险，妥协成为失败的捷径。我绝不是因为失败而死，却因为没有坚持自我无比懊丧，就因为输得不值。我不能原谅自己。

同样是星期天的中午，如一对李想想说道，你去看看你爸爸吧，这两天我的眼皮总是跳，我担心会出什么事，你爸这个人，一生都活得不切实际。

她说这些话的时候还在择芹菜，准备晚上吃。中午也是随便对付的，因为两个人都没有什么食欲。这些天来，李想想吃得不多，话就更少，看不出来他是在跟谁赌气，但以往的懂事和礼貌荡然无存。

没有回音。

那天如一和李想想从分局出来，一路无话。

回到家之后，李想想对如一说道，你是因为中了奖，才去学校看我的吧？如一没有做声，算是默许。李想想又道，那你为什么不把实情告诉我呢？如一突然黑了脸，神经质道，我再也不想提这件事了！简直是一场噩梦。就当没发生过这件事行不行？这次是李想想没有说话，但是举双手表示赞同，一边连续倒退了好几步，基本靠在墙上。

第二天，李想想问如一，你那里还有多少钱？我想买一台手提电脑。如一拿存折给他，依旧冷脸道，就这么多了，你愿意买啥就买啥吧。

此后李想想一直挂在网上，再不说话。

如一不快道，我跟你说话呢，你听到没有？李想想道，我不想去。如一道，让你去看看他有那么难吗？我想那个女的可能不在，如果他实在太难过，你就把他带回来吧。李想想惊道，你说什么？你再说一遍！如一没想到李想想的反应这么大，也有些不解地看着他。

李想想恨道，妈，你知道你在说什么吗？是他做错了事，是他又有了别的女人，我们为什么要这么贱啊。

如一一下子冲到李想想跟前，气道，你说谁贱？你怎么能这么说话呢？他是你爸爸啊，现在他拍片子拍砸了，好朋友又过世了，我们不该关心关心他吗？李想想冷漠道，吃得咸，抵得渴，他早应该想到会有今天。如一道，谁都有做错事的时候，未必犯了错就该死？李想想嘟囔了一句道，有些事就是死了也是不能谢罪的。说这话时眼睛并没有离开电脑屏幕。如一道，你说什么？李想想这才扭头看了如一一眼，冷笑道，妈，你是不是一直在等着这一天充当天使宝贝，你是不是特别想证明自己是一个好人？

如一半晌才道，你想说什么？

李想想突然发飙道，妈你怎么就不明白呢？你不是他的沧海遗珠，他也不是你的回头浪子，你们各有各的人生，不是一回事。

这话还是值得回味一下的，但是如一想了想道，我不知道你在说什么，你到底想说什么？

我再也不想见到他。李想想有气无力地说道。如一道，可他是你的父亲啊，如果没有人管他，我们怎么能不管他呢？李想想显然不为之所动，他口气坚定道，如果许愿有用，我唯一的愿望就是不做他的儿子。

如一看着李想想，脸色渐渐从灰到青，从青到紫。

不知为何，李想想心中竟升起一丝快感。他恨他们，包括母亲。他起身关掉电源，并且啪的一声关掉电脑，面无表情地开门离去。

离去前还不忘加上一句，我明天就回学校去。

秋深秋尽，天空中飘落着牛毛雨丝。这一场寒流来得特别猛烈，气温陡然降了十几度。午后天气的明亮度宛若黄昏，灰暗低沉，甚是凄清。路上的行人都下意识地缩着脖子，匆匆过往。初到室外，李想想不自觉地打了个寒战，他竖起外衣的衣领，但是脸上依旧可以感觉到冰冷的雨滴直凉心底。

不知道千寻她现在在哪里？在干什么？这个问题突然而至，让人猝不及防。他也不知道为什么会突然想到这个问题，只好扬了扬头，让脸上更冷一些，这样也许心里会更麻木一些。但是没有，他继而又想，也许他真应该跟千寻好好谈一谈，他为什么要像父亲一样决绝？父亲就是这样的性格害了全家，难道他也要这样对待周遭的人吗？

这是他第一次对自己产生怀疑。

但他同时又否定了这个念头，有什么好谈的？这件事已经结束了。他们不是没有缘分，而是没有钱。穷，谁不害怕？干柴烈火般的爱情不管怎么熊熊燃烧，穷都是灭火器。

前两天，他收到一张明信片，发信人是什么时候知道他的永久地址，他完全回想不起来，不过查他的学生档案也是可以查到的。明信片没有署名，画面是法国的卢浮宫。信上写着，你是天，我是海，能做的就是默默相守，若水天不能一色，怪只怪隔在我们中间的空气。

他把明信片撕了，丢进了垃圾筒。的确，当空气里都弥漫着纸醉金迷，爱情是必死无疑的。

所以他痛恨李希特。

一切都结束了。雷霆说道，但是我非常清楚，别人的噩梦才刚刚开始，尤其是如一和为我们这部片子投资的企业，他们不得不接受血本无归的现实。我选择离开，算是给他们最后的也是最贴切的一个交待。同时也希望你能从中解脱出来，听哥的一句话，回家去吧，从此好好生活。

毕竟，在现实的生活中，平凡的波澜才是最宏大的主流。回归主流并不可耻。男人也要认命。

我觉得我最对不起的人是如一，你告诉她我在此给她行大礼了。

雷霆的信，李希特看了三遍，每看一次都忍不住号哭。那种心痛是撕心裂肺的，后来他就不看了，放在桌上远远地避开，但它散发出来的辐射，仍旧令他肝胆俱焚。然而这样却宣泄掉了多日里积聚在胸口的闷气和伤痛，这对他来说也是一种解脱。

雷霆说过，人生若化简，如果不是一个寓言，那必定是一则笑话了。

现在看来，李希特在心里对雷霆说道，你的故事堪称寓言，而我便一定是那则笑话了。

一切都结束了。这句话里真的是饱含汗水和血泪。但在李希特看来，雷霆的人生堪称完美，堪称荡气回肠。而他自己的人生，尽管费尽周折，梦想却还是凝结在缠成一团的面条里，只剩下零钱的抽屉里，李想想的学费里，如一幽怨和愤恨的眼神里。

他已经山穷水尽，生无可恋。

那个令他魂牵梦绕的武侠世界果真是金戈铁马而来，却只停留了片刻，便呼啸沧桑而去，留下的是清风、明月和漫天的粉尘。当这一切消散的时候，连他自己都在怀疑曾经有过的醉里挑灯看剑，箫声低处相思，那么真实地存在过。所有的绮丽和情怀是否温暖过他的往生和心田？还是从一开始就淹没在浩渺的时间和庸常里从未发生？

或者说他的生命已经完结，继续纷乱的繁忙只不过是一场皮影。他为什么不可以快乐而去？

仿佛这个念头犹如一句密语，他的眼前突然门户洞开。

时间和生命全部都静止了，一切的嘈杂都在感知之外，他变得通体透明，卸去了所有的负累。

这时候他感觉到一道强光从远处射来，在一阵冷风的吹拂下，他下意识地眯起眼睛，逆光而立的人竟然是雷霆，他似笑非笑地看着他，他的双眼像两汪湖水，清澈而透明，对他有着无尽的感召力。

不知从什么地方，传来了《雪剑长箫》的主题歌声，那歌声分明唱着：再认笑眼千千，就让我像云端飘雪，以冰凉轻轻吹面，带出一波一波缠绵。留人间几回爱，浮生千重变，与有情人做快乐事，未问是劫是缘。歌声由远至近，渐渐充满了李希特的整个世界。

二十一

当敲门声响起，李希特的身体才陡然一颤，人仿佛从深梦中惊醒。他不知自己何时已经站在灰楼六楼的阳台上，默立良久。

他的神情看上去异常平静，嘴角和眉梢还带着一丝喜悦。

许多时候，我们常常以为重压之下，人的意志终是要崩溃的，但其实这种时刻，人会失去思维，理智，判断，逻辑概念，信仰或者兴趣，但未必会轻生。反倒是心累得久了，一旦想到离去之后的圆满和轻松，或许会有一种难以名状的欣慰与迷狂。

他望着细雨下灰蒙蒙的城市，车水马龙，人头攒动，想到这一切跟自己已经毫无关系了，他有一种酒后微醺的快意。

敲门声再一次响起。

他走过去开门，是李想想。李想想的脸上也没有特殊的表情，他进门之后说道，是我妈让我来看看你。李希特道,是来看我狼狈的样子,还是让我还钱?李想想心里有气,忍不住道,我们让你还钱你还得上吗?李希特冷笑道,果然是来要钱的,我告诉你我没有钱,我又没有吃喝玩乐,挥霍浪费,投资本来就是有输有赢,实现梦想也是一种投资。

那你的责任呢?你的担当呢?

别跟我说什么责任和担当,我受够了,跟一张无期徒刑的判决书有什么两样!我天生就不是什么好男人,你们不幸跟我在一起,就只有认命。

也许是李希特理直气壮的语气激怒了李想想,他火道,那你替我们想过没有?我们就不是人吗?我们就没有梦想吗?我们一家三口不吃不喝二十四小时织假发,再织三辈子能挣出这些钱来吗?

除了钱以外,你还知道什么?

这钱理应分成三份,可是你花掉了我们的额度。妈妈也许愿意,但是我不愿意。这钱对我来说很重要。

你来就是要跟我谈额度的吗?你的生命都是我给的,你没有资格跟我谈这个问题。李希特的话说得轻描淡写,还用鼻子哼了一声。李想想盯着父亲好一会儿,也用同样轻蔑的语气说道,像你这么自私的人谈什么琴心剑胆,你不觉得太可笑了吗?

你是在嘲笑我吗?

我不是在嘲笑你,我是恨你。李想想眼中的泪水无声地奔涌而出,冲着李希特哇啦哇啦地嚷起来,从小到大，我都羡慕别人的父亲，因为你就是家里的一个影子。你从来没关心过我，也没有关心过妈妈，你就是妈妈的另一个孩子，比我还小。我从小就知道要迁就你，要让着你，你知道吗？你是我和妈妈最大的负担。如果没有你，我跟妈妈可以过得很好。

李希特呆呆地看着儿子，他的眼神分明在问，这是你的真心话吗？

李想想却是目光犀利，犹如武侠世界中的绝世高人，初出场时从不见大刀长戟，身手非凡，倒只露出浑身生涩，与万丈红尘格格不入。到后来显现高强，却连眼神都是可以用来杀人的武器。

那目光也分明在说，你去死吧。

接下来发生的事情，如果说快，便如电闪雷鸣，白驹过隙，一切只在一瞬间。如果说慢，便如同跳高运动员的慢镜头影像，滞缓的助跑，渐渐升腾的飞身一跃，俯卧式的滚落，动作连贯而完美。

当李想想意识到发生了什么事情的时候，李希特已经俯冲下去，倒在了灰楼的六楼之下。

如一赶到医院，手术室大门外的走廊上，两排长椅空落落的只坐着李想想一个人。李想想浑身是血，目光呆滞，像个废弃的机器人一样。见到母亲，他缓缓地站起来。

如一也被眼前的一切吓傻了。怎么会这样呢？怎么会这样呢？她反反复复只会说这一句话。从手术室出出进进的医护人员，身穿白大褂，口罩遮住了半截脸，先已经用眼神拒绝了所有的问题。如一的目光一直在无助地追随着他们，但是捕捉不到任何一点关于李希特的信息。

半晌她才恢复意识，她问李想想道，我叫你去看看他，你跟他说了什么？

李想想没有说话。如一伸过手去摇了摇他，道，我跟你说话呢？你到底跟他说了什么？李想想低声道，我说你去死吧。如一的眼睛都瞪大了，她了解儿子，这是不可能发生的事。

但她还是一个巴掌扇了过去。

他是你爸爸啊，你怎么可以这样对他。如一小声地恶狠狠地说道。李想想的脸上显现出红色的指痕，但他毫无反应，一言不发。

手术进行了十个小时，后来医生说，幸亏四楼住户家里的窗户上有雨篷，一楼还有一个自行车棚，伤者掉下来的时候得到缓冲，最终滚落在地。如果是垂直落体，必死无疑。

医生还说，病人入院的时候已经出现瞳孔放大，呼吸也一度停止了七到八分钟。目前已经可以确定，李希特主要是重型颅脑外伤，颅内出血造成血肿，脑疝已经形成，刚才的手术就是开颅止血。另外病人身体多处骨折，也进行了接治。但病人仍在极度的危险期中，随时有可能死亡。

医院方面下达了病危通知单。

手术后的李希特被直接推入重症监护室，透过巨大的玻璃窗，如一看见李希特被纱布包裹得面目全非，全身插满了各种各样的管子。重症监护室里的各种仪器铁骨林立，医护人员像机械车间的工人，在其中穿行，而李希特只是刚刚拼接完毕的零件，躺在病床上毫无声息。

监护室外面的走廊里，当然不是如一一个人，他们都是来探视重症患者的病人家属，监护室里的病人也大都像李希特一样受到各种仪器的监控而毫无声息。人多的地方都会有些吵吵嚷嚷，尤其有一堆看着像家庭成员模样的人，居然不时地轻松讲笑。如一看了他们一眼，很难理解这是一种什么心情。本来，她觉得自己跟李希特已经是恩断义绝，但一见到他这副模样被推进监护室，眼泪还是汩汩地流了下来。

那些遥远的记忆，在她的脑海里纷至沓来，重重叠叠。却原来这个跟她已经没有关系的男人，其实并没有从她的心中走远，一时的怨恨根本不敌岁月的积累和留痕，这种旧账本一样的东西原来就叫感情。

第二天晚上，李希特就开始出现脑水肿，脑干被挤到一边，生命中枢受到威胁，他出现高烧和肺部感染等并发症，切开的气管时时冒出血泡。

监护室每天的费用要一万多元，转眼间就把如一洗劫一空。

如一打电话给甘笔，希望他能够买回编织大王手工社。但是甘笔确实没有钱，当初如一给他的几万块钱早已花光了。甘笔说，他最近的创作灵感十分活跃，做出的成品需要以公司的名义拿出去参赛，如果能得奖也是一件财源滚滚的事，他只比如一更希望手工社是自己的公司。无奈现如今钱包比脸还干净，真是领教了钱的伟大。如一心急火燎，没工夫听他闲扯，不等他说完就挂上了电话。

到底小美妈还是如一的好姐妹，听说如一家里出事了，当然全力以赴地帮忙出力。如一日夜守在医院，小美妈来给如一送饭，她还是那个风格，很快就跟监护室外面的那些人混熟了，成了一个包打听。

如一的脸上愁云密布，她对小美妈说道，我知道你有钱，你一定要把钱借给我。小美妈道，我借我借。但是看到李希特的现状，又听到医生和其他的病人家属都说李希特肯定植物人。她把如一拉到一边道，我劝你还是冷静一点吧，小心人财两失。

如一冷冷回道，那你说我该怎么办？拔掉所有的管子看着他死吗？小美妈道，我可没这么说。如一道，你还不如这么说呢。小美妈叹道，好吧，我借给你钱就是了。如一道，我一定会还给你的，我还有儿子。

说到李想想，他已经正式退学了。不光是家里没钱交不上学费，还有他必须和母亲一道照顾父亲。家里突然出了这么大的事，根本不可能全部丢给母亲一个人承担。系主任在电话里也很同情他的遭遇，答应给他保留学籍一年，但是李想想心里很清楚他是不可能再回去了。

如果在那个细雨霏霏的下午，他没有去灰楼六楼，而是在家收拾行李，准备第二天返校，他的人生还会如此这般地陷入泥潭吗？这是李想想在家庭变故之后反反复复问自己的一个问题。

也许这就是快意恩仇的代价。

退学的当天，李想想心里难受，一个人在江边坐了一整天。晚上回家的时候，只见家门口有一个黑影，走近时才看清是母亲站在门外等他。医院监护室的走廊晚上九点钟就上锁了，第二天早上五点半才开。见到李想想，如一在黑暗中抱住他失声痛哭。她心里怎么会不知道即使没有李想想，那个死鬼也是会跳楼的，可是儿子既然去了，为什么没有拦住他反而还推了他一把？难道他们三个人的缘分就是彼此折磨吗？

而且这一回的李想想，她就像抱了一截木头，完全没有了往日的温柔，甚至李想想都没有回抱母亲，反而是呆立了一阵，然后慢慢推开了她的手。如一知道，李想想这一次是真的伤心了。

李希特在重症监护室里坚持了八天，其中不知多少次徘徊在鬼门关口，都被医生抢救回来。但同时也烧掉了十万块钱，医生说他现在暂时度过了危险期，至于能不能醒过来，什么时候会醒过来都还是未知数。与其躺在监护室里烧钱，不如搬到普通病房等待奇迹的发生。

如一想了想，也只好如此了。

住进普通病房以后，李希特全部的护理工作，百分之百地压在了如一的肩头，她要为他清理排泄物，擦澡，翻身，为了防止褥疮的发生，还要无休无止地给他按摩。白天如一还要上班，只能叫李想想陪伴父亲，如一下了班就往医院赶，换下李想想，开始了繁重的护理工作。晚上，如一在病床边上打开一张折叠床，陪住在李希特的身边。

有时夜深人静，如一也会拉着李希特的手，跟他说一些陈年旧事，她总觉得李希特是听得见的，希望那些陈年旧事可以唤醒他的记忆，令他从沉睡中苏醒。后来她给他读《射雕英雄传》，老实说她从来对武侠小说都不感兴趣，这次读起来也会为某些章节激情澎湃。但是任凭你出尽法宝，折腾出花来，李希特都是一动不动，没有任何知觉和反应。

如一也问过自己，这个男人跟自己还有一丁点关系吗？她对他的这一番苦心到底是为了什么？这个问题就连她自己都说不清道不明。

总之她就是不能不管，就是不能抛下他走开。她看不到这里面还有什么爱，屎，尿，异味，像搬运工一样给他翻身按摩，常常是一天只能吃一顿饭，沉重的经济压力，噩梦一样的现状无时无刻不侵扰着她，而且前途茫茫根本看不到希望。每当她倒在折叠床上，她的全身就像散了架一样，没有一处的关节是不痛的，甚至呼吸都觉得费力。

病房里的灯始终亮着,但她的内心里却是一片漆黑。坚持不难,但是坚持的结果有可能是竹篮打水水中捞月,又怎能说不难?她感到巨大的无力感,完全失去了方向。她瘦了很多,鬓发瞬间霜染。

只是,她不能走。就是因为曾经对自己说过,我们有粥吃粥,有饭吃饭,永远都要在一起。

还有一个坚忍的人就是小美妈,她坚持给如一送饭,如一吃饭时,她便在医院的园林区闲逛,看见明显是光头戴帽子的病人,无论男女都会上去搭话,得癌了吧?化疗过吧?没头发吧?不用问,谁听了这几句话都会发作,但是小美妈节奏掌握得很好,马上就说我是假发厂的,手里的货品是厂家直销,绝对又平价又仿真。她这样东兜西兜,还卖出去不少存货。

不然怎么办?她对如一说道,小美嫁去马来西亚,根本音信全无,未必我还指望着她来给我养老?什么都是假的,钱赚到手里才安心啊。

见到如一一脸憔悴,小美妈看着毫无知觉的李希特,兀自叹道,可惜你对他这么好,他又不知道。如一道,你怎么知道他不知道?小美妈道,难道他知道吗?如一道,我就是觉得他什么都知道。小美妈道,又不是拍戏,我们别讲这些没用的了。总之我劝你现实一点,给自己判个有期徒刑,时间到了他还不醒,也不要怪我们无情无义。

这回如一没有说话，一来她从心底佩服小美妈的坚强意志，冷静的生活态度，目前依然是她的指路明灯。二来她花的是人家的钱，少说小美妈也能做她一半的主。总不见得救她家的病人，叫小美妈家倾家荡产吧。

说实话，李想想还从来没有这么近地观察过父亲。

他们以往的关系也许彼此就是一个熟悉的影子。现在李想想坐在李希特床前，看着他深睡的样子，他开始一遍遍过滤他的眉眼，鼻翼，紧闭还有些下撇的嘴巴，即便是昏迷不醒，他的眉毛也依然是拧着，深刻的川字纹和梅核一般皱在一起的下巴，算是他的招牌神情。

如果不是李希特日日生长的胡子和指甲，就算至亲的人都难以相信他还活着。李想想找来刮胡刀和指甲钳，为父亲做清理工作。

护士小姐们都喜欢又年轻又酷的李想想，她们在背后议论他，说他是他父亲的翻版，长得一模一样。又说他很孝顺，少年老成，一天一天坐在病房里难为他坐得住，而且一句话都不说，说话的时候又很和气。

没有人知道李想想心里在想些什么，包括如一。

直到每天下午的四五点钟，如一赶到医院，李想想便一言不发地走了。

有时如一也会说你看你爸都这样了，也不知道还能不能醒过来，你就不能陪妈妈说几句话吗？听了这话，李想想不会马上走，他坐在父亲的床尾，眼睛望着窗外，但却无话。如一只好叹道，那你还是走吧。

其实李想想也没有什么可去的地方，开头他还跑跑职业介绍所或者人才交流中心，通常一天下来，这里已经没有热气腾腾的空前盛况，取而代之的是满地纸屑，外加布告栏上七零八落的张贴。他就是在这些残留的信息中寻找干活的机会，他也学着路边或者立交桥上的女孩子，手上斯文地拿着一个文件夹，身上斜挎一条黄色彩带，上面绣着两个红字：家教。

但是来往的行人没有谁会多看他一眼。

他也买大量的报纸看广告分类，稍微像样一点的公司都不会要一个历史系肄业的大学生。更何况他白天还不能工作，就是到麦当劳当计时工，他也是不够格的。

所以他恨他的父亲，这种恨已经不是在他的面前张牙舞爪怒目金刚，而是深深地埋藏在心底。他可以为他做任何事情，但是绝不原谅他，永远都不。也许别人看着他父亲可怜，他的确也不是什么坏人，但这个世界上就是有这种比坏人还糟糕的好人。也只有李想想心里明白，真正可怜的是父亲身边的人，像雷拳师，妈妈，自己，还有那个欢。

实在是太烦闷了，他就会到江边坐一坐，江边有一条供路人散步的通道，石头的凭栏，也有一排一排同样的石椅。江风阵阵，送来淡淡的水腥气，李想想在这里想想心事，并将它们葬之江底。

人生也不是没有一点机会，有一天下午，李想想又站在立交桥上试一试自己能否当家教的运气。这时有一个高大健壮的女人出现在她的面前,她的一只手抱着一个豆芽菜般瘦弱的男孩,另一只手提着一个大菜篮,里面应有尽有丰盛得很。她的声音浑厚,中气超足。她对李想想说道,家政做不做?不等李想想反应过来,她又说一遍,家政啊,就是打扫卫生,做不做?

李想想跟着壮女人来到一幢别墅,里面是中空模式,高高低低的玻璃窗不知有多少,全楼的地板要打蜡,卸下来要清洗的窗帘布泡了两大浴缸,院子里的草地还有鱼池也要打扫整理。

总之李想想从下午六点钟一直干到晚上十二点,每个小时的工资是二十元。壮女人给他钱时还对他说,只要他肯做,可以每个月来一次。李想想竟然连回话的力气都没有了。他回到家以后,第一次和衣而睡,趴倒在床上连鞋都没有脱。直到第二天早上醒来,他还是全身酸软,不过总算有力气在心里对那个壮女人说,我去你大爷的。

这一天也和往常一样,下午五点钟左右,如一赶到医院。李想想起身准备离开的时候说道,我刚才给他念《倚天屠龙记》,他流眼泪了。如一惊道,真的吗?你跟我说说,快跟我说说是怎么回事?李想想道,说完了,还说什么。如一道,你念到哪里他流眼泪了?只流了一行还是流泪不止?李想想道,好像是张三丰看见张翠山自刎的时候,开始我也没注意,后来突然发现他眼角有泪，我就帮他擦掉了。李想想说这些话的口气平淡无奇，就像是在说别人的故事。正待他要离开时，如一叫住了他，如一也语气和缓道，想想，我知道你爸挺折磨人的，可是，他突然这么一病，我才发现——不等她说下去，李想想已经抢先说道，我知道。如一感到被噎了一下，她抬头看了一眼面无表情的儿子，小心问道，你还恨他是吗？李想想没有说话，转身离开了。

病房里长长的走廊，李想想头都不回地走着，他想不明白女人到底是怎么回事？怎么李希特这些令人发指的行为，竟然把母亲变成了初恋时的少女？可是有时候，他也曾十分窘迫，但是千寻却选择了离开。

无边无际的烦闷又开始向他袭来，他又一次去了江边，也许这是一种自我治疗。他在江边慢慢走着，希望心中的烦闷能够随着江风渐渐飘逝。

这时，他忽然感觉到自己的双腿被人抱住了，低下头来，见是一个差不多三岁的女孩子正仰起头来对他微笑。他下意识地站住了，不知所措。还好很快就有一个年轻的女子跑过来抱住孩子，一边不停地向他抱歉，说是孩子认错人了。那个小女孩虽然被那个女子抱住，但还是友好地冲着他微笑，这让他不得不咧了咧嘴，他感觉自己因为太久没有笑过而表情僵硬。

她多大了？他开口问道。没法相信自己会突然开口跟陌生人说话。那个女子说道，差两个月就三岁了。年轻的女子主动告诉李想想，孩子是她的女儿，小名叫瓜子。这让李想想心中暗自吃惊，因为这个女子的确是年纪不大，而且还是一身学生打扮，很难想象孩子都这么大了。

年轻的女子说道，你经常到这里来，我都看见你好几次了。李想想笑笑，算是回答。那个女子笑道，都是厚厚的一本通讯录，却又只能在江边溜达吧？李想想到底年轻，脸上马上出现了让人说中的神情。

年轻的女子随即大方地向他伸出手来，认识一下吧，我叫唐逗，逗号的逗。李想想也只好伸出手来自报家门。

此后的一段时间，他们偶尔也会在江边碰面，碰见了就聊几句，但像约好了一样，都不会问起对方的过往和境遇。这就叫李想想感觉到比较自在和轻松，否则以他的个性，便不会再出现在那一段的江边。

唐逗的长相没有瓜子那么讨喜，瓜子的眼睛弯弯的，一笑一条缝，唐逗的眼睛却是又大又圆，黑若点漆，当然是双眼皮。李想想心想，这孩子肯定是长得像她父亲，还有第一次见面时说认错人了，又会是把自己认成谁了呢？多少有点不言自明。不过李想想不会触及敏感话题。他这个人的确有些早熟，所谓早熟，应该就是不多嘴吧。

有一次，李想想无意中说到自己家教惨变家政的事，唐逗也觉得好笑，但她马上明白了李想想急需找到事情做，也就是说他很需要钱。于是唐逗告诉李想想，让他到中大布匹批发市场碰碰运气，她说每天下午四五点钟，正是很多客商选好了布料，整匹整匹运到火车或飞机的货运站点办托运手续的时间，由于路途并不远，完全不需要汽车运送，只好靠三轮车来回，你既然家政都能干，跑跑腿不是也能赚钱吗？

第二天下午，李想想就去了布批市场，当即就傻了，这个商圈大得惊人，铺面林立，到处都是人，完全可以用壮观来形容。或者有人说这里三天转下来都搞不清楚方向，也不会令人怀疑。铺面所经营的全部是布料或者纺织品，另有一排一排的商铺是专门加工窗帘和床上用品的，还有就是代办中转或者托运的小公司，显然都是大商圈派生出来的小商圈，形成了一条龙的产业链。许多人到这里来选择布料，之后就可以坐在家中等待窗帘店的上门安装服务了。

外地来的客商做的是批发业务。

幸好唐逗在布批市场接应李想想，这时李想想才知道唐逗是一个首饰设计师，她有一个小店面就挤在一排加工窗帘和床上用品的缝纫店中间，店面非常小，里面挂满了她自己设计打造的首饰，有项链、戒指、手镯、挂件等物品，看上去琳琅满目。

店名叫作唐锦，整体装饰充满中国元素，她做的首饰用料都不贵，尽是些黄铜、白银、瓷片、木珠，甚至干脆就是些奇异的小石头，然后自己设计，打磨，抛光，镶嵌，赋予它们艺术的气质。卖点是全手工工艺，外加独一无二的拥有。店里还有一个小小的柜台，上面摊放着各种制作工具，包括刀、锯、放大镜、砂纸、锉子之类。

有一个桃核磨制的戒指算是镇店之宝，上面的原始纹路实是天工，简素完美。唐逗说这是她在职高时用锯子锯了桃核，然后在粗糙的水泥地上磨出来的，她磨了两三个月，一个大桃核锯出五个毛坯，只剩这一个，其他的都磨断了。那时她发现自己是热爱这一行的。

瓜子呢？李想想问道。唐逗笑道，拜托我要工作好不好，你以为我是家庭妇女啊，她平时放在我父母家。李想想哦了一声道，干这一行不会饿死吗？唐逗道，我也想当白领啊，可是孩子太小又总是生病，这样时间可以机动一些，你说话也不要这么刻薄，你看我饿死了吗？李想想道，你是美术学院毕业的？唐逗道，我上的是工艺美术职高，考了两年美院都没考上。

李想想道，那是他们的损失。唐逗道，我也这么想。说完两个人都笑起来。李想想没想到唐逗这个人这么坦率。

不时地有年轻人挤在店里挑东西，店门口还放着几张旧藤椅，因为店里最多站上两三个人，要等他们退出来才能再进去人。唐逗对李想想解释说，在这里开店是因为租金便宜。她还说有人干脆从她这里进货再拿到流行前线去卖，只有几站地的功夫，随便就能多挣一百两百的。

唐逗带着李想想先去租了三轮车，接下来他的第一单活儿，布匹上了车以后，重得蹬都蹬不动，客户瞪着眼睛问李想想，你到底干过没干过？唐逗急忙说干过干过，随即跳上三轮车，示意李想想在后面推，好不容易把布匹拉到货运点上。李想想想不到瘦瘦的唐逗脚劲那么大，蹬车也相当熟练。心中不免暗自感叹，为何这个女孩子总是让他心生意外？

唐逗为了讨好客户，还让李想想帮忙填货运单，她说李想想有文化。客户说有文化的人会来干这个？但是看见李想想填单交运还是干手净脚，比他自己都麻利。于是走时付了钱，还约李想想第二天在老地方等他。

晚上，来来往往的商家都走干净了，铺面也都打了烊。李想想便随便找了一块空地练习骑三轮车。

他很奇怪为什么唐逗反而会骑这玩意儿，唐逗说当年她没本钱，也给人运过布匹。见李想想的嘴巴微微张着，她平静道，这有什么奇怪的，不认命就得吃苦，这很公平啊。李想想脱口而出道，那孩子他爸呢？他在干什么？

隔了好一会儿，唐逗才答道，他死了。

这是一句充满不确定因素的话，当一个人恨一个人时也会说他死了。

这一天他们并没有谈下去，唐逗也是一样，不愿意说自己的事。她去关了唐锦的店门，便独自离开了。

李想想突然觉得唐逗还是挺酷的。

不过此后唐逗还是断断续续告诉李想想，瓜子的爸爸真的是病死的，两个人结婚没多久，瓜子的爸爸就因为脑瘤过世了。最可恨的是他的父母，单位给的抚恤金和保险理赔，没有给她一分钱，理由是她是白虎星，克死了丈夫。

我以前对钱没有什么概念，唐逗说道，一旦一个人带着孩子过，才知道钱有多么重要，它真的能摧毁人的意志。

唐逗还对李想想说道，为什么我们会在江边上相遇？那是因为我们的潜意识里，都觉得活着没多大意思。这些话并没有让李想想惊讶，或者说他也觉得的确如此。但是唐逗淡淡的语气却像淡淡的烟雾，好一阵缭绕在李想想的心头，挥之不去。

二十二

晚上十点多钟，病房里恢复了阴冷的安静。

白天整个病区有大规模的查房、会诊，各类的检测和治疗，还有轰轰烈烈的亲属探视，像赶集一样。只有到了晚上，才有尘埃落定之感。

如一又给李希特念了一遍《倚天屠龙记》，每天念一段，或长或短，但是李希特的眼睛就像干枯的河流一样，再也没有溢出一滴眼泪。这让如一有些失望，甚至怀疑李想想说的情况到底是真是假。

如一真的是有些绝望了，前两天小美妈坚称，这一周必须拔掉李希特身上所有的管子。该吹灯拔蜡的时候就得吹灯拔蜡，不然他会拖死我们的。这是小美妈的原话，到时候我一个人到医院来拔管子，先拔了氧气管子就 OK 了。她说这话的口气就像说拔萝卜。如一不接话，眼泪汩汩地流下来。小美妈突然就火了，大喊道，那你要怎样？你说你要怎样啊？！我们是穷人，我们没有本钱躺在医院里花钱如流水！你看你家希特有什么用？跳楼都跳不死！我就知道他不害死我们他是不会死的！

正在怔怔地发愣，病房的门口出现了一个小个子的女人，虽说是上了年纪，头发有些花白，但是整个人看上去还是蛮精干的，而且目光炯炯有神。

她径自来到李希特的床前，抬手翻看床头牌上病人的名字，还没有等如一反应过来，她已一个箭步冲上前去，照着李希特的脸就是一巴掌。随着啪的一声巨响，李希特的脑袋重重地歪向一边，小个子女人却完全没有停手的意思，大惊失色的如一也是下意识地扑过去抱住了小个子女人，一边大喊着叫人。

但是这丝毫没有抑制住小个子女人惊人的爆发力，她一下子就挣脱了如一的怀抱，跳起脚来又打了李希特一巴掌，如一当即就急了，大喊起来，你是谁啊？你到底要干什么？

好在这时医生护士也闻声赶来，好几个人连推带拉才把小个子女人拥到病房外面，惊魂未定的如一双手捧着李希特死灰色的脸，一边拍一边大叫他的名字，她觉得李希特这一回一定是被打死了。再看生命体征监视器时，一阵乱波之后，如一只等一条直线出现，她的心提到了嗓子眼。但是还好，波纹显示出李希特的心跳和呼吸还在。

如一走出病房，护士告诉她小个子女人由于过分狂躁，医生强制给她打了镇静剂，现在人已经躺在观察室里了。

护士还告诉如一，小个子女人说她名字叫刘丽君，通常人们都管她叫雷嫂。她有两个孩子。

如一顿时傻在那里。

第二天白天，如一请假没有去上班，在家收拾李希特的东西，这两大包编织袋里的东西都是从灰楼六楼拿回来的。李希特住院以后，房子当然就退租了，两大包东西也是胡乱一塞，没有心思仔细清理。

现在清理是想找到关于雷拳师是否有给老婆的信或者遗物留下来。

后来刘丽君冷静下来以后，医院派了一名护士送她回暂住的酒店。如一想来想去，决定专门去一次酒店拜访刘丽君，并且当面谢罪。但是若能够找到雷拳师留下的片言只字，也是好的。

如一刚拿出了几件衣物，就看到了那张许二欢的照片，这让她的心里很不好受，她把那帧照片倒扣在地上，心里仍然像被划开了一道伤口。她有些憎恶自己，这样算什么呢？痴痴呆呆地像个傻瓜。她现在的所作所为还有什么价值吗？还有什么意义吗？松一下手真有那么难吗？

她又开始愣神。最近她发现自己总是愣神，然后要过好几秒钟才能反应过来自己正在干什么。

两大包杂乱无章的衣物里，没有找到任何雷拳师留给他妻子的信或遗物。如一心想男人到底是怎么回事？原来女人和孩子在他们心目中根本不算一件事，任何时候都可以放下，也可以没有交代。

她的心里前所未有的茫然。

这时有人敲门。

如一心想，该不会又是雷嫂找上门来了吧？想起昨天在医院时的情景，如一不免有些心慌意乱。敲门声再一次响起，如一急忙喊了一句来了来了。

门口出现的是一个老男人，他似笑非笑，但眼角已经堆起皱纹。这个人既熟悉又陌生，好像来自千里之外，又像是昨天才刚刚见过面。如一非常奇怪她并没有太过惊讶，反倒是无关痛痒地淡淡一笑。你怎么来了？她说。

这个人便是消失已久的项春成。

项春成说道，我昨晚来过，邻居说你晚上都住在医院，白天反而有可能在家。如一说道，这次找我又是什么事？项春成笑道，我可不可以进屋坐下来再说？如一只好闪开身体，让出一条道来。项春成进屋看见满地的杂物，他问如一是不是在大扫除。如一说在找东西，不关事的。一边给项春成让座。

对于如一来说，项春成的两次出现的确是不速之客，但其实他绝不是什么来无影去无踪的非典病毒。

说来也是奇了，大半年前的傍晚，李希特在镇水街自家的马路牙子上刷牙，喷水喷到的那辆奔驰车，其实坐在车里面的老板就是项春成。开始他在车里闭目养神，并不关心外面发生了什么事。

然而待他睁开眼睛时，整个人给惊着了，在外面边哈气边擦玻璃窗的人竟然是如一，由于距离很近，他看她看得相当清晰，那张脸肯定是不年轻了，唯有眼神还是那么清澈淡定。然而车窗贴着高级的防晒贴膜，外面的人完全看不到里面。正在错愕之间，汽车再一次发动了，项春成看见如一正推着一个男人进屋，一看便知道两个人是什么关系。

老实说，项春成一直也没有有意识地寻找过如一，虽然他不止一次地想起如一，但是有一个问题长时间地盘踞在他的心头，那就是见到面说什么？既然都不知道从何说起，那为什么还要见面呢？

那次的邂逅虽说有些唐突和让人不知所措，但是项春成明显感觉到如一早已有了一份属于她自己的生活，再做打扰也是自讨没趣。

但是，这一次的面对面，无疑在项春成的心头石破天惊，每当想起镇水街近似于贫民窟的环境，他的心中便有深深的不安。这种不安在他年轻的时候不曾出现，那时候他也觉得对不起如一，不过这种念头如同蜻蜓点水。他甚至认为爱情不一定就是责任，无非是大病一场罢了，就看谁比谁更傻。一旦病好之后，所有的一切都会循序还原。

然而他到了这个岁数这般境遇，才不得不相信所有的病都是有后遗症的。

这也就是在如一的生活中，为何会不动声色地出现了另外一双眼睛，它始终用各种方式观察着如一的生存状况。

在漫长的等待之后，项春成得知了如一离婚的消息，他知道离婚对一个女人来说是一次无可估量的心灵重创，他再也不能袖手旁观，心安理得地做一名看客。正如他自己所说的，改变可以改变的，以求心安。那时候的项春成，按照固有的行事习惯，虽没把这件事当作一笔生意来做，因为许多事在他看来就是一笔生意。欠什么还什么，欠多少还多少。但至少是一个工程，做工程都是这样，该出手时就出手，该怎么做就怎么做。

只是他没有想到，他们会不欢而散。

这一次的见面，不知为何项春成仍旧没有提起镇水街的偶遇，他只是告诉如一，这段时间的确是跟几个老知青，重回了一趟海南岛，又实在是感触良多，所以想到如一家坐一坐。

你还好吗？项春成说道。如一道，还好吧。项春成道，我知道你先生住院了，也病得不轻，需要什么帮助你就说话，我可以在公司给你找两个人在医院值班或者跑跑腿。如一道，不用不用。项春成道，真的不用？如一道，真的不用，这也不是人多力量大的事。

如一的神情还算平稳，项春成不觉在心里暗自佩服，这么多年过去了，她还是当年的性格，越是困难就越是坚定。

这一次回琼海市的东平农场，项春成想起当年的一场十八级特大台风袭岛，把半夜两点钟出去上厕所的如一刮迷了方向，整个人匍匐在地上，她只能拼尽全力死死地抱住一根电线杆，才算勉强定住身体。但即便是这样，她还是像动物一样手脚并用地爬回宿舍，把同伴叫起来逃生，还在隔壁倒塌的废墟中相继救出好几个人，其中就有他项春成。

这一次也是一样，他和一些同伴坐了二十八个小时的船，一路颠簸到达了海口的秀英码头，当车辆开出市区，道路两旁的景色逐渐变成神秘的原始森林时，他想起他自己，那个年轻的项春成，就是这样来到了东平农场，面对着茅草屋和煤油灯，他紧紧抱着长途跋涉带来的毛主席像，忍不住放声大哭。

海岛归来，他常常午夜梦回。

有一次他梦见如一一个人在胶林里割胶，他拼命地叫喊，他要带她走。可她就是听不见，只一门心思地干活。结果他自己都把自己给叫醒了，一个人在黑暗中坐了老半天。

现在再见到如一,他却一句都不想提到过去。

你过得还好吗?如一问道。项春成这才从恍惚中回过神来,他回道,还行吧。接下来就真的无话可说了。项春成本来以为如一会问一问东平农场的现况,问一问旧人旧事,至少对同学农友的下落表现出一点点的兴趣,但是如一什么都没问,不知是有意回避,还是心思根本不在这里。总之她什么都没问,项春成只好起身告辞了。

项春成走了,他走了以后,如一在桌子上发现一个大信封,里面有几万块钱,还有项春成给她留的一个条子,上面写着:如一,请不要拒绝我,我知道你现在需要钱。后面还留了一个手机号码。

如一并没有格外的惊喜和惊讶,她只是奇怪项春成为什么会又一次突然出现?似乎都是在她最落寞的时候,人生几乎陷入了绝境,这个人就突然出现了,这到底是怎么回事呢?

如一想了一会儿,但想来想去没有头绪。

于是她走出了家门,她自己也没有想到,以往困扰了她那么多年的一段恋情,放下之后,一切如常。

她从医院打听到雷嫂所住的三星级酒店,一路上都在想自己能说些什么。她在最便宜的水果档口买了一些梨和苹果,不是不想买贵重的东西,实在是家里的经济状况已经一贫如洗,何况这又是一笔额外的支出。

如一在心中揣测着雷嫂可能对她的态度,好几次她都想逃回家去，就在这样的挣扎中，她还是走进了酒店。

雷嫂是在酒店的大堂吧里接见了如一，她正襟危坐，宝相端庄，沉着一张脸看也不看如一。如一在医院时由于混乱，并没有看清楚雷嫂的长相，只记得她泼辣干练，现在坐得这样近，她便打量了雷嫂两眼。雷嫂的面部还算白净，五官清晰，看得出年轻时是有几分俊秀的。然而现在两只眼角堆满了皱纹，还有就是她的两只手不仅枯瘦如柴而且青筋暴露，可见她在生活中分外劳碌。

如一也不知道该说什么，挤来挤去就是那么两句抱歉的话。雷嫂忍不住回道，你讲完了没有？你要是讲完了就请回吧。如一愣在那里，因为她们点的最普通的柠檬茶都还没上，她便不知雷嫂到底是说气话还是真的不愿再看见她？她到底是走还是不走？

好在这时候，服务员来送茶。

雷嫂喝了一口茶水，情绪稍显冷静。她正言道，我们都是女人，我也不是要为难你，但是你说你家老公是不是害人精？他自己怎样我不管，总之是他自找，干吗要拖我老公下水？我早知道事情会变成这样，一定会把老公留在香港，不会让他跑到这边来送死。雷嫂说到这里，眼圈泛红，她继续说道，当年他在香港拍电影拍成疯子，真正住进精神病院，还做过电疗。出来以后我说我们不干了吧，他也说好。可是香港这个地方你是知道的，手停口停，他除了会叫人飞来飞去打来打去，扛着大刀满山走，其他什么都不会，那我们吃什么？想来想去只好回大陆。我在那边打几份工，做生做死还要带着两个孩子，这边人生地不熟肯定没法陪他过来，结果还是没有逃过这一劫，他一句话没说就这么走了。

如一斗胆道，可是你不觉得雷拳师是个天才吗？

雷嫂叹道，天什么鬼才，是天才早就发达了，哪里会变成死鬼？

如一坚持道，反正雷拳师是我见过的最完美的男人。

雷嫂的目光略显温柔，但还是嘴硬道，这个世界是讲金的，完美有鬼用啊。隔了一会儿又道，不过话说回头，当年我也是年轻气盛，我们吵架吵到头都晕了，只好分手，后来我也算是阅人无数，却没有一个人看得顺眼，是不是女人都是这么矛盾？喜欢英雄，又想把英雄改造成普通人？

如一当然回答不出这么艰深的问题，但是她觉得雷嫂好有"卡司"，句句话都说到了她的心里。

两个女人絮絮叨叨地聊了一会儿，分手时雷嫂对如一说道，我们家一屋子的老人小孩，我也不是总能过来，逢是清明，你就帮我给那个死鬼烧两张纸吧，也省得他托梦给我，还不是白伤心，要男人有什么用？别说等他二十年，就是两百年两千年，他也只会伤你的心。

如一来不及地点头。两个人难免不泪眼相望，在此不表。

这天傍晚，如一像往常一样到开水房打了一盆热水，回到病房给李希特擦身。擦到下半身时，意外发生了，如一要揭开被子，但是有一只手的微力抓住被子不让揭。像李希特这样的病人，躺在被子里当然是一丝不挂的。当如一确认是李希特下意识地抓住了被子，她脑袋里的第一个反应是这家伙知道怕丑了，他是不是要醒了？难道是雷嫂把他打醒了吗？如一兴奋地扔掉手里的毛巾，毛巾掉到盆里水花四溅，尽管李希特还是双目紧闭，如一已经不顾一切地冲到床头，拍着李希特的脸喂喂喂地直叫。

终于，李希特昏昏沉沉地睁开了眼睛，但显然他谁都不认识，更不知道自己身在何处。只是茫然而空洞地看着天花板，任凭若干陌生的面孔探过头来指指点点，过了片刻，他又不省人事。

如一又一次跟项春成见面，是她主动给项春成打的电话，她说想到项春成的办公室去坐一坐。项春成说不如一起吃个晚饭吧。又说到时候我来接你。

如一决定把项春成留给她的钱退给他，所以也就答应了他的邀请。不要这个钱是因为如一觉得没名堂，也就是没有理由收人家的钱，就是从此不再见面，也好像矮他一头似的。

项春成开着一辆吉普车来接如一，如一并不知道这辆车是价值一百多万的卡宴。他们去的餐馆也很僻静，不设大堂，全部是格局各异的单间，布置的不是浓彩华丽，而是简洁宁静，同时略显空旷。

服务生说话的声音很轻也很亲切。

项春成点完菜，服务生就离开了。乘着单间里没有人，如一把钱拿了出来，她告诉项春成李希特已经醒过来了，真的暂时不需要这么多钱。说话间她把装钱的大信封推到项春成面前。项春成道，送出去的钱是不可能再收回来的，再说这钱是给病人的，也不是给你的。说完他起身把钱直接放进如一的挎包里，一边皱着眉头道，不要再争了，别人看见了很难看。

他说这话的时候有一种威严，这种威严令如一欲言又止。

其实奔驰事件以后，项春成一直是一个如一生活的旁观者。当然如一并不知道有这样一双眼睛观察着她，搜寻着她。如若知道，无论是谁都会吓出一身冷汗来吧？

所以，项春成对如一是了如指掌的，但是如一对他却是一无所知。令他感到奇怪的是如一对他并没有好奇心。

你好像对我的生活毫无兴趣。项春成说道。如一忙道，不会啊。项春成不满道，你问都没问过一句，关于东平农场，或者我后来的生活。如一道，那你就跟我说说你后来的生活吧。项春成道，为什么你不愿意重提东平农场，我就是想知道你是不是还恨我。如一轻描淡写道，什么恨不恨的，都过去了。项春成沉默了片刻，突然就什么都不想讲了。

他感觉他们之间已经有了厚厚的一堵墙,尽管上面千疮百孔,但却无坚不摧。他现在有点相信最柔软的便是最坚硬的。

他们的晚餐很简单,一人一个汤,桌面上的菜,一条鱼和一小盆清水浸菜心,整条绿色的菜沉在透明的水中,没有一点油星。付账的时候,如一看见项春成给了服务生一大摞钱,顿时眼睛里充满了问号。项春成解释道,汤里有鲍鱼和鱼肚,清蒸鱼是深海石斑,矿泉水浸菜心是法国的矿泉水。如一道,法国的水也是水呀,石斑我不懂,这个法国水泡菜心到底多少钱?项春成有些茫然,因为他也没注意。服务员在一旁答道,是八十八元。

如一猛地站了起来,对着服务员怒目而视,你说什么?你再说一遍!服务员见怪不怪,浅浅地笑了笑,走了。项春成也笑着拉如一坐下,如一不快道,我还没有吃饱,就要花这么多钱,不如我在家里煮给你吃好了。项春成笑道,你如果愿意,当然最好。本来是一句无心的话,但他看了如一一眼,这让如一感觉到有点失口。

我知道你一直很奇怪我为什么会突然找你。项春成说道。听他这样说,如一下意识地点点头。项春成道,因为我听说你离婚了。他的直接和坦率让如一不知如何作答,客气的微笑也僵在脸上。

项春成突然说道,我结了三次婚,也离了三次婚,有一儿一女，儿子十四岁的时候被绑匪撕票了，女儿现在在美国，跟她妈妈生活在一起。

如一惊骇地看着项春成，他越是平静她就越是感到突兀。

项春成继续波澜不惊道，的确，有的时候会觉得有一点孤独。说这话的时候他还笑了笑，很微弱的那种。

但是在心里，项春成始终生活在"报应"这两个字的阴影之下，当年他逃离了东平农场，也承认对如一有过一段刻骨铭心的爱情。但是时间和环境到底还是离间了脆弱的情感，信写得越来越少直至音信全无。有时候他也希望如一找上门来，男人在疲惫和麻木中最需要的是棒喝或质问。然而如一并没有出现，那时候她就是一个心底要强的女孩子。

他的全部精力都在应付着纷纷攘攘的生活，探视着每一个属于自己的机会，再也不愿勾起东平农场的哪怕是任何一点记忆。

直到他坐拥百亿，再回过头来总结自己的生活，却也是一世繁华一日散，一杯心血两字全。这种肥皂剧式的人生太让他沮丧了，在意外地遇到如一以后，他更加相信这是命运之神留给他的唯一答案。

他本来是不想跟如一提这些的，当初他约见如一，只是想救她出苦海，在他看来镇水街那样的地方就是无边的苦海。总之看到她衣食无忧也算是了却了一笔陈年旧账。但是许多事，事与愿违，他也不明白自己为何要说出人生最为隐秘的遭际。

如一一直没有说话,她实在不知道自己应该说什么。

知道什么是"中年怪叔叔"吗?项春成问道。见如一的神情更加茫然,项春成笑道,不知道就算了。

事后,如一问过李想想,什么是中年怪叔叔?李想想有些惊奇地看着母亲,不解道,你怎么会知道这个词?如一有些不耐烦道,你就告诉我什么意思嘛。李想想道,就是特指一种有钱的男人,终日嬉戏在百花丛中,请各种美女吃饭,泡吧,K歌,给她们买奢侈品,带她们出去游玩,花钱如流水,但从来不碰女孩子一个指头。总之一句话就是不以上床为目的的一种男女交往,一经被确定是中年怪叔叔,无数的美女就会蜂拥而至。

这不是病了吗?得了失心疯不成?

李希特清醒过来以后,如一和李想想都不必那么频繁地到医院里去,尽管病人的康复训练是一件很麻烦的事,仍然需要付出大量的时间和精力,但比起相当于二十四小时的陪护,毕竟算是松了一口气。

有一天两个人在家吃晚饭,正好项春成过来闲坐,也就在家里吃了便饭。

吃饭的时候,项春成问李想想在哪里读书,还有多长时间毕业?李想想告诉他目前自己在布批市场打短工。项春成有些吃惊,便道,是不是因为你爸爸的病辍学了?李想想叹道,就算是吧,他改变了我的人生。

项春成笑道,你是不是觉得坐在大学的教室里,采一朵身边的花骨朵,那就是最完美的人生?李想想的脸上泛起被人洞穿之后的浅红,但他不服气道,你无非是想说吃苦受罪是人生的福气,在我看来不过是给自己的失意找理由罢了。项春成道,我也不认为吃苦受罪是福气,但是人生都是从零开始,数学家的孩子一样要学一加一,等到了我们这个年纪,答题有解,人生就快要结束了。所以早一点学会面对困难总是好的。

但这不是普通的困难,不是什么上帝送给我的化了妆的礼物。李想想有些黯然神伤地说道。项春成若有所思道,有那么严重吗?李想想肯定道,绝对超出你的想象。项春成没有说话,只是笑了笑,继续吃饭,一边赞扬如一的素炒雪里蕻很合他的口味。

直到如一再一次进了厨房加汤的时候,这种白萝卜大骨汤,李想想觉得有一股冲鼻的萝卜臭,但是项春成却吃得津津有味。这时项春成说道,李想想,你觉得我像一个礼物吗?李想想认真地看了项春成一眼,不置可否。

那一天的晚餐之后,如一收拾了桌子,又洗了碗,看见项春成和李想想还在餐桌前聊着,她很奇怪为什么李想想跟一个陌生人能有那么多话说。

应该说项春成是一个自觉并且低调的人,他穿着休闲,又是搭计程车来的。但是敏感的李想想还是看出他与常人不同的气质。项春成走后,李想想问母亲,这就是你认识的那个中年怪叔叔吧？如一回道，不要乱讲，他怎么可能是那样的人呢？李想想道，问谁呢？我看你心里就一点谱也没有。而且，李想想的语气顿了顿道，他以前喜欢过你对吧？如一叹道，陈糠烂芝麻的那些事，还提它干吗？接着又自言自语道，谁活得都不容易。

这一天的晚上，李想想在网上对项春成进行人肉搜索，得到的结果多少令他有些吃惊。

项春成是春成控股集团公司的创始人，早年做过运输、模具装备、电器销售等生意，最终都以赔光本钱而收场。直到一九八八年至一九八九年间开始做建材生意，情况大为改观，赚到第一桶金。一九九三年至一九九四年间，项春成开始进入资本市场，是少数有金融概念的民营企业家之一，做期货的成功让他狠赚了一笔，由于胆大心细的特性，让他充分利用了当时信息严重不对称的现实，坐收渔利。于二〇〇四年进入国内富豪排行榜的第二百二十一位。

李想想现在变成了一个地地道道的体力劳动者，皮肤像被刷了一层棕色的油漆，由于活儿太重了他的饭量也有所增加，人看上去着实精壮了不少。

他目前已经有了一些固定的客户，这些客户发现他人挺聪明，办事也利落，交代过的事不需再费口舌，感觉用起来顺手。有一个客户干脆给他买了一部便宜手机，电话遥控他干这干那，运货发货，自己到茶楼躲清静去了。

最彻底的改变是李想想不再那么腼腆了，用他自己的话说是脸面没有想象的那么重要。有一次李想想驭了五匹布，越蹬越沉直到力气用尽，他想都没想就给唐逗打电话，叫她来帮忙推车。唐逗果然来了，二话不说就推，推完二话不说就走了。后来李想想办完发货手续，到唐锦一屁股坐下，喝了一大杯水，然后一边抹嘴一边说道，晚上我请你吃饭吧。唐逗正在穿珠子，头都没抬道，吃什么吃，你很有钱吗？赶紧回家去吧。李想想半自语道，那我就什么时候请瓜子吃麦当劳吧。唐逗道，嗯，这倒也是个主意。

李想想觉得跟唐逗在一起没有别的，就是轻松。以前他从未想过，轻松也是有杀伤力的。

是在赶活儿吗？李想想问道。唐逗说是。李想想说道，那我帮你穿吧，穿珠子也没有什么技术含量。唐逗这才抬起一条眉毛看了李想想一眼，笑道，你的手指头虽然不像胡萝卜，用起来说不定就是胡萝卜了。

李想想低头看了看自己修长的手指，尽管手掌已经磨出了茧子，但仍旧是一双不同于农民工的手。事实证明他的手指是相当灵活的。

这一天他们一起加班到很晚，还一块吃了宵夜。

周末，李想想无意间向唐逗抱怨，说他晚上睡觉的时候腿总是抽筋。唐逗道，你这就是累的，不如给自己放一天假吧。李想想道，好是好，不过呆在家里也是无聊。唐逗道，那好办，明天是星期天，我们到古玩市场去逛一逛。李想想道，古玩市场在哪里？我还第一次听说。唐逗道，在老城区，跟你说了你也不知道，你就跟着我走吧。

第二天，唐逗就带着李想想去了古玩市场，这里不仅地界大，而且商铺地摊密密麻麻，星罗棋布。

李想想第一次来觉得很新鲜，唐逗却说这里的东西百分之百都是假的，偶尔有个把真货，那也是老顾主之间在家里成交，满世界叫卖的东西就不用琢磨了，不可能有真的。她到这里来无非淘点瓷片银饰之类，主要是寻找灵感，因为就是高仿真的物品也会透露出当年真品的神韵。李想想叹道，我也只有到了这里，才想起来我以前是学历史的。

说完两人不禁莞尔一笑。

这一天本来是可以很愉快的，中午他们还在街边一人吃了一串炸得焦黄的臭豆腐。后来唐逗在一家小店里看到一只长命锁，这只锁是银制的，打得相当精致，唐逗在手里把玩良久，商家非说这是真东西，是祖传的古银。唐逗笑了笑，放下东西准备走。这时李想想在一旁道，不如我买了这把长命锁送给瓜子吧。唐逗一边摇头一边拉着他要走，还小声对他说我也就是看看它怎么打的，回去以后我也能打。

但是这次不知是怎么回事，李想想突然执意要买这把锁，一边说道，我欠你的情欠太多了，你总得给我一个机会吧。

就为了这句话,唐逗不高兴了,她放下脸道,你欠我什么情啊?真是莫名其妙。李想想完全没有看出唐逗的脸色,还在说道,当然是人情啊,这也是一笔债啊,哪有欠债不还的道理?

唐逗突然就不再说话了,李想想也买了那把长命锁。

此后的唐逗就一直板着脸,两个人之间的氛围也就变得怪怪的。这一天他们分手的时候,唐逗接过李想想递给她的长命锁,正色道,好吧李想想,你送给瓜子的礼物我收下了,从此你也就不欠我什么人情了,咱们桥归桥路归路。说完头也不回地走了。

李想想呆呆地看着唐逗远去的背影,下意识地挠了挠脑袋,怎么也想不通哪点得罪她了。

一连数日,唐逗不仅不找李想想了,见了面也对他爱答不理的。李想想面子薄,也就不去唐锦了。碰到特别重的活儿,自己就多拉两趟,不管多累他也不愿意热脸去贴冷屁股。

有一天晚上,唐逗下了班准备关店门,看见李想想就蹲在她的店门外的一旁啃面包,见到她出来也不说话,只定定地看着她,面包也不啃了。唐逗二话没说,走过去把他手里的面包拿过来扔了。

两个人一块去好有米大排档吃煲仔饭。有米,有水,有金,都是当地人形容富贵傍身的简称,当年的有米显然就是家有余粮的地主。不过好有米大排档还是相当简陋，基本上就是竹子扎的大草棚，一排窗户也是用竹竿顶着窗扉，外面是一条河涌，天气一热就散发难闻的味道。

但是必须承认，好有米出品的饭菜还是又香又可口的，价格当然不贵，所以穷人来吃，也有人开着宝马车来吃。招揽吃客的招牌还是毛笔字的狂草：便宜到惊动中央震撼全球。

他们点了两份腊味煲仔饭。

李想想道，唐逗，你叫我死也死个明白好不好？唐逗道，我就是气你跟我撇得那么清，什么人情不人情的，我又不会赖上你。李想想没有说话，只是不解地望着唐逗。唐逗连珠炮道，我知道我条件不好，没有学历，没有钱，又带个孩子，我就是个"白煞星"，克死了老公！我又不会爱上你，你怕什么？还什么欠债还钱，你什么意思嘛？李想想道，你这是哪儿跟哪儿啊？你这不是被嫌弃妄想症吗？这可不像你啊唐逗。

唐逗暗自吃了一惊，的确，她若是个小肚鸡肠的人，不早就给气死了？可为何好端端的又闹起别扭来了？这时李想想又道，锁呢？唐逗看了他一眼，有些迟疑地从兜里掏出长命锁。想不到的是李想想一把拿过锁来，就从窗户扔出去了。外面是条臭河涌，怎么后悔都迟了。

由于实在是太意外，唐逗情不自禁地"啊"了一声。李想想反而平静道，这样可以了吗？

唐逗的脸唰地一下红了，她知道就在前一分钟，她爱上了这个男孩子。

由于如一白天还要上班,所以李希特的治疗和康复训练等一系列繁杂程序,都必须由李想想陪伴才能完成。李希特的光头上有两道开颅时留下的伤疤,活像两只大蜈蚣爬在他的头顶,他板着一张脸,目光呆滞,父子两个人全程毫无交流,那种沉闷令人窒息。

对于李想想来说,还不如面对一个昏迷不醒的父亲,因为那样就简单多了。他像照顾婴孩一样照料他,这让他有一种成功感和胜利感。现在他们人在一起,但是他心里并不清楚父亲的脑袋是苏醒了一部分,还是完全苏醒了。他不说话是因为无话可说。

他每天要推着轮椅把父亲送进高压氧舱做治疗,要到康复中心做各种平衡、协调的训练,还要搀扶着父亲一寸一寸地行走。通常是他出了一身汗,父亲更是一身透湿。医生叫父亲念报纸,父亲虽然口齿不清但还是永不间断地读下去,直到护士叫停为止。

完成了全天的治疗和训练,李希特会倒在病床上喘气喘很久。李想想到底年轻,马上就恢复过来了。有一次闲来无事,李想想看见隔壁床的病人出院时遗留下来的一个魔方,他顺手拿过来来回摆弄,以前他并没有玩过这东西,所以想复原六面的颜色并不是一件容易的事情。李想想在摆弄中尽量想找出规律性的方向和动作,但总是以顾此失彼而告终。

直到如一提着炖汤走进病房,他便丢下了魔方匆匆离去。

他太不喜欢医院了,这里的气场无疑对他是生理和心理的双重折磨,他知道从道理上来说,他应该也必须做这些事,但是他又由衷地想逃离这里,一分钟都不耽搁。然而心里的禁锢令他插翅难逃。

相比之下,他更愿意在布料批发市场像牛马一样工作,然后到唐逗那里去喝一杯白水。心中所有的不满便可按下不表。

第二天一早他去了病房,父亲似乎仍在沉睡。他的床头放着那只魔方,六面还原,颜色整齐。这让李想想不觉在心底暗暗吃惊,看来父亲不仅完全苏醒了,而且还将继续成为他的对手。

二十三

吃酸菜鱼,喝冻啤酒,尽情享受冰火两重天的刺激,这对于李想想来说已经变成了久违的快乐。

以前在大学的时候,他也常会去武汉街边的小馆子,吃酱板鸭吃到嘴巴又麻又肿,酱板鸭是先香后辣,等你感觉到辣的时候早已刹不住口。那时候坐在对面的是千寻,吃这种粗放型的食品也相当文雅,犹如一道风景。

而现在换成了唐逗,唐逗是那种看不出狠来的狠角色,好像对辣天生免疫似的,什么感觉也没有。

经历了长命锁事件,李想想对唐逗多少有点小心翼翼。

酒是一个率真的东西，不然白娘子也不会变成大蟒蛇。这一天是个平常的日子，李想想干了一晚上的力气活，又像往常一样坐在唐锦喝水。唐逗突然说道，陪我去吃酸菜鱼吧。见李想想略显迟疑，她又补充说道，今天是我的生日。李想想马上说道，那一定要吃，我请你。

几杯酒下肚以后，两个人都有一种如鱼得水般的轻松。唐逗问李想想如果赚到了钱最想干什么？李想想说最想到法国去留学。不过说完这话，他自己也吃了一惊，不知这竟然是心中隐蔽最深的毒箭。唐逗看了一会儿李想想，说道，为什么不是美加或者澳洲？为什么是法国？这里面一定有故事吧？李想想道，没错，我原来的女朋友把我甩了，去了法国，我希望能和她在巴黎的街头偶遇，然后轻松地谈谈天气。唐逗笑道，你的报复心很重，而且你到现在还很爱她。李想想没有说话，但他直觉唐逗当众剥了他的衣服。

但也没有什么，唐逗有时不像一个女人，倒像是一件容器。她会让人像水一样无形和自在。

你呢？李想想喝酒喝得脸面泛红，他望着唐逗说道。

唐逗郑重其事地想了想，认真道，我从小就不是读书的材料，但我的艺术感觉还行。如果有可能出国进修的话，我选择日内瓦装饰艺术学院珠宝设计专业。我想成为国际一流的珠宝设计师，就是那种难得一见的钻石翡翠，也必须因是我的设计才价值连城。就像蒂芙尼这样的品牌，每一对准备结婚的新人都希望拥有。但是我全身空无一物，什么首饰都不戴。我只喜欢钱，很多很多的钱，等瓜子长大以后，让她学芭蕾舞，送她到英国去读书。

说完这些，两个人相视一笑，继而又变成哈哈大笑。

但是唐逗灿烂的笑容里，隐藏着不为人察的苦涩。对于她来说，没钱并不是浩劫，爱才是。上次她发飙痛陈自己的劣势，没有一条不是现实，她完全无法超越它们，也就是说，她无法爱。爱也是留给有准备的人，一无是处的人根本没有资格。

现在李想想又冒出来一个前女友，虽然他们已经分手，可他还是那么爱她，没有比看见心仪的男人爱别的女人更痛苦的事了。

唐逗叫伙计拿来一包烟，自己抽上一支，烟盒扔回桌上，并没有让想想也抽一支。抽上烟之后，她开始想自己的心事。李想想看着唐逗，一边喝酒一边说道，抽烟会暴露你的不幸。唐逗道，那又怎样？李想想道，你又不是暴露狂。唐逗冷笑道，我一直都是好女孩，又不见得有多走运。李想想道，那也不能当破罐子，只会万劫不复。唐逗突然火道，你懂什么？抽根烟就能变成破罐子，那烧根香还能变成七仙女呢，你凭什么对我指三道四？你就失恋了一次你看你那个熊样，好像你看谁一眼谁就会爱上你似的！要说出来混，你也就是个生瓜蛋子，指导别人的人生，你就省省吧。说这话时，唐逗的面前烟雾弥漫，她的神情甚是漠然，与她往日的温和判若两人。

李想想果然就被镇住了，不再说话，只是闷头喝酒。

唐逗不再理会李想想，她默默地望着窗外，一边报仇一样的抽烟，只消深吸一口，便留下长长的一截灰烬。

终于，李想想也喝高了，埋完单以后，李想想站起来时就脚跟不稳，一屁股坐下后再一次站起来，人还是照样打晃，唐逗下意识地扶他一把，被他重重地甩开。但是出了大排档被夜晚的新鲜空气一激，他更是脚踩浮云，力不从心。唐逗不顾一切地扶住他，照样被他甩开。李想想指着唐逗大声说道，我提醒你是为你好，你听不进也就算了，少发这种莫名其妙的邪火！在这个世界上什么都是资本，苦大仇深是个屁呀！你想忍也要忍，不想忍也要忍，说出来只能娱乐别人。不能忍你就去跳钢管舞啊，反正你还有几分姿色。

他的话断断续续还没有落音，唐逗一巴掌扇过来，竟被这个醉鬼一把接住，他握住她细细的手腕，感觉她的手没有温度，犹如蜡制，而且还在瑟瑟发抖。当他们四目相望时业已都是饱含热泪，李想想再一次重重地甩掉唐逗的手，他依旧大声地咆哮道，我们什么都没有了，就剩下自尊，你为什么还要挑战自尊？唐逗长久地看着李想想，最终忍不住走上前去抱住他双泪长流。

这天晚上，唐逗架着李想想，跟跟跄跄地坐进一辆出租车，她要把他送回家去。

坐在车上的李想想，说是靠在唐逗的肩上沉睡，嘴巴里却高唱着窦唯编曲的那首歌，幸福在哪里？请你告诉我。他闭着眼睛来回只唱这一句，直到最终悄无声息。司机见怪不怪地无声地开着车，唐逗也还是面无表情地默默地看着窗外，街道上虽然灯火通明，到底是夜已深沉。

梦想有多明亮，现实就有多昏暗。

车上的电台里，传出了那首《黄玫瑰》：黄玫瑰，别落泪，所有的花儿你最美。受了伤，别伤悲，别让泪珠湿花蕊。有人说失恋的时候听情歌是开煤气关窗户，那么一穷二白的时候听励志的歌是不是白痴？

把无线电关了吧。唐逗轻声说道。

如一非常惊讶，儿子会突然变成一摊烂泥。在一场混乱的交接中，她甚至都没有来得及问唐逗叫什么名字。

几天之后，李想想决定跟母亲好好谈一次。

他始终不愿意多谈醉酒这件事，按照如一的思维习惯，她多少会对唐逗有比较多的好奇心，但是李想想对此轻描淡写，只承认是一个非常普通的朋友。李想想谈话的重点在父亲身上。

李希特的身体恢复得很快，他现在绝口不提武侠，更不提过往的事，似乎是选择性失忆。不过在李想想的眼中，他仍旧像有什么武侠人物附体一样，发狠地锻炼身体，满脸的神情都是与天下人为敌。

李希特无疑是一个沉重的包袱。

你打算把他怎么办？李想想看着母亲的眼睛问道。如一没有说话，但她心里的回答是这还用问吗？当然是要把他接回家来。

李想想有些不耐烦道，你们已经离婚了，而且，妈妈，他顿了一下说道，您为什么不能跟项叔叔生活在一起呢？如一愣了一下道，我为什么要跟项叔叔生活在一起呢？他只是来关心一下老同学而已，你想到哪里去了！李想想道，妈，我不知道你是要骗我还是要骗你自己，你们都已经到了直截了当的年纪。项叔叔为什么到我们家来，我想你心里比谁都清楚。

如一的神情变得不太自然，她只好转移目光，不看着李想想。

妈，其实你挺有魅力的，李想想认真说道，我以后找女朋友也是按照您这个人版。如一小声道，别胡说了。李想想道，真的，我说的是真心话，就因为你这么老了还这么单纯。

如一不知道说什么好，两个人沉默了好长时间。

我觉得他对您是真心的。李想想的声音相当委婉，而且妈妈您知道吗？这是你人生第二次中彩票，是真正的中彩，项叔叔一定能让我们过上幸福的生活。李想想停不下来地说道，妈，我不能这样下去了，难道我一辈子就蹬三轮打短工吗？我一定要回到学校去。

如一忙道，想想，我其实心里比你还要急，但好在你爸爸的情况好多了，等他出了院，我们就不用往医院送钱了，到时候你一定能回到学校去。

李想想道，我不光要回到学校去，我还要去法国留学，学习艺术。因为千寻已经到巴黎去了。

回来这么长时间，如一还是第一次听到想想主动提起千寻。但是去法国留学这种承诺太惊人了，如一再没见过世面也知道那需要很多很多的钱。生活在镇水街的人估计都没有做过这么金光灿烂的梦。

为什么就不能考虑一下项叔叔呢？他不光成功，有钱，而且还是一个好人。

可是他对于我来说就是一个陌生人啊。如一突然喃喃自语道，我们是不可能在一起的。

为什么？

你爸爸他也不是一个坏人啊。他就是太不现实了。

你觉得他心里有我们吗？

如一迟疑道，我想还是有的吧，只是我们很难感觉出来。

这回是李想想半天没说话，他只是笑了笑，神情在嘲笑和轻慢之间。而且，如一继续说道，你想过没有，如果我真的那么做，那你爸爸怎么办？他什么都没有了，我们是他唯一的亲人。李想想冷静道，让项叔叔出一笔钱，把他送到老人院去。

如一猛然抬起头来，瞪大眼睛看着儿子，一时间完全不知道这个人是谁。

妈，你干吗这么看着我？李想想迎着母亲的目光说道，这么说可能有些残酷，但也是没有办法的办法。

你别说了。如一严厉地制止了儿子。

空气，时间，还有丝丝缕缕稀薄的温情，都在那一瞬间凝固了，静止了。那一层看不见的隔膜这时像山一样拔地而起，挺立在他们之间。

李想想叹了口气道，那我们就改天再谈吧。如一悠悠回道，再谈多少次，我也不会这么做。李想想也平静道，我从来也没说过他不是我的父亲，可是那又怎么样，生命只是一个偶然。

如一自知说不过儿子，她唯一的感觉就是心如刀绞。

由于日本的香蕉减肥法风行一时，市面上的香蕉渐渐难觅芳踪，价格反而透明化增长。

还是小美妈有办法，她搞到一批又肥又黄的平价香蕉，约好星期六的下午和如一一块去走鬼。她们借了一辆三轮车，车斗上架着一块平板，就这样驭着一平板香蕉到市中心步行街的附近摆卖，不用吆喝，买者众多。

车上放着一台电子秤，如一负责上秤，小美妈负责收钱，两个人配合得天衣无缝。正在兴高采烈之际，人群中突然一阵骚动，小美妈想都没想，推起三轮车就准备离开。但这时三轮车已经岿然不动，定睛一看，原来早有一位便衣城管用自行车锁把三轮车的一个轱辘牢牢锁住，他故意不看她们，脸上有一丝掩饰不住的小得意。

小美妈和如一当然不能弃车而去,只好围着这个城管便衣说好话。便衣城管一言不发,只是摆出正义凛然的造型。

这一回出更的便衣城管有六七个人,其中的两个和一个卖生番薯的老头冲突起来,那个老头面前放着两只箩筐,里面放着紫心番薯,号称是日本种子的板栗红薯。老头倚老卖老,一开始就恶声恶气,城管当然也气不顺,心想你当我们透明吗?做错事还这么恶?随即一个胖城管抄起老头的秤杆,在膝盖上一磕,秤杆便成两截,秤砣也被他扔进垃圾筒。

老头一下就急了,抄起扁担冲着胖城管的肚子就是一扁担,导致两名城管把老头摁倒在地,老头的右半边脸擦破了皮,这时周围的摊贩全急了,大声地和城管吵起来,质问之声不绝于耳,一个个手指头挥来挥去。城管当然自认为真理在握,绝对不肯示弱,和摊贩们推搡起来。

小美妈见状早就抑制不住心里的烦闷,拿起一挂香蕉揪下一只就扔了过去。结果是一花引来万花开,一时间菠萝、苹果、沙糖桔、炒板栗、鲜玉米棒子,还有鞋垫袜子针头线脑,雨点一般地飞了过去。

不用说,如一也参加了战斗。

这时锁车的城管气急败坏地冲到她们面前,大声呵斥道,你们要干什么?你们要干什么?但是现场已经非常混乱,摊贩和城管推拉厮打在一起,锁车城管的叫喊声早已被淹没在一片嘈杂声中,就只见他粗暴的青筋和夸张的口型。而且转眼间车上的香蕉便毁尸灭迹,结果是他锁住了一辆空车。

事发在市中心,云集的围观群众足有三百人。城管方面只好又组织了人力,开着两辆车的人前来执法。总之事件中至少有三个人受伤,其中两名是城管,最后救护车把他们拉到医院去了。

等到混乱平息以后,天色已近黄昏,摊贩们被带到城管办公室等待处理。

办公室正面的墙上挂着大型号城管管徽,两边是"文明执法,依法行政"八个大字。侧墙还挂着一些奖状,其中一面锦旗,上面绣着"刀锋战士"的字样,是某街道办事处送的,估计是扫平了占道经营的走鬼摊贩,维护并整顿了当地的秩序和治安。

有一个叫李队长的人给大伙训了话。训完就算了,其实也没有什么处理,就是每人写一份检讨书,签上名。卖番薯的老头说道,喊,我要是会写字,还会卖番薯吗?众人也是怨气冲天。负责发纸和笔的城管面无表情道,谁先写完谁先走,你们自己看着办吧。

李队长走了,发纸和笔的城管也走了。摊贩们都懂得好汉不吃眼前亏的道理,只好抱着脑袋瓜艰难地写检讨。

小美妈的脑门上贴着创可贴,想必是在混战中不知被什么东西击中了。这一次她跟如一又像难民一样,比上一回抢大米还要走形。小美妈拿起笔就开始写检讨，心想这还不是跟拉尿一样。坐在她身边的如一却是呆如木鸡，一动也不动。小美妈用胳膊肘碰了碰她，努努嘴示意她赶紧写，又指了指墙上的挂钟。

如一不仅仍旧没有动笔，反而大颗大颗的眼泪掉了下来。小美妈小声道，香蕉来的嘛，又不是花胶，我再想办法去搞就是了。如一气道，我又不是为了香蕉。小美妈道，那你哭什么？

我做人做得这么辛苦，为什么还是我检讨？如一说到这里，忍不住哭出声来，小美妈急忙捂住她的嘴，没好气道，谁做人不辛苦啊？你看看在这里写检讨的人哪个不辛苦？要不是找饭吃不容易谁跑出来走鬼？你简直莫名其妙，赶紧写啦，写完出去吃面，我都快饿死了。呆在这里有人给你发制服吗？

说来也怪，经小美妈这么一说，如一的眼泪就像有开关一样，刷的一下收闸。她拿起笔来写检讨。

这时李队长走进办公室，亲自指导卖番薯的老头写检讨书，还问他叫什么名字，告诉他怎样写。各位贩夫走卒心想有这么好的事？但也理不了那么多，趁机问菠萝的萝，鞋垫的垫怎么写。果然不一会儿就有记者出现在办公室，拍了两张和谐的照片就走人了。

如一和小美妈走出城管中心时，天已经全黑了，三轮车要第二天交了罚款才能领回。两个人饥肠辘辘，随便找一家街边店吃一碗面。

如一跟小美妈说了和儿子吵架的事，说着说着又两眼通红，她说上学有什么用？就学了一个六亲不认。又说我还以为他跟小美有什么不同，原来全都一样。不过她没有提起项春成的出现。

小美妈叹道，你也不要气成这样，其实他们不是自私，只是年轻罢了。等到他们像我们这样，就知道这个世道是怎么回事了。

李希特出院的前夕，李想想离家出走了。

他给母亲留下了一封信，信上说他走了，叫母亲不要找他，也不要为他担心，他只是想多挣一点钱寄回家，另外也能早一点返回学校。他说他尊重母亲的选择，尽管这选择是错误的，因为父亲的所作所为跟吸毒滥赌没什么两样，只不过是以梦想为名，听起来不那么悲愤，但还是把全家人都带到沟里去了，从此暗无天日。他叫母亲保重。

李想想还留下了他在布料批发市场挣到的千把块钱，有整有零的皱巴巴的票子里，无声地诉说了儿子心头的苦闷。

如一觉得胸口很堵，她坐在儿子睡过的床上，她抱着他的枕头，开始是无意识的举动，后来就演变成用枕头捂住了嘴巴，她哭了。哭完她拿出小灵通，拨了项春成的手机号码，但是刚一接通她就把电话挂断了。

她想，能跟他说什么呢？

二十四

李希特出院以后变成了长短脚，就是两条腿不是一般齐，走起路来高高低低，还要借助一根拐杖，拐杖是铁的，比木质雕花那种粗壮许多。

都担心他脑子有问题，医生也是这个意思，就没有太注意他骨折的地方。但结果好像脑子毫无问题，只是脑袋上的伤疤不长头发，乱草一样的头发还盖它不住，看着又别扭又奇怪。如一说给他量头做一个假头套。李希特说，我死了你给我扣上这玩意儿我就诈尸。如一由此断定李希特的脑子没有问题，反应还跟原先一样快，一样尖酸刻薄。

但是外人都不这么看，包括镇水街的街坊邻里，他们觉得李希特完全变了一个人，他现在见到人就打招呼，隔着老远他还挥手叫人家到跟前聊两句。他以前可不是这样的，脸上终日乌云密布，喜欢气哼哼地斜着眼睛看人。

他现在很随和，话多得要命。

有人想试试他是不是失忆，就说有什么什么新的武侠片出来了，你至少要看六遍吧？李希特说滚蛋！

有时话多得让人生厌，镇水街上常有些棋篓子当街下棋，看的人都知道观棋不语，李希特一来就大声说输家，双鬼拍门，死硬了。或者说，被人抽车将军，哭吧，哭出来好受一些。说得人家很没面子，见到他就烦。

多宝路上有一档食杂店,重点是卖绝版老广东零食,比如"飞机榄",也就是麻辣橄榄,当年吹着唢呐沿街叫卖,住在骑楼上的人听到唢呐声,懒得下楼,就把钱扔下来,卖橄榄的人包一个包扔上楼去,故得名于橄榄坐飞机;"咸酸",就是萝卜切块泡在放有糖精的盐水里,浸泡若干时辰,味道甜里带酸,酸里微咸,然后用长签子扎住吃;还有米花糕金桔饼等等。

这个店为了还原老广州的记忆,仍旧是把糖果、漫画书、五颜六色的塑料玩具拴成一串一串的,吊在天花板上。看店的老头老了,便在琳琅满目中打瞌睡。平时就只见李希特忙东忙西地帮他卖东西,整个人高兴得要命。

他也跑去番薯昌所在的茶餐室,收银小妹年纪轻轻,紧绷绷的脸蛋卜卜脆,他跟人家并排坐着,一路笑嘻嘻的,不知什么意思。

但若你以为他摔成了一个色鬼,那你又错了。多宝路上有一个面无表情的男人,人称廖叔。廖叔守住一个秤,多事的人都会踩上去看看自己多重,称完放下一元或几毛在一只旧月饼盒里。个别人称完就走了,好像是他们家的秤一样。廖叔是不追的。旧街,廖叔,秤,好像他们从来没有分开过。李希特也会跟廖叔并排而坐,一天不说一句话。逢有人知道了自己的分量又后悔多此一称时,李希特就会去追讨这一块钱,回来扔到旧月饼盒里。

番薯昌见到如一便说，你家希特醒是醒了，但是脑子搭错线了。

必不可少的，当然是李希特也去了雷霆的墓地，他带了一瓶九江双蒸米酒，两只杯子，默不作声地背对墓碑坐了好长时间。直到暮色四起，他便头也不回地走掉了。

生活还跟原来一样，没有半点波澜。如一和李希特还是分房而睡，没有什么多余的话。李希特似乎是变得世俗至极，他还是不挣钱但是兜里永远有钱，他也不再晨昏颠倒，不仅起居作息正常而且安贫乐道。看来平凡的力量最是不能小视，改变完全隐藏在没有改变之中。

这样或多或少，如一和镇水街的人都有些怀念以前的李希特。因为好像生活变得沉闷了，再加上本来就没有多少谈资。

其实李希特心里根本就知道别人是怎么想他的，但他毫不在乎。他清楚自己抵死都是要与天下人为敌的，何况死都死过了，返生难道还真的变性吗？他想你们不是就希望我活成这样吗？我活成这样你们不是就全满意了吗？我就是要活得还过分一些，让你们像吃肥肉吃多了一样恶心死你们。

只有他自己知道他没有半点改变，那些恶俗的人们，没事的时候他们就喜欢大惊小怪，唯恐天下不乱，真正出了什么事，他们又故作平静，好像他们天生就能消化一切恶性事件似的，每个人都摆出一副预言家的派头。

他只不过装作重新开启人生罢了。还有人对如一说他们很欣慰，他妈的，跟他活得一样他就欣慰了？

不过在内心深处，李希特跟雷霆有过一次长谈，他告诉雷霆他已经把过往的一切处理掉了，像灰楼六楼的那两包杂物，烧了，连同许二欢的照片。不为什么，只是他虽未死，尚有体温，但是那些东西却已死去了，死了的东西冷冰冰的也只好烧掉。他还对雷霆说，至于他们做过的一切，他没有丝毫的悔意，而且回想起来也是快乐的。

出院以后，李希特从来没有在如一面前提起过李想想，就好像他根本没有这个儿子一样。就在如一怀疑他到底有没有心肝的时候，一天吃过晚饭，李希特突然间问道，李想想是不是回学校去了。如一愣了一下，最终点头称是。但她马上起身收拾碗筷去了厨房，心里难过得只想哭出声来。她想，李希特的脑子到底还是摔坏了，不然家里出了这么大的事，他怎么会觉得毫无改变呢？孩子为他吃了多少苦啊，他却没有半点担心，就像什么事都没发生过。

不过这天夜里，如一很快就听见了李希特打呼噜的声音，而且听得出来他睡得很踏实，看来他是相信了儿子已经平安返校。

如一又恢复了打毛线，不管怎么说这也是一个挣钱的途径。对于挣钱这件事，还是小美妈说得对，不怕慢，就怕站；不怕赚钱少，就怕你不赚。一天下班回家，天色已暗，无意间如一看见李希特在他屋里的灯下看书，眉毛拧着，嘴巴抿成八字，又是那副招牌表情，好像地球的吸引力对他的嘴角格外看重似的。如一心想，估计又开始看武侠了，本性难移嘛。结果发现桌子挡住的地方，李希特在织她的毛线针，他看的书也是甘笔不知在哪里买来的编织大法。

这种书他居然还看得懂，并且织出一截毛活，那一刻又让如一不得不相信，李希特的脑子还是没有毛病的。

日子一天一天地重复，李希特也觉得闷，他唯一想到的正经事就是像雷拳师一样教拳开饭。但首先他已经退出了自己的江湖，发毒誓永不回首伤心事。其次是他根本没场地，雷拳师以前的习武馆，老东家恨他还来不及，根本空置着也不会租给他，何况谁又肯跟一个残疾人学拳？

然而天无绝人之路，有一天大富豪夜总会派出几个马仔来跟李希特谈事，想让他去大富豪看场子。为首的那个马仔姓林，脑袋出奇的大，果然他的外号就叫大头林。李希特问道，什么是看场子？大头林道，你没事吧？看场子你都不懂？不是说你会点拳脚吗？李希特歪头想了想道，摆摆样子可以，我是不打的。大头林道，你为什么不打？你不打养你吃干饭啊？李希特道，不打就是不打，哪有那么多为什么！大头林"喊"了一声，不客气道，你以为你是谁呀？你是观世音吗？专门拿来献世的。说完带着人气哼哼地走了。

可是没过两天，大头林又来找李希特，说他们老板见过李希特，也风闻了他的传奇故事，觉得他挺有"份儿"，于是答应他到大富豪来摆样子。

李希特本来说的是推脱之辞，结果反而无话可说了。

他每晚来到大富豪上班，还发了制服。李希特穿上制服，又被要求戴上白手套。李希特道，我又不是看门的，为什么要戴白手套？大头林没好气道，你哪来那么多话？一旦开打就乱哂坲，只有戴白手套的是自家兄弟。李希特道，我又不打，未必当观众还要戴白手套？大头林冷笑道，你要不怕挨打你就不戴喽。其他马仔也很看不上李希特，凭什么人家搏命赚钱，他坐在那里也赚钱？自然也跟着大头林说风凉话，他们说高低脚你自己想想清楚，刀子棍棒可不长眼睛，小心我们一不留神就打爆你的头。

李希特又歪着头想了想，还是戴上了白手套。

一连二十多天，晚晚平安无事。如果再熬上一个礼拜，李希特也许就能拿到工资了。

偏偏老天不作美，这一天的晚上，有一群东北籍的客人为了酒资的问题跟柜台争吵起来，结果矛盾升级，双方大打出手。混乱之中大头林带着马仔冲上来就打，情形就像现代版的《上海滩》。李希特见状不可能坐在一旁当观众，便一头扎进械斗中心劝架，紧要关头还死死抱住大头林的腰，让那几个东北人跑了。大头林急了，大骂道，你他妈到底是哪一头的？

李希特道，我这是帮你，打死了人你不要抵命啊？大头林呸道，我烂命一条我不怕抵！关你屁事啊！

没什么好说的，李希特当晚就被解聘，一分钱都没拿到。

一天，如一正在上班，门卫打电话进来说大门口有人找她。如一觉得奇怪，因为上班时间很少有人找她，小美妈道，要不要我陪你去啊，准是你家铁拐李又惹事了。如一没理她，匆匆走了。

到了大门口，意外地见到甘笔，如一问他什么事？甘笔兴奋到两颊泛红，兴高采烈道，你知道吗？你的作品得奖了！如一道，我哪有什么作品。甘笔道，怎么没有，"追鱼"呀，"追鱼"你不记得了？如一茫然道，听着怎么这么熟悉啊？甘笔张开双臂道，我的天啊。

甘笔介绍说，"坐标奖"诞生于一九六四年，当时是羊毛织品流行的年代，人们编织毛衣成风，于是中国的服装界设立了这个大奖，旨在为顶尖的针织品创新设计提供平台。由于当时的评委都是权威人士，此奖又被定名为含金量极高的学院奖。当然在"文革"时一度中断，但改革开放后重新恢复了评奖，目前的评委有香港的设计师，有英国、法国、澳大利亚等地服装学院的教授，所以仍不失为品质优秀的奖项。

坐标奖的标准是宁缺毋滥，所以经常出现金质奖轮空的现象。而"追鱼"这一次得的就是金质奖，甘笔把它和自己设计的若干系列一并送审,却没有挡住"追鱼"的光芒,令其脱颖而出,而甘笔所有的系列都落选了。

评委给出的评语是:"追鱼"用简约的线条唤起了怀旧、柔弱和含蓄的恒久,表现出特有的自然淳朴和舒适,带有一种平衡的美感。

一位法国女评委评价"追鱼":她善于利用强烈的故事元素融入设计,在故事中力求花纹与素色并存,阴阳交互使用,这些独特的视角赋予了作品的律动感。更重要的是她还隐含着"挑衅主流"的潜质。

甘笔的嘴一刻不停地说着,他极少这么兴奋又这么伶牙俐齿,眉毛和眼睛在额头上飞来飞去。他一再对如一央求,他说编织大王的公司不要卖给任何人,给多少钱都不卖。这是我们的商机,我已经看到第一桶金了!等我攒够了钱还是卖给我。甘笔看着如一,他盯住她的眼睛这样说,我跑到这来找你就是这个意思,一定有很多人打我们公司的主意,我们得奖的消息马上就会见报。

如一不知为何一点都不兴奋,或者是想到"追鱼"便想起了那段不开心的日子,那些让她流泪不止的漫漫长夜。

所以她平静道,那这个公司现在就给你吧,包括那个什么什么奖,你全拿去吧,等有了钱再给我。

真的假的?甘笔无法相信自己的耳朵,当他看见如一再一次点头并且转身准备离去时,他发现果然喜从天降,便一把抱住如一止不住地跳跳跳,和如一的冷淡形成了鲜明的反差。不过最终甘笔的兴奋还是感染了如一,她情不自禁地想到了李想想,无论儿子现在在什么地方,她都希望也有人能帮助他、关照他。可是他在哪里呢?这时她的鼻子酸了。

她真的想成为工艺美术大师吗?那真的是她的梦想吗?如果是,她为什么能在几秒钟之内就放弃?

或许她的梦想就是丈夫孩子整整齐齐地守在身边?

只不过是她不知道而已,还以为自己果然有什么雄心壮志。

你不会后悔吧?甘笔仍旧抱住如一不放,一个劲地追问下去,那我可要准备礼服去领奖了!那我可要准备获奖感言了!那我可要重印名片广而告之我是编织大王的老板了!

如一无奈道,随便你干什么,已经跟我没关系了。

她掉头离去,隔了一会驻足转身,看见甘笔还是傻愣愣地站在原地。她对他喊道,你再不走我就要后悔了。甘笔这时才如梦初醒道,还有十万块钱奖金呢。如一旋风一般地冲到甘笔面前,瞪大眼睛道,你怎么不早说啊!

甘笔忙道,我会一分不少地给你送过来。这话还真是灵验,如一顿时冷静下来,嗫嚅道,你不知道我现在全身都是债,小美妈一提到钱,就斜着眼睛看我,脸都是绿的。

正待她要多说几句,却发现眼前的甘笔早已消失得无影无踪。

周六的下午,如一到明星廊来送假发,现在她和小美妈的福利假发都由她送到海伦这里来,销售的情况也比较稳定。顾客多的时候,如一就会自动在柜台帮帮忙。

这一天的顾客不算太多,但是如一还是留了下来。她不想马上回家,因为担心儿子,她一直心绪不宁。她想如果有事占着手,脑子也能休息休息。正好这时有顾客来挑假发,如一就耐心地陪着她挑选。快到中午的时候,如一觉得口干舌燥,这时有人递给她一瓶矿泉水。

她定睛一看,是项春成。

你怎么知道我在这里?如一一边喝水一边问项春成。项春成笑道,你又不是公安局的特工,有什么难找的。又说,我早就来了,坐在星巴克看着你卖东西。他顺手指了指商店门口的咖啡座。如一道,那你现在才过来?项春成道,你上班,就不方便打扰了,反正我也没什么事。听他这么一说,如一也感觉轻松下来。项春成提议中午一块吃个便饭。

如一为难道,还是别吃饭了,你吃的饭太贵,我觉得是在犯罪。项春成笑道,那你请我吧,你说到哪吃都行。

这样一来,如一倒没法推辞了。她想来想去,决定在附近的一家台湾餐馆吃卤肉饭。两个人一人一份也很省事。吃饭的时候,项春成问道,你找我有什么事吗?如一奇怪道,我哪里找过你?是你来找的我呀。项春成道,我不是说今天,我是说前段时间,你给我打过电话,但是又挂断了。

那天,项春成的手机的确显现出如一的名字,但他想了想,还是没有回拨过去。他知道如一在犹豫,他决定给她充足的时间,一路穷追不舍既不是他的行事风格,也是成事的大忌。

他也知道李希特出院了,又住回了镇水街。

只是等来等去,他都没有再等到如一的电话。她知道如一还在犹豫,但是他等不下去了,还是希望能表达自己的意愿,哪怕是用极其隐晦的方式。

哪怕是什么都不说,他还是希望能见到她。

她给他一种踏实的感觉,这对他来说非常宝贵。

如一没有想到,那天一声未响的电话还是暴露了她的一时冲动,这让她有些不知如何应对。但她马上整理了一下自己的思绪,通常也是,冲动的那一刻都没有做的事,冲动过后就更不会去做了。于是她故作轻松道,也没有什么事。项春成道,没有事你是不会给我打电话的。如一没有接他的话,但还是情不自禁地叹了口气。

项春成没有再追问下去,但是他看着如一的眼睛。如一急忙起身,她避开了项春成的视线,道,真的没事。说完去了卫生间。

她在卫生间里站了一会儿,她想起儿子说过的话,但她确定自己不能那么做,既然不能那么做,她就不应该对项春成有任何要求,更不能跟项春成大吐苦水。否则算什么呢?

如一从卫生间出来时,远远看见项春成从包里拿出一个药瓶,吃了几片药之后又把药瓶放回了包里。

如一坐下来后,不经意地问道,你感冒了?项春成道,没有啊。如一道,那你生什么病了?项春成道,我没有病啊。如一认真起来,看着项春成道,没病干吗要吃药?这一回是项春成有些尴尬,并且躲闪了如一的目光。如一补充道,我刚才都看见了。

项春成想了想道,这是抗排斥反应的药。如一不解道,什么反应?是什么意思嘛,我怎么听不懂?项春成道,我去年做了换肝的手术,所以要吃抗排斥反应的药物。如一倒抽一口冷气,下意识地用一只手捂住嘴。

对,是挺可怕的。项春成苦笑道,目前世界上最成功的肝移植手术,没有病人活过五年。而且需要终生服药。

如一半天没有说话,甚至没有喘气。

有好长时间,两个人都不再说话,像是在面对面地练习气功。

为什么上一次见面时你不说?还是如一首先打破寂静,她声音低沉地说道。项春成沉默良久,深深叹息道,说了有什么用?能改变什么呢?

他的目光空洞虚无,遥望窗外的世界。

而且,他继续说道,我也不希望你太同情我。

如一低下头去,显然她不想让项春成看到她的确是充满同情的眼神,这时一绺头发滑落在她的额前,仿佛是在无意间,项春成伸出一只手,轻轻把这绺头发拨回如一的耳后。如一在心里吃了一惊,虽然她一动未动,但所能感受到的还是陌生。

终于,她抬起头来看了他一眼,眼神充满哀伤,还透着一丝深深的歉意。他明白她再一次拒绝了他。

有关台风将至的消息,各大媒体提前三天已经开始加重语气。直到三天后的傍晚,台风才像姗姗来迟的美女隆重出现。狂风暴雨袭来,地势低的镇水街除了例牌水流倒灌屋里之外,巨大的风呼啸有声,就像平地而升起的怪物,吹得整条街的烂房子摇摇晃晃。

当然镇水街的人们还是穿着简陋的雨披往外舀水,就像一支训练有素的队伍,忙而不乱。这一次由于风大,另外有一部分人便被派到公共厨房顶住几乎要掉下来的破木窗。这一带的住户家家窗户都破,但怎么也破不过公共厨房的,来台风时都说要修,台风一走谁还会理会?所以一来台风就自动有几个男人从里往外顶住破窗户,省得它掉下来。

这一次是李希特背靠窗户,两只手在胸前挽一个麻花,蠢猪用一只右手顶住窗户,一条腿像问号一样套住另一条腿,还有人是用双手推的姿势,另有人站在灶台上按住窗户的上方。总之五六个男人搞定一个窗户也算是固若金汤。

台风迟迟不走,简直是挑战男人的耐心。大伙觉得闷,便七嘴八舌地提议,老李,来一段,来一段嘛老李。李希特笑道,我能来什么嘛?大伙说来一段武侠嘛,拣热闹的说。李希特道,我已经金盆洗手了,咱们聊点别的吧。大伙说你想聊什么就聊什么,看来看去,还是你活得有意思。李希特道,我给你们说个新闻吧,保证你们没听说过。众人催他快说,窗户上的玻璃也被风吹得点头一般的乱颤。

李希特道,话说上帝派了一个天使来到人间,专门调查谁是不平凡的人。天使几经周折,历经磨难,用了三年的时间才调查清楚,当然天上也就是三天,天使向上帝做了汇报,上帝很高兴,说原来不平凡的人这么优秀又这么少,所以他就给每一个不平凡的人写了一封信。

李希特不说话了,蠢猪道,完了?李希特道,完了。蠢猪想了半天,不得不问道,那上帝在信上都写了什么?李希特嘎嘎嘎地笑起来,笑声像个大鸭子。他对蠢猪说道,哈哈哈,你是一个平凡的人,所以你没有收到上帝的信。

大伙都觉得没什么好笑,其中有一个人斜着眼睛问李希特,难道你收到过上帝的来信吗?李希特得意道,我当然收到了,可是上帝跟我说了什么我不能告诉你们啊。众人一起"喊"了一声,都认为他是在放屁。后来蠢猪跟大伙使了眼色，便对李希特说道，既然只有你是不平凡的人，那上帝一定会帮助你顶住窗户的。说完大伙一起松了手，窗户就掉了下来。

幸亏李希特学过功夫，闪身快，要不一定会被窗户砸伤了脑袋。

入夜，风声渐弱。

奔波忙碌了一天的如一感到疲累不堪，尤其是整个晚上弯着腰往外舀水，到底年龄不饶人，即使躺在床上，腰也是断了一般地痛。

可是又睡不着，这些天来，只要想到项春成的境遇，无论如何心里也还是难过的。曾经，她的脑子里也会偶尔闪过他的身影，但也仅仅是闪过，会想到不知道他现在怎么样了这类老套的问题，并没有什么情感色彩，只不过是一个遥远的印记。后来隐约听同学说过他发了财，只打高尔夫和周游世界，不见任何以往的熟人。她就连打听他的兴趣都没有了。

想不到却应了老话所说，富贵催人老，财多身子弱啊。

终于，如一昏昏沉沉地睡去，也许是项春成的事对她有所刺激，她又开始做梦了。她梦见居然是在大海里撞见项春成，那时他已经死了，漂浮在水中，尽管面部安详，全身上下无一处伤。但也还是死了，静静地离开，波澜不惊。他的穿着还是那么整洁得体，白衬衣外面套着那件波浪花纹的毛背心，毛背心倒是稀烂的，颜色也完全褪尽。如一啊的一声坐了起来。

她全醒了,这时听见隐隐的敲门声,她以为是细碎的风雨扑门,便没有理会,想到梦中的情境,心中好不寒凉。

敲门声再一次响起,如一这才确定自己是被敲门声惊醒的。

如一下床开门,心里诧异谁会在这种时候来访呢?她打开门,见到一个略显几分熟悉的面孔,这个女孩子面容憔悴,十分清瘦,全身已经淋得透湿。她对如一说道,阿姨,我是唐逗啊。如一猛然想起送儿子酒后回家的女子,但比起上一次见面,她已经完全脱相了。

赶紧进屋吧。如一急忙把唐逗拉进屋里,又从柜子里翻出干毛巾递给她。你这是怎么了?怎么连伞都没带?如一关切地问道。唐逗不敢和如一对视,她声音有些颤抖道,阿姨,我真的是没脸来见你。

说完这话,她突然蹲到地上号啕大哭。

如一给惊着了,同时她听见李希特的睡房里翻身的动静。她急忙劝慰唐逗道,快别哭了,小心把邻居都惊醒了,我们这儿的破房子一点都不隔音。

唐逗慢慢止住哭声。

原来,唐逗的一个儿时好友给她打来电话,叫她到广西北海做一个项目,说是这个项目前景可观,急需艺术型人才,绝对能快速发财,轻松赚到人生第一桶金,并且叫她严格保密,连家人都不能告之,否则大家都来竞争,"蛋糕"就不够分了。

所以唐逗把瓜子放回父母家后就神秘消失了,她真的没有跟任何人提及这件事。等到她来到北海,才发现是掉进了传销组织,这时她已无法脱身。

但是唐逗性格刚烈,她说我就是死也要离开这里。这时一个主任级的男经理对她说,死可以,但是走是绝对不可能的。现在弄死个把人很容易,把尸体一肢解,用化学物品就可以融掉,或者用高压锅处理完倒进厕所里冲走。又说,你表现好了我们可以放你出去,表现不好关你一辈子。

最终唐逗把身上和银行卡里所有的钱全部交出,其实就是购买一个什么基金。即便是这样,也还有一个额外条件,必须做到之后才能获取自由。

那就是要再拉到一个人入伙。

这摆明是一件坑害亲戚朋友的事。唐逗思来想去,本想就在北海先混着,到时再见机行事。但首先她就过不了这种群宿群居吃白菜帮子的日子,再则她已经被骗光了钱,再不回家开工过正常日子,瓜子怎么办?父母亲的退休金是有限的,顶得了一时,再说他们年纪也大了,身体又不好,她不能让瓜子既没爹又没妈,那孩子就太可怜了。

唐逗打了一圈电话,根本没有人听信她的发财大计。至于她说的北海将成为中国第一个资本运作基地,第二个香港,将打造出七千万个百万富翁,国家财政部将拨五百个亿把北海建设成世界上最大的进出口贸易中心的炫富理想，回应她的是沉默，长久的沉默，或者再也不接听她的电话。

她这才从心里感慨，若不是财迷心窍，她怎么可能不用好友费吹灰之力就现身北海？

万般无奈之下，她给李想想打了电话。她同样是利用了李想想的发财心切，外加对她的信任，于是她拨打了这个罪恶的电话。很快，李想想就跑到广西北海去找唐逗了。

如一听唐逗这么一说，一下子就急了，她说唐逗你怎么能这么做呢？你跟想想不是好朋友吗？

唐逗哇的一声又哭了出来，边哭边说道，我们就是好朋友啊，所以我回来以后度日如年，每天都像在火上烤，我不敢来见你，也没脸来见你，可是我每天晚上都睡不了觉，一闭眼睛就看见想想。唐逗哭得说不下去了。

如一听得头发都要竖起来了，她正待发作，突然身后冒出一个声音来，是李希特，李希特用四平八稳的音调说道，先别说这些了，你赶紧告诉我们李想想他现在人在哪里？北海那么大，我们到哪里去找他？站在一旁的如一来不及附和，只是一个劲地点头。

这时候唐逗才算冷静下来，她说了一个手机号码，这个号码李希特一下子就烂熟于心中。唐逗说到了北海就打这个电话号码，通了以后就说找我，他们一定说我病了，你就说我是来做项目的，他们就会派人来接你了。唐逗补充说道，他们很凶的，手上有刀，还有自制的火药枪，我在里面的时候，听人说他们有黑社会背景。

如一倒吸一口冷气道，那为什么不报警啊？我们赶紧报警吧。

唐逗急忙回道，还是先别报警吧，他们虽说是做传销，但是手上什么传销产品也没有，更没有账目，一切都是通过银行。每天的授课都是讲一些空洞的理念和励志，要不就是一夜暴富的离奇故事。还有就是那个所谓的基金，这种金融传销网罗了很多高智商人才，具有缜密的法律意识，一般情况下，警察有什么证据抓他们呢？

如一听得两腿发软，一屁股坐在椅子上。

她甚至不知道唐逗是什么时候离开的，待她醒过神来，屋里空无一人。她走进李希特的房间，见他正在收拾衣物，放在一个旅行袋里。

如一问道，你要到哪里去？李希特看了她一眼，继续收拾东西道，当然是去北海。如一道，你行吗？李希特道，我怎么不行？如一想说你能干什么？还拖着一条病腿。但终究她并没有把这话说出来。李希特只管埋头收拾，也一句话都没说。

不知为何，如一渐渐觉得心脏升到了嗓子眼的地方，她觉得她应该阻止李希特去北海，他根本就是一个病人，不谙世事，满身残疾，就是把他安放家中她都心存几分担心。然而一想到儿子的安危，她说出来的话便是，要不等天亮了再走吧。李希特拎起旅行袋道，我现在就到长途汽车站去,赶上哪班车坐哪班车,七八个钟头就能到北海了。如一尽管脑袋空白,但还是把家里所有的钱塞到李希特的兜里。要不我和你一块去吧。她说道。

李希特道,开什么玩笑,你就在家好好呆着,我一定把儿子给你带回来。

说完,李希特便走出家门,他的背影仍旧高高低低,但似乎是异常坚定,与他往日的漫不经心判若两人。

不一会儿他就消失在茫茫的夜色中。

一切都发生在瞬间,快如电闪雷鸣。多少年后,当如一回忆起这个雨夜,都不得不把当时的情景一一定格,方能捕捉到李希特一些细微的神色。

三天之后,李希特毫无消息。

如一再也等不下去了,她去找了项春成,并跟项春成一起坐飞机来到北海。项春成坚持第一时间报警,但一切都太迟了,广西公安机关刚刚打掉了一个以"北部湾开发"为名义活动的金融传销体系。共抓获传销骨干一百五十多名,扣押汽车三十七辆。被抓获的人员中大专学历以上者高达八十一人,其中有两个博士,六个硕士。涉案金额一亿多元。

这个金融传销体系还被查出涉黑,警方收缴非法枪支四十二支,其中仿真枪十七支,子弹六百四十九发。

如一也看到了李想想。

但是她是在医院太平间的冰柜里见到了李希特。如一当即晕了过去。

对于父亲的死，李想想始终三缄其口，死都不肯复述。直到母子二人抱着李希特的骨灰盒回到镇水街，李想想还是整日把自己关在房子里，不说话，也不肯见人。

一天深夜，如一隐隐约约地听见儿子压抑的哭声，她终于暗自松了口气，因为她知道儿子的情绪再不释放出来，一定会精神崩溃。

如一没有去打扰儿子，但是她的泪水也奔涌而出，一想到李希特在冰柜里反而是一展愁眉，下巴不仅不皱如梅核，嘴角还挂着一丝不为人察的笑意。每一念及此她便痛不欲生。

人都是这样，走了，便想起他千般的好，所有的过失甚至荒唐都变得无足轻重。还有就是万般的悔意——她承认她是爱他的，但是在心里并没有原谅他。不是因为钱，死结打在许二欢这件事上，两个人从此不再亲近，似乎都在争做精神上的道德模范，活得没有滋味。灰楼六楼拿回来的那两大包东西，后来不见了，她也不方便问。

仿佛过往的一切都已经没有痕迹，但其实都还在她的心底。

然而若不是他走了，她还真不知道自己仍然那样爱他。同时又恨他，他欠她的太多，走的时候他为什么不能抱一抱她？

若她知道这一走便是天人两隔，她一定会紧紧地抱住他。将来若到了另一个世界，她讨要的也还是这轻轻的一抱。他或许一点都不知道，她在默默地等待什么？

后来，李想想对如一说道，李希特到达北海以后，便按照唐逗提供的联络方式打了电话。于是他被带到四川北路万家兴大厦十一层，在这之前，父亲一定在周围观察过，发现这栋高层电梯公寓离北海市最繁华的北部湾广场，只有区区百米之距，而四周的环境是人来人往，秩序井然。

李希特进入"窝点"以后，被直接带到一间会议室，有一个人正在激情演讲，大意是说他原来的白领工作收益甚丰，后来非要辞职到北海来，他的部门经理万分的不理解，就主动提出陪他先到北海考察，若真的是好，就绝不阻住他发财。结果当然是他和部门经理一起留了下来。

众人鼓起掌来，有的人热泪盈眶，还有的人热烈地讨论起来。

李希特一边鼓掌，一边不自觉地在传销人群中寻觅，他看见了李想想，但是眼光并没有在他脸上停留半秒。

一个窝点里的高管冷不丁地问道，你找谁？李希特道，不找谁，这里的人我一个都不认识。这个高管相貌斯文，而且一丝不苟地穿着西装，打着领带，有一点职业经理人的味道。他的神色异常淡定，目光又一次在人群中一扫而过。

他的周围站着几个彪悍冷漠的男人。

其实这时候的李想想早已是遍体鳞伤，他因为多次逃跑，每一次被抓回来都会饱受一顿拳脚。打得他脑袋、人，都是木的。

所以他当时已经是目光呆滞，反应迟钝，脸上没有任何表情。

李希特好奇地东张西望，应该说这里的办公条件之好，所有物品的讲究程度都大大超出了他的想象。在他的想象中，传销人员只可能租住偏僻简陋的农民房，或者呆在废置的仓库那样一类地方，这儿却是想不到的窗明几净，而且还位居繁华地段。

李希特对高管说道，我可以坐下吗？不等高管回话，他便找来一张椅子不请自坐。并且把那条铁拐杖打横放在自己腿上。高管的眉头皱了皱，因为任何人初到这里来都显得呆头呆脑的，唯独这个人有些异样。

我能提一个要求吗？李希特和颜悦色，又道。

这时一个身材薄削又不失孔武有力的人，突然冲到李希特面前大吼了一声，不能！又瞪着一双吊白眼厉声道，你哪来这么多要求？你以为你是谁啊？哪凉快到哪儿呆着去，你腿瘸脑子也瘸啊？李希特也没客气，当胸一把抓住吊白眼道，你给我再说一遍。吊白眼二话没说，出手便打，但是三下五下就被李希特的铁拐杖搞掂。并且李希特根本没有站起来，而是坐在椅子上纹丝不动。

李想想觉得，父亲在一个超常的环境里，还是有魅力的。

高管见状不动声色，并且用手势制止了身边准备一起动手的人。他慢条斯理地对李希特说道，我最讨厌打打杀杀，都是零智商的表现。既然你身手不凡，提一个要求也不为过，那你就提吧。李希特回道，那我就不客气了，我听说这里有的人根本不想待，想走，但是走不成，我能带他们走吗？

屋子里不知是什么时候安静下来，目光齐齐地望着高管和李希特。

高管沉吟片刻道，我不知道你哪里听来的消息，但在我这儿发财的人不是一个两个，他们这些人就是用苍蝇拍打都打不走，不信你就试试，你能带走谁我绝不拦着你。

李希特道，那好吧，就当你是君子一言。说完这话，他转向人群，大声道，有谁想离开这里，现在就跟我走吧。

他的话音像落在寂静的原始森林，悄无声息。

李希特又说了一遍，还是无人回应，包括李想想，直觉告诉他不能开口。所有的人都闷声不响地看着李希特。

高管笑了起来，但还是极有风度道，看见了吧，根本没有人想跟你走，那我也只好请你滚蛋，因为我们没有时间照顾一个瘸子。

就在这时，谁也没有想到的事情发生了，只见李希特起身之后，以飞快的速度举起身下的椅子向落地玻璃窗上砸去，只听一声巨响，随着玻璃碎片的四起飞溅，实木椅子飞下楼去，落地窗上的一扇整块的玻璃也随之倾泻，稀里哗啦地向地面坠落。

就在这令人目瞪口呆之际，李希特又喊了一遍，我再问你们一次，谁愿意跟我走。这时人群像炸了营的蚁穴完全乱了，有人向门口奔去，有人要回到宿舍拿东西，还有的人主动维持秩序对要走的人苦苦相劝。场面一度混乱，李想想惊慌失措地站在原地一动不动，李希特哈哈大笑起来，一边高喊着，快跑吧，孩子们，往人多的地方跑。

高管身边的打手像得到指令一样，全部向李希特涌了过去，不止一个人拔出了刀子，吊白眼手上的刀就锋利无比，他对着李希特连捅了好几刀。

李想想撕心裂肺地大叫了一声爸——

他看见父亲的胸前瞬间洇出了红色，就像戴了一朵大红花。父亲竭尽全力地扭过头来，看了他一眼，便闷声倒下。

这一眼，他终生难以忘怀。

李想想像疯了一样向父亲扑去，他在一地的血泊中抱住父亲，只觉得拳脚像雨点一样落在他的头上身上，但他不顾一切地呼唤父亲，父亲虽未闭上眼睛，却已出现谵妄，迅速地离这个世界远去。他全身软弱无力，整个人瘫在李想想的怀抱里，任由外人摆布。后来医院的大夫说有一刀切断了他的腹动脉，人是当场死亡的。

这时候，楼下飞落的椅子和玻璃已经招来了一圈围观的人，因为差点砸到行动缓慢的老人和奔跑的孩子。不止一个人报警，警察很快赶到了万家兴大厦十一楼。父子两个人被送到医院时已经被打得面目全非，李想想当时昏迷不醒，他的头部伤势严重，一共缝了十多针。此外四肢和后背布满伤痕，全身上下血迹斑斑，把年轻的女护士都给吓呆了。

李希特的瞳孔已经散大，前胸都是血窟窿。

警方随后展开全面调查。

项春成给李希特买了一块墓碑，是一块赭红色的边缘不规则的石材，价格是六万多元，如一觉得太贵了。项春成说这不是便宜和贵的问题，关键是李想想看中了这块石材。总之，墓碑和墓地加在一起，不是小数目。现如今想体面地埋个人，不容易。

李想想对项春成认真说道，项叔叔，这些钱我以后一定会还给你。项春成点了点头道，好。

赭红色的墓碑上面，刻着李想想对父亲的写照：前生许尽今生诺，未到今生已斑驳。

他开始慢慢明白，父亲是一个现实生活中的迷失者，一个人跟一个时代错位是注定要灭亡的。父亲自大，愤世，人缘不好，眼高手低，浑身的臭毛病，他的人生字典里没有责任二字，或者说他对人生的游戏规则毫无概念,喜欢把自己的生活搞得一团糟。但是他毕竟在浊世中守卫了内心中的一份净土,在他狂放的外表下有着美好的心灵。

而且,他又是最原始最传统的父亲,恪守着千古不变的浓厚血亲,他的义无反顾和视死如归深深地震撼了他,这便是他不能不爱他的全部理由。

李想想常常来看父亲,有时候风和日丽,他会觉得原来悲剧里面也会渗出几分圆满,就像他的父亲,虽然没有实现梦想,但却演绎了一段当代侠客行,最终把自己变成了梦想的一部分。还有他的墓地和雷拳师的墓地遥遥相望,或许他们是不寂寞的,谁又能说这不是另外一种圆满呢?

从此以后,小美妈再也不买彩票了,经常会听见她跟人说,中彩未必是什么好事。又说,我只是奇怪,钱这样东西,一点缺点也没有,为什么多了,反而压身?

她后来也认识了项春成,却又对如一淡然道,好好一个钱袋子,你要是真不想要就让给我,落在别人手里倒可惜了。如一道,你不是说钱多压身吗?小美妈道,就那么一说,你怎么还信了?如一问她小美和老王过得怎么样了?小美妈叹道,有什么怎么样的,还不是没有消息就是好消息,什么时候哭哭啼啼回家来上演大团圆,那就是把日子过砸了。

镇水街的人,若无意中谈到"你家希特",如一都会心头一紧,眼圈泛红。小美妈劝她道,你那个冤家,他自己活得快活,不就算了。

如一心想,也是。但她的鼻子还是酸了。

有一天,下班归来已是傍晚,如一在多宝路上看见一个行人,长得跟李希特一模一样。无意间她跟了他三条街,当然这个人不是李希特。但是如一确信他真的回来了,而且无处不在。